悪役令嬢の
おかあさま

ミズメ

Mizume

JN095468

RB

レジーナ文庫

CHARACTER
アルベール
王国の第一王子で、
ヴァイオレットの幼馴染。
愛称はアル。
いつも笑顔だが、腹黒い一面も。
テオフィル
リシャール公爵家の嫡男で、
ヴァイオレットの幼馴染。
愛称はテオ。実は花が好きで、
花壇を大切にしている。
ヴァイオレット
現宰相である
ロートネル侯爵の娘で、愛称はレティ。
三歳の頃、転んだ衝撃で前世の記憶を取り戻す。
十歳になったある日、
とある出来事をきっかけに、
穏やかな生活が一変して——？

デイジー
レイノルズ子爵家の令嬢。
水色のリボンを
愛用している。
ジーク
学園の生徒会役員を務める
平民の男子生徒。
座学は学年一位の秀才。
アンナ
貧しい男爵家の娘で、
ヴァイオレットの侍女。
護衛も諜報もこなす、
凄腕の持ち主。

目次

悪役令嬢のおかあさま

序章　ヴァイオレットは思い出す

その日、わたしは広い庭を駆け回っていた。

メイドのひとりが青い顔をして制止しようと追いかけてきたけれど、そんなことは関係ない。

いつもの気まぐれ、わがままだもの。

ここはわたしのお城で、わたしはこのお城のお姫様。

子ども心にそう思うくらいに、贅沢《ぜいたく》で自由な生活を送っている。

——そんな時だった。わたしが庭園の芝生《しばふ》でつるりと足を滑《すべ》らせたのは。

雨上がりの芝生《しばふ》はしっとりと濡れていた。幼児の手足は短く、簡単に体勢を崩してしまう。

予想外のことで何もできずに、後頭部を地面に強く打ちつけた。そのまま意識が遠のいていく。

メイドたちが慌《あわ》てて自分の名を呼んでいる。忙《せわ》しない声が聞こえる中、わたしの瞼《まぶた》は重たくなってきた。

わたしはそれに逆《さか》らわずに、ゆっくりと目を閉じた。

❀

瞼《まぶた》の向こうに眩《まぶ》しさを感じて、わたしはゆるりと薄目を開けた。

「ヴァイオレット様っ！」

誰かの声が聞こえる。ヴァイオレット、というのはわたしの名前だろうか。まだぼんやりとして、身体は全く言うことを聞かない。

かろうじて目を開くと、周囲の状況が視界に飛び込んできた。

慌《あわ》ただしい声があたりに飛《と》び交《か》う。わたしはベッドに寝ていて、たくさんの使用人に取り囲まれているようだ。

「良かった……お目覚めにならなかったらどうしようかと……っ」

わたしの頭のすぐ横でえぐえぐと泣きながらそう言ったのは、わたしの世話係のひとりであり、いつも遊んでくれているメイドのサラだ。

さっき、庭で遊んでいた時に先頭で追いかけていたのも、彼女だった気がする。

思えば彼女には、最近ずっとわたしの我儘《わがまま》に付き合ってもらっていた。随分と手を焼かせたなあという気持ちが、ふと湧《わ》き上《あ》がってくる。たくさん泣いたようで、彼女の目は赤く腫《は》れていた。

「なかないで、サラ。わたしがわるかったのだから。とびだしたのはわたしよ？」

「っ、お嬢、さま……？」

「おとうさまにもわたしがせつめいするわ。あなたをくびにするようなことがあれば、わたしがおこるから」

「！」

急に流暢《りゅうちょう》に話し出す三歳児に、サラだけでなく他の使用人たちも固まっている。報《しら》せを受けて駆けつけてきたお父様も、部屋の入り口のところで息を切らしたまま唖《あ》然《ぜん》としているのが見えた。

それもそうだろう。幼いわたしはさほど言葉を知らなかったし、メイドを気遣うようなことなど言った例《ためし》がないのだから。

当の本人――わたしの頭の中では、前世の記憶と今世の記憶がどんどん混じり合っていく。

そう、わたしは転んだショックで、前世が日本人だったことを思い出したのだ。

ええと、『わたし』は侯爵家のひとり娘であるヴァイオレットちゃん。三歳。

お父様に溺愛《できあい》されていて、最近我儘《わがまま》が加速気味。今日も勉強の時間を無視して、ひとりで勝手に庭へ飛び出した、と。

室内がざわざわと騒がしくなってきたため、わたしは目を閉じて状況を整理することにした。

『前世の私』は、確か二十六歳だったはずだ。

ぷちブラック企業に就職してしまい、残業続きで碌《ろく》に休暇もなかった。

だけど仕事だけの毎日も嫌で、息抜きのために気に入った乙女ゲームを、毎晩深夜にコツコツと進めていたはず。そうするために削れるのは睡眠時間しかない。だからその頃、余計に睡眠不足が続いていた。

（――ああ、そうだ。わたしはあの時……）

わたしの脳裏《のうり》には、外灯に照らされた夜の道路の風景が浮かぶ。

その景色が暗転したかと思うと、眩《まぶ》しすぎる光に包まれて――そこで記憶が途絶えた。

そうだ、あれは連日の残業後の帰り道。

仕事にゲームにと、さすがに体力の限界だったのだろう。ふらついて、道路側によろけたわたしは、おそらくそのまま車に撥《は》ねられた。あの眩《まぶ》しい光はきっと、車のライトだったのだ。

「……レティ、大丈夫なのか？」

お父様がわたしの愛称を震える声で呼ぶ。

この国の宰相であるお父様は、今日も城で執務をしていたはずだが、報《しら》せを受けて慌《あわ》てて来てくれたのだろう。

――大丈夫、この世界のこともちゃんと覚えている。

「おとうさま、ごしんぱいおかけしてもうしわけありません。レティはだいじょうぶです」

大体の状況が整理できたわたしは再びぱちりと目を開けて、安心させるようににこりと微笑んだ。

改めて見ると、お父様は前世のわたしくらいの年齢に見える。

むしろそれよりも若そうだ。後ろに流した紺《こん》の髪と涼《すず》しげな目元がとても素敵。

「すぐにお医者様が来るからね、レティ。今はゆっくりおやすみ」

わたしの言葉遣いが突然変わったことに驚いたはずなのに、お父様は優しくわたしの頭を撫でる。

掌《てのひら》の体温に包まれ、幼児の身体はポカポカしてすぐに眠くなってくる。

そのどろりとした眠気には抗《あらが》えず、わたしはゆっくりと目を閉じ、誘われるままに夢の世界へと旅立った。

一　お茶会と出会い

前世の記憶を取り戻してから三年が経った、ある朝。

六歳になったわたしは、侍女のサラが起こしにくる前に目が覚めていた。

カーテンを開けて、気持ちがいい朝の日光を部屋の中に取り入れる。そしてそのあとは、目をつぶって片足立ちでバランスを取るのだ。

簡単だけれど、目をつぶると途端にぐらぐらと揺れて、なかなか難しい。

「おはようございます。あら、お嬢様。何をなさっているんですか?」

「おはよう、サラ。これは、体幹トレーニングというのよ。お母さまにもオススメしてるの。とっても健康になれるはずよ」

「そうなんですね。さすがお嬢様、博識でいらっしゃいます。お嬢様のオススメであれば、間違いありませんね。お嬢様はこの家の『天使』なのですから」

わたしが記憶を取り戻したあと、お父様をはじめ使用人たちや家庭教師たちは、急に物分かりが良くなり我儘《わがまま》を言わなくなったわたしを見て、最初は驚いてばかりだった。

それはそうだ。見た目は子どもでも中身はいい大人なのだから、我儘《わがまま》なんて言えるはずがない。

今では両親のわたしに対する溺愛《できあい》っぷりもさらに深まった。

うちの子は天使だとお父様は声を大にして言うし、使用人たちも同調するようにうんうんと頷いている。

わたしが転んだ日は、天使が降臨《こうりん》した聖なる日とされ、一緒にいたサラはメイドからわたし付きの侍女へと出世していた。

「……どうしてわたしの髪はこんなに癖《くせ》っ毛《け》なのかしら。櫛《くし》でといても、お母さまみたいに真《ま》っ直《す》ぐ綺麗にならないわ」

わたしはサラに朝の支度をしてもらいながら、そうぼやく。鏡に映るわたしの髪は淡《あわ》い紫色で、あちこちがくるくると渦《うず》を巻いていたりはねたりしている。

いわゆる天然パーマみたいだ。お母様は綺麗なストレートなのに。

「きっと、旦那様に似たんですね。旦那様の髪も少しうねっているようで、髪の毛のセットをする時は困っていらっしゃいますよ」

ぷう、と頬を膨《ふく》らませたわたしを見て、サラは微笑みながらそう教えてくれた。

それは知らなかった。お父様と一緒なら、まあいいか。そう思うわたしは単純だ。

（今さらだけれど、紫の髪って一般的なのかな。お母様の赤毛はいいとして、よく考えたらお父様の紺色《こんいろ》の髪って不思議）

転生したと気づいてから、勝手にここはヨーロッパの近世あたりの世界だと思っている。

日本では紫といえば染めないと存在しない髪色だけど、当時は違ったのだろうか。

まぁ、そもそも転生したこと自体が不思議なのだけれど。

「では、行きましょうか」

サラにそう言われて、意識を戻す。

鏡の中の少女は、サラの手によって天パの髪をうまくハーフアップにまとめられていた。

「お父さま、おはようございます」

「おはよう、レティ。今日も可愛いね」

お父様と朝の挨拶《あいさつ》を交《か》わして、朝食の席に着く。

わたしが着席すると同時に、またダイニングの扉が開いた。

「あ、お母さま！」

「ふふふ。おはようレティ。今日も元気ね。旦那様も、おはようございます」

わたしに微笑んでくれるお母様に、お父様は心配そうな顔で声をかける。

「おはよう、ローズ。起きていて大丈夫なのかい？」

「ええ。レティのお陰で身体の調子も随分良くなりました。私も朝食をご一緒してもいいかしら？」

「もちろんさ。さあ、みんなで朝食をとろう」

お母様がわたしの向かいの席に腰掛けたところでお父様が侍従に何やら合図をすると、朝食の皿が目の前に並べられた。

この三年の間に大きく変わったことがある。わたしが生まれてから三歳になるまで、病気療養のために部屋に籠《こも》りきりだったお母様が、最近ではすっかり身体の調子が良くなり、一日のほとんどを起きて過ごせるようになったのだ。

当時は痩《や》せ細《ほそ》っていた身体も、今ではふんわりとした女性らしい丸みを帯び、頬もふっくらとして桃色だ。

流れるように揺れる綺麗な赤い髪も、きちんとした食生活のお陰で艶々《つやつや》と輝いている。

お母様の病気の原因は、蓋《ふた》を開けてみれば、食が細く十分な栄養を摂《と》れていないことだった。

その上に運動不足で免疫力《めんえきりょく》が低下し、軽い風邪が重くなりやすいという負《ふ》のスパイラルに陥《おちい》っていたわけだ。

それでも、風邪をこじらせて死に至ってしまう可能性はある。

わたしはお母様の診察に来ていた医師とお父様が話しているのを盗み聞きし、これはいかんとお母様の体質改善に取り組んだ。

当時、お母様の食事の様子を見たわたしは愕然《がくぜん》とした。パンを二、三口とスープを少しばかり食べたあと、それだけでもう十分だと食事を下げてしまうのだ。

それでは病気への免疫《めんえき》など到底つくはずがない。それ以前に、身体を動かすエネルギーも足りない。

日本では休みの日に健康番組をたまに見ていて、そうした基礎知識があったわたしは、三歳の無邪気さを武器にお母様を外のお散歩へ連れ出したり、食べやすい料理を考えたりしたのだ。

『おかあさまをえがおにするごはんがつくりたい』と言ったら、料理人たちは涙目で協力してくれた。

そしてお母様も、わたしが手伝ったことを知って、口にしてくれる食事の量が少しずつ増えた。すると徐々に体力がつき、非常にゆっくりとしたペースではあったけれど快方へと向かったのだ。

「みんなで食べると美味《おい》しいですね、お父さま、お母さま」

そう言いながらこっそりと盗み見ると、お母様はきちんとした量の朝食をとっている。素晴らしいことだ。

「ああ。レティとローズが笑っているだけで、この屋敷は明るくなる」

お父様が頷くと、お母様もそれに同意してくれる。

「私が元気になったのは、レティのお陰だもの。本当に、天使のような子だわ」

三人で顔を見合わせて、ふふふと笑顔になる。

天使という呼び名は過分な気がしてむずむずするが、両親が嬉しそうだから、わたしも嬉しい。そして、わたしたちを見守る使用人たちも皆、一様に笑みを浮かべているのがわかる。

ロートネル家は、今日も平和だ。

「レティ。今日は公爵家のお茶会だね。楽しんでおいで」

今日は初めてのお茶会の日だ。

お父様の言葉に、わたしは「はい」と元気良く返事したのだった。

「お母さま……これってほんとうに『身内だけの集まり』なのですか」

お母様とサラが選んでくれたクリーム色に近い白のワンピースドレスを身にまとったわたしは、リシャール公爵家に到着するや否《いな》や、その規模の大きさに圧倒されていた。

数週間前から、公爵家でのお茶会に招待されたという話は、お父様から聞いていた。ただ、『公爵夫人とローズは親しいし、身内だけの会だよ』と言われたから、完全に油断していた。ドレス選びにやけに気合いが入っていたのはこのためだったのかと、今さら納得する。

案内された庭園は、侯爵家のものよりも広い。そしてそこには、わたしの予想よりも遥かに多い招待客の姿があった。残念ながら、元日本人のわたしはお茶会と聞いても、三家族が庭に集まってお茶をするホームパーティー程度しか想像できなかったのだ。

公爵家は貴族の中で王家に次いで地位が高い。それに公爵様は実は王弟殿下だというし、今さらながら緊張して顔が強張《こわば》ってきた。

そんなわたしを見ながら、お母様が答える。

「ええそうよ、レティ。来ているのは親しい家だけだと聞いているわ。ああでも、今日は――」

「ローズ！」

いつもと変わらず、ほわんとした雰囲気で話すお母様の言葉を遮《さえぎ》り、鮮《あざ》やかな青のドレスを身にまとった金髪の美女が駆け寄ってきた。

親しげに名前を呼び、笑顔で近づいてきたということは、お母様のお友達なのだろう。

お母様もその女の人を見て、顔を輝かせた。

「まあ。フリージア、ごきげんよう。本日はお招きいただきありがとうございます。娘のヴァイオレットとともに参りましたわ。レティ、こちら、本日の主催者のリシャール公爵夫人ですよ」

この人が例の公爵夫人らしい。先に恭《うやうや》しく礼をしたお母様の真似《まね》をして、わたしもスカートをつまんでぴょこっと頭を下げる。

「ヴァイオレット・ロートネルともうします。本日はお招きいただきありがとうございます」

「初めまして、ヴァイオレットちゃん。わたくしはフリージア・リシャールです。ふふ、この子が宰相を骨抜きにしてる天使ちゃんね。確かに可愛らしいわあ。それに、ローズもようやく外出できるようになったのね。参加の報《しら》せを聞いて、嬉しかったわ」

「ええ、フリージア。今まで心配かけたわね」

「本当よ、心配したんだから！　これからまたいっぱいお茶会しましょうね」

公爵夫人——フリージア様はお母様の両手をとると、花が咲いたように美しい笑みを見せた。お母様も嬉しそうで、本当にふたりの仲が良いことが伝わってくる。

「あとでまたゆっくり話しましょう」とフリージア様が立ち去ったあと、公爵家の使用人に案内されて、用意された席に着いた。

お茶会の主催は夫人の役目だから、フリージア様は何かと忙しいようだ。色々なところへ顔を出し、歓談している様子が見える。

わたしとお母様が案内された卓には同じ年頃の女の子たちが十名ほどいて、みんな綺麗に着飾っていた。

そして、どことなくそわそわしているように見える。緊張しているのがわたしだけでないとわかり、肩から力が抜けた。

それからすぐにお茶会が始まり、自己紹介をしたりお母様と一緒に会話に相槌《あいづち》を打ったりする。用意されたお菓子はどれも美味《おい》しい。

そうやって暫《しばら》く過ごしていると、公爵家の使用人がお母様のところにやってきて、耳元で何やら告げた。

わたしは立ち上がったお母様とともに、その使用人のあとについていく。

「ローズ、ヴァイオレットちゃん。いらっしゃい」

大勢が集まっていた場所から少し離れ、広大な庭の一角にある薔薇園《ばらえん》に着くと、フリージア様が出迎えてくれた。そこには四人掛けの椅子とテーブルがあり、フリージア様はその椅子に腰掛けている。そして彼女の隣には、見知らぬ男の子の姿もあった。

「紹介するわね。うちのテオフィルよ。歳はヴァイオレットちゃんのひとつ上。テオ、ロートネル侯爵夫人とお嬢さんよ」

「……テオフィル・リシャールです」

フリージア様に促《うなが》され、目の前のミルクティー色の髪の少年は、おもむろに立ち上がって頭を下げた。

それに倣《なら》うように、わたしも慌《あわ》てて挨拶《あいさつ》をする。彼はまだ七歳ということだけれど、整った顔立ちだ。フリージア様と同じ綺麗な青い瞳が、わたしを真《ま》っ直《す》ぐに見据《みす》えている。

うん、将来イケメンになること間違いない。

でも、にこりとも笑わずに無表情なのがもったいない。

わたしが心の中でふむふむと唸《うな》っていると、彼の眼光が鋭《するど》くなり、ふいっと顔を逸《そ》らされた。

「――じゃあテオ、先ほど伝えたとおり、ヴァイオレットちゃんに薔薇園《ばらえん》を案内してあげてね。わたくしとローズはここでお茶をしているから」

「えっ」

慌《あわ》ててお母様を見ると、困ったように眉尻を下げて微笑んでいる。そして隣のフリージア様は良い笑顔だ。

断るという選択肢がないように思えて再度少年に顔を向けると、彼は面倒くさそうにわたしを一瞥《いちべつ》したあと、すぐに背を向けて歩き始めた。

(ついてこいってこと？　……わかりましたとも)

そうして、お互いに無言で迷路のような薔薇園《ばらえん》を歩き続ける。

こっそり振り向くと、お母様たちのいる場所が見えないところまで来ていた。

そしてこの間、目の前の美少年は一度もこっちを見ない。初めて来たこの場所で、彼以外に頼るものがないわたしは、懸命《けんめい》にあとを追った。

周囲の薔薇《ばら》の芳醇《ほうじゅん》な香りが、風に乗って届く。

ああもう、ゆっくり見たい。こんなに綺麗な薔薇《ばら》なのに、早歩きで素通《すどお》りなんてもったいない。

「あ、の、テオフィル様」

息切れしながらも思い切って話しかけると、その背中はピタリと歩みを止め、代わりにむっとした美少年がわたしを見据《みす》えた。

「……なんだ」

「薔薇《ばら》は見ないのですか？」

「もう少し歩く」

それだけ言うと、彼は再びすたすたと進んでいく。

（……オーケー延長戦ですね。帰り道がわからないから、どこまでもついていくわ！）

わたしが半《なか》ばやけくそ気味に美少年の背を追っていると、彼は何故か薔薇園《ばらえん》を抜けた。

そしてたどり着いたのは、こぢんまりとした花壇《かだん》だった。

様々な種類の青い花が咲《さ》き誇《ほこ》っていて、とても可愛らしい。

華やかな薔薇園《ばらえん》と違って素朴《そぼく》な雰囲気を持つこの花壇《かだん》は、どこか懐かしさすら感じる。

比較するのもおこがましいが、日本で生きていた頃のお母さんの花壇《かだん》のように家庭的だと感じるのは、派手な大輪の花だけでなく、野花のような可憐《かれん》な小花もたくさん咲いているからだろう。

「わあ……！　テオフィル様、ここはとっても素敵ですね」

嬉しくなって笑顔でそう言うと、テオフィル様は何故か動きを止めた。

「……ヴァイオレット嬢は、こういう花も好きなのか」

「え？　ええと、そうですね。花はなんでも好きですよ。薔薇《ばら》も綺麗で素敵ですけど、こういう小さい花も可憐《かれん》で可愛いですよね」

「……そうか。うん、俺も同感だ」

わたしが答えると、彼はどこか力の抜けたような柔らかな笑顔をみせた。

美少年の笑顔は、整いすぎていて目に眩《まぶ》しい。

きっと、彼はこの場所が好きなんだ。

そう感じて、わたしは思わず声をかける。

「あの、テオフィル様」

「……テオでいい」

「じゃあ……テオ様。ここは、テオ様のお気に入りの場所なんですよね。わたしなんかを連れてきて良かったんですか？」

お言葉に甘えて愛称で質問すると、彼は悪戯《いたずら》っぽく答えた。

「ヴァイオレット嬢は他の令嬢と違うかもしれないと思ったんだ。勘が当たったな」

「えっ！　わたしはどこからどう見ても普通の令嬢だよね⁉」

見てわかるくらいに違和感があるのかと焦《あせ》ってしまい、つい素《す》の口調が出てしまった。

家を出る前、お父様たちは「立派なレディだよ」って褒《ほ》めてくれたのに、やっぱりあれはただの親バカだったのだろうか。

くるっと回ってドレスを確認したり、自分の髪をペタペタ触ったりして、お茶会に来ていた他の令嬢を思い出して比較してみるけど、装《よそお》いに大きな差はないと思う。いつもより大人しくしていたし、きちんと淑女風に過ごせていたと思ったのに。

「あはははは！」

どこがおかしかったのかを必死に考えていると、わたしとテオフィル様しかいなかった庭園に、第三者の声が降ってきた。

驚いてきょろきょろとあたりを見回すと、テオ様の後方にある四阿《あずまや》から誰かが現れる。

「大丈夫だよ、小さなレディ。テオが言ってるのは装《よそお》いのことじゃないからね」

口元に軽く手を当て、未だにくすくすと笑いながらそう告げたのは、肩までの真《ま》っ直《す》ぐな金髪を揺らす翠《みどり》の瞳の少年だ。

この子も美少年で、きりっとした印象のテオ様とは違い、どこか中性的だ。ドレスを着ていたならば、美少女に見えるだろう。

公爵家にこんなに堂々と怪しい輩《やから》が入り込むことはないだろうし、その美しい風貌《ふうぼう》と装飾の多い服装を見る限り、この少年も招待客のひとりであることは容易に想像がつく。

……ただひとつ言えるのは、とっても身分が高そうだということ。

「アル！　どうしてここにいるんだ」

テオ様は慌《あわ》てたように言うが、美少年は飄々《ひょうひょう》としている。

「正面から入ると面倒くさそうだったから、裏に通してもらったんだ。いつものことでしょ」

「今日はお前目当ての客が多いんだから、お前が相手をしろよ」

「それは、テオだって同じだろう？　君目当ての子もきっと大勢いるさ。こんなところにいないで、戻ったらどうなんだい」

公爵家の嫡男《ちゃくなん》であるテオ様に対してフランクな物言いができるとなると、自《おの》ずとその正体は限られてくる。

そしてテオ様は、この美少年を『アル』と呼んでいた。

たどり着いた推測に、心臓がどきりとする。

「あ、君への自己紹介がまだだったね、僕はアルベールだよ。アルって呼んでね」

「……ヴァイオレット嬢、こいつのことはただの殿下呼びで十分だ」

言い合いをやめたふたりは、会話に置き去りになっていたわたしにそう言った。

アルベール、殿下。

やっぱりこの人は、この国の第一王子のアルベール様だった。

これまで直接会ったことはなかったけれど、王族の名前は勉強しているから知っている。

とりあえず、わたしは覚えたてのカーテシーをして、ご挨拶《あいさつ》しておくことにした。

公爵家のご子息の次は第一王子と緊張の連続だったけれど、ひとまず無礼はなかったようで、ほっとする。

それからわたしたちはお母様たちのもとへ戻り、残りのお茶会の時間を楽しんだのだった。

それにしても、と思う。

テオ様にしてもアル様にしても、わたしは彼らと初対面のはずなのに、いつかどこかで会ったような既視感《きしかん》がある。それは、ふっくらと復活したお母様を見ても思ったことだ。

——この謎が解けるのはもう少し先のこと。四年後、わたしが十歳の春である。

❀

わたしは何事もなく十歳になり、年齢的にようやく多少大人びた言動をしても不自然ではなくなってきた。

「ねえねえ、テオの花壇《かだん》は今どんな花が咲いてるの？　最近テオんち行ってないからなあ」

わたしが問いかけると、テオは少し動揺したように言う。

「なんだ、テオんちって……今はマリーゴールドとか、き、黄色い花だ」

「……へえ、黄色、ねぇ。レティ、僕の家の花壇《かだん》も見においでよ。とても綺麗だよ」

「そうなの？　って、アルのうちってお城でしょ！　規模が違うから！」

なんだか含みのある顔のアルの言葉に、わたしは思わずつっこみを入れてしまった。

あのお茶会で出会ったふたりとは、こうして軽口を言い合えるような仲になっていた。

なんでも、わたしが他の令嬢たちみたいにギラギラした目をしていなかったのが良かったらしい。

あの日の令嬢たちが、やけに煌《きら》びやかでソワソワしていた理由が、その時ようやくわかった。

第一王子と公爵家嫡男《ちゃくなん》。どちらも結婚相手として申し分のなさすぎる優良物件だ。

令嬢たちは、きっと親たちから言い含められていることもあったのだと思う。

一方のわたしはというと、両親からは特に何も言われなかった上に、中身はいい大人。

いくらふたりが美少年だといっても、七歳相手にギラギラした目を向けていたらやばいと思う。見た目は六歳だったから合法だけど、精神的にはアウトだ。

そしてそんなテオとアルも十一歳になり、さらにイケメンへの階段を順調に上っている。

わたしもお父様とお母様の遺伝子のお陰でそれなりの顔をしていると思うんだけど、どうもふたりといると霞《かす》んでしまう気がする。

それもこれも、この天パ気味の薄紫色の髪と、少々つり上がったこの琥珀《こはく》の瞳のせいだ。それに、ふたりともわたしより睫《まつ》毛《げ》が長い気がする。

ふたりを八つ当たりで睨《にら》んでみると、不思議そうな顔をされた。美少年たちはどんな表情でも麗《うるわ》しい。完敗である。

今日は、うちの庭で三人でお茶会をしているところ。

お母様とフリージア様は、屋敷の中のサロンで盛り上がっているに違いない。お母様が健康になってからというもの、頻繁《ひんぱん》に交流を深めている。

今日は、元々フリージア様とテオだけが来る予定だったのだが、リシャール公爵家の馬車をお母様とともにエントランスで出迎えると、何故かアルも降りてきた。

「僕も来ちゃった〜」とニコニコする王子様の登場に、うちの使用人たちは一度ぴしっと固まったけれど、すぐに再起動していた。うちのみんなは優秀だ。

アルが突然やってくるのは、今に始まったことではない。だから、ゲリラ的にやってくる王子様の訪問に慣れてきたのかもしれない。アルはテオの家にもよく行くらしいから、きっとリシャール家の使用人の皆さんも鍛《きた》えられていることだろう。

「お嬢様、お菓子をお持ちしました」

「わあ、今日のお菓子も美味《おい》しそうだね。侯爵家の料理人は優秀だなぁ～」

サラがワゴンで焼き立てのマドレーヌを運んできてくれた。それを見て目を輝かせるのは、その件《くだん》の王子様だ。

「……城にだって一流の料理人がいるんだから、作ってもらえばいいだろう」

むっつりとした顔で、どこか不機嫌そうなのはテオ。

わたしは場の空気を変えるように、少し大きめの声を出す。

「まあまあ、そんな意地悪言わなくてもいいじゃん！　みんなで食べると美味《おい》しいし。はいテオ、食べて食べてー」

「むぐっ」

「アルもね！」

「わっ」

とりあえずふたりの口にマドレーヌをつっこんでおいた。お腹が空《す》くと、イライラするもんね。

遠巻きに見ているアルの護衛が驚いた顔をしていたけれど、知らんぷりをした。

わたしもマドレーヌを口に運ぶ。バターの香りと優しい甘さが口の中いっぱいに広がり、その美味《おい》しさについつい笑顔になる。

わたしがお菓子を満喫している横で、ふたりもむぐむぐと無言でマドレーヌを食べ切り、紅茶を飲んだ。

ひと息ついたところで、今日の本題に入ることにする。

「――ふたりって、婚約者とか作らないの？」

わたしが言うと、ふたりとも紅茶を噴き出《ふだ》しかけて、ケホケホとむせている。聞いたタイミングが悪かったようで、随分驚かせてしまった。

「珍しいね、レティがそういうことを話題にするの」

いち早く復活したアルが、王子様らしく優雅な所作でティーカップをソーサーの上に戻す。

確かに、わたしたちは花の話や食べ物の話、最近あった面白い話など、たわいない話をして過ごすことが多い。

（……ちょっと待った。わたしの中身、ほんとに大人なの？　外見に引っ張られて、実は精神年齢が下がってるんじゃない？）

ふと自分の精神年齢に不安を覚えながら、女子会で課せられたミッションをふたりに話すことにした。

「こないだ女子会……じゃなくて、ご令嬢たちが集まったお茶会でふたりの話題になって、聞いてきてって言われたから」

どんな世界でも、女子のネットワークによる探り合いというものはあるようだ。

わたしの話を聞いたアルとテオは、ふたりで顔を見合わせた。テオに至ってはすごく深いため息をついている。

「……そう言うレティはどうなんだ。そっちこそ、話があがっててもおかしくないだろう」

テオがそう言うのもわかる。貴族令嬢にとって婚姻は家同士を繋《つな》げるという重大な役割を持っているため、この年齢で婚約者がいることは珍しくない。

だからこそ、わたしはこのふたりについて探りを入れさせられているのだ。

「わたしはお父さまみたいな人と結婚する予定だから、まだいいの。ふたりと違って家の後継者でもないから、焦《あせ》らなくても大丈夫！」

わたしはなんだか深刻そうな顔のテオとどこか貼りつけたような笑みを浮かべるアルに、はっきりと言い切る。

お母様が元気になったこともあり、三年前には可愛い可愛い弟も生まれている。それに、ロートネル侯爵家は元々貴族としての地位も高い。つまり、わたしが頑張らなくても家は安泰《あんたい》なのだ。

そうそう、わたしがふたりに言ったのと同じことをお父様に言ったら、『うちの可愛い天使は、私の目の黒いうちは婚約も結婚もさせない！』って息巻いて、お母様に叱《しか》られていた。

実際は、前世のわたしが十歳そこらの子を相手に婚約することに抵抗があったから、言い訳にお父様を使わせてもらったのだけれど。

お父様のあの喜びようを見てたら、口が裂けても真実は言えない。

ただ、結婚願望がないわけではないから、もう少しお年頃になってから真面目《まじめ》に考えようと思う。

「……じゃあ僕たちもまだいいかな。ね、テオ」

「ああ。この話はおしまいだ」

アルとテオは、そう言って頷き合う。

「ええ⁉　ふたりに婚約者がいないと、世の婚約事情に歪《ゆが》みが生じちゃうじゃない！」

ふたりが婚約者を作らなかったら、この国の令嬢たちは皆その座を狙って、なかなか別の人と婚約できなくなってしまう。そうなると、わたしたちの同世代は婚約者がいない貴族の子息と息女で溢《あふ》れてしまうだろう。

「なんだそれ……」

「テオ、反応したら負けだよ」

呆《あき》れたようにため息をつくテオの横で、アルはやれやれと首を振る。

結局何も聞き出せなかったため、女子会への報告はなしということになる。きっと彼女たちをがっかりさせてしまうことだろう。

それからひととおりお茶を楽しんだあと、アルは執務があると言って、護衛とともにお城へと戻っていった。

普段は優しくて柔和《にゅうわ》な普通の男の子って感じだけど、こういう時はやっぱり王子様なんだなあとしみじみ思う。

こんなに気軽に話してたら、わたし、そのうち不敬罪でしょっぴかれるんじゃないかな。

ふたりになったので、テオとわたしはお母様たちのおしゃべりが終わるまで、庭園をのんびり歩くことにした。

「さっきの話は、本当か？」

ふと歩みを止めてそう問うテオは、真《ま》っ直《す》ぐにわたしを見ている。

「さっき……？」

「侯爵みたいな人と結婚するってやつだ」

あの発言の全部が嘘なわけではない。お父様みたいに仕事をビシッとできて、家庭も大事にする人は素敵だと思うし。

「うん。お父さまがわたしの理想だよ」

「そうか……うん、わかった」

わたしが答えると、テオは神妙な顔をして頷いたのだった。

二　乙女ゲームの記憶

前回のお茶会から、数か月が経った。

あれからテオとアルは勉強やら何やら忙しいらしく、珍しく会わない日が続いている。

少し寂しくもあったが、今日という特別な日を迎えるために、わたしも忙しくしていたからおあいこだ。

今日はとてもおめでたい日。侍女のサラが、結婚するのだ。

「サラ、おめでとう！」

そう言いながら部屋に入ると、花嫁姿の彼女はゆっくりとこちらを振り向いた。

「っ、お嬢様あぁぁぁ」

純白のウエディングドレスに身を包んだサラは、いつもより何百倍も美しい。

ウエディングドレスというものは、花嫁さんの魅力を最大限に引き出す素晴らしいものだ。目が覚めるような白と、そこにちりばめられた豪奢《ごうしゃ》なレースやドレープが、神々《こうごう》しさに拍車をかけている。

「サラ、泣きすぎよ？　せっかくの綺麗なお化粧がとれてしまうわ。とっても素敵なお嫁さんなのだから、そのまま旦那様のところに行ってあげないと」

わたしの言葉を聞いて、サラは一層涙を流す。

「ううっ……あの、小さかった、お、お嬢様がこんなに立派にご成長なさったと思うと……っ！」

「いやそれ、わたしが結婚する時に言う台詞《せりふ》じゃない？　今日の主役は貴女《あなた》なんだから、ほら、化粧を直したら行きましょう！」

「はいぃっ」

まだえぐえぐと泣き続けそうなサラを叱咤《しった》し、他のメイドにも手伝ってもらって支度をし直す。

やはり目の周りのお化粧が多少よれてしまったらしく、先ほど化粧を担当したメイドにお小言を言われている。

こうして泣いているサラを見るのは、わたしが三歳の時以来だ。

あれから七年が経ち、二十二歳となった彼女はすっかりいい大人だというのに、全くもう。

残りの準備はうちの精鋭《せいえい》の使用人たちに任せることにして、わたしは部屋を出る。屋敷のエントランスに向かうと、見知った人がそこにいた。

「テオ！　おはよう、早いのね」

「ああ。少し用事があったから」

サラの結婚式は、侯爵家の庭園で執《と》り行《おこな》う予定だ。

サラのお相手はうちの料理人のキースだ。今までたくさんお世話になった彼女たちに恩返しがしたくて、わたしが企画した。

なんせ前世のわたしは、友人の色んな結婚式に呼ばれまくったお陰で、悲しいかな花嫁の実践はしていなくとも、結婚式のイメージだけは豊富なのだ。

元々は町の教会で宣誓《せんせい》をするだけの予定だったらしく、サラは最初は遠慮していたけど、わたしの熱意に負けて最後は納得してくれた。

参列者はうちの家族と使用人、それと話を聞きつけたフリージア様が、テオも連れて一緒に来ることになっていた。

だが、参列者が集まる時間にはまだ随分と早い。フリージア様も来ていないようだし、先にテオだけ来たみたいだ。用事って、なんだろう。

わたしが首を傾げていると、テオがゆっくり口を開く。

「……レティ。今から少し、時間はあるか？」

「大丈夫。うちの完璧《かんぺき》な使用人たちにあとは任せてるから」

わたしが答えると、テオはほっとしたような顔をする。

「良かった。ちょっと一緒に来てほしい」

「うん、いいよ」

そうしてわたしはテオに誘われるがままに、結婚式の会場とは別の場所に向かうことになった。

勝手知ったるうちの庭。それなのに、テオのほうが淀《よど》みなくすたすたと歩いていく。

わたしはその背中を追いかけた。

なんだか最初に会った時みたいだと思っているうちに、小さな噴水《ふんすい》とベンチがあるスペースに着いた。

テオはそこでようやく足を止めて、わたしにそのベンチに座るよう促《うなが》す。ご丁寧にベンチの上にハンカチを置いて、ワンピースドレスが汚れないように配慮してくれた。小さな紳士様である。

「用事ってなあに？」

テオにそう問いかけると、わたしの隣に腰掛けたテオは、何やら上着の内ポケットをごそごそと探った。そのあと、何かを握りしめて、その拳《こぶし》をわたしの前へと持ってくる。

「これを……渡そうと思って」

開かれた掌《てのひら》の上に載《の》っていたのは、青い小花をモチーフにした可愛らしい髪飾りだった。あの日、リシャール公爵家で見た花のようなデザインだ。

「え？　わたしに？」

「ああ」

「ありがとう！　なんのお祝いかわからないけど、可愛い。早速《さっそく》つけてみるよ。サラ……は結婚式か」

ついいつもの癖でサラに頼みそうになったけど、彼女は今日の主役だった。他のメイドにでも頼んでみよう。

そう思っていると、テオが開きっぱなしだった手をずいと突き出してくる。

「貸してみろ」

「え、テオにできるの？」

「……少なくとも、レティよりはできる」

有無を言わせない雰囲気のテオに、大人しく髪飾りを手渡すと、わたしは彼に後頭部を向けた。

幸い、今日の髪型は白いリボンでハーフアップにしているだけだから、他の髪飾りでごちゃごちゃすることはない。

慣れない手つきで髪の毛を触られる感触に、少しもぞもぞしてくすぐったかったけれど、無事につけ終わったようだ。

「ね、似合ってる？　自分で見えないのが残念だなあ。あとで見てみようっと」

テオの手が離れたタイミングを見計らって、振り向くと、耳まで真っ赤にした美少年が照れくさそうにはにかんでいた。

「似合ってる、レティ」

「あ……ありがと」

その表情を見て、なんだかこっちまで照れてしまう。

どうして急にプレゼントをくれたんだろう。友人歴四年の付き合いではあるけど、テオから花やお菓子以外のものをもらうのは初めてだ。

きょとんとするわたしに、テオは何やらもごもごと小さな声で話す。

「今は、ここまでにしておく。あとでアルに文句言われそうだしな」

「え、今日もアル来るの？　一応、サラの結婚式の話はしてたけど……」

まさか侯爵家の一使用人の結婚式に、この国の王子が参列するなんて誰が想像するのだろう。

「あいつのことだから来るだろ」

……そう思っていたが、テオに断言されると確実にそんな気がしてきた。絶対に来そうだ。

そして、サラたちを慄《おのの》かせるに違いない。

「そろそろ戻るか」

テオに言われて、わたしはこくりと頷く。

「うん。へへ、プレゼントありがとう」

「……ああ」

お互いにほんのりと顔が赤いけれど、もうそのことには触《ふ》れずに、わたしたちは結婚式の会場へと戻ることにした。

来た時にはなかった、ほのかな重みを頭に感じながら。


庭園での結婚式は、大成功だった。

サラも、旦那様になるキースも、この上なく輝いている。花嫁であるサラは、頭に淡《あわ》い黄緑色の花々で作られた花冠《はなかんむり》を被《かぶ》っていて、まるで花の妖精のようだ。

お母様と手を繋《つな》いでいる三歳の弟のグレンも「サラ、きれい」とにこにこ笑っていて、癒《いや》される。

(花冠《はなかんむり》って素敵だなあ。前世でもたまに被《かぶ》っている花嫁さんは見たし)

目では幸せそうなふたりを眺めながら、頭の中では前世でハマったあの乙女ゲームも結婚がテーマだったな、なんてことを思う。

……まあ、そのゲームが間接的にわたしの死因になったわけだけど。

今になってみれば色々と思うところはあるが、あの時夢中になっていたゲームが楽しかったことは間違いない。今でも続きをプレイしたいくらいだ。

(あれ？　結婚がテーマの乙女ゲーム……？)

「レティ、難しい顔をしてどうしたの？　とっても素敵な結婚式になったわね」

隣にいるお母様が、わたしに笑顔を向けた。

艶《つや》やかな赤髪は健在で、つり目がちではあるのに何故か雰囲気は柔らかい。わたしのつり目はきつい印象だから、羨《うらや》ましい。

「い、いいえ。少し考え事をしていて……」

今、何かとても大事なことを思い出しそうだった。

もう少しでわかりそうなのに、何かが引っかかっていてもどかしい。

そんなわたしの様子に気づかず、お母様は楽しそうに笑っている。

「レティは何色の花冠《はなかんむり》になるのかしらね。その日が来るのがとても楽しみ。ふふ、その髪飾りもとても素敵だわ」

「花冠《はなかんむり》の色、ですか……？」

わたしが尋ねると、お母様はあっと手を口に当てる。

「あら、教えていなかったかしら。この国の慣習で、花嫁は旦那様になる人の瞳の色か、髪の色の花冠《はなかんむり》を被《かぶ》るのよ。サラの場合は、キースの瞳が緑だから黄緑色にしたのね」

その話を聞いて、どくっと心臓が嫌な音を立てた。

初めて聞いた話だ。

なのにわたしは、その設定を知っている。もちろん日本にはそんな風習はないのに、だ。

「やだわ、ローズったら。ヴァイオレットちゃんの花冠《はなかんむり》は、青いお花に決まってるじゃない。ねぇ、テオ」

「か、母様、何を言って……！」

いつから傍にいたのか、フリージア様がそう言いながら微笑んでいて、隣に立つテオは顔を真っ赤にしている。

「ヴァイオレット・リシャールになっても、とっても素敵だわ。わたくしはいつでも大歓迎よ！」

（ヴァイオレット……リシャール……？）

フリージア様の言葉を心の中で復唱すると、身体に稲妻《いなずま》が走ったかのような衝撃を受けた。

もう一度心臓が軋《きし》み、背中にひんやりと嫌な汗が伝う。頭痛と目眩《めまい》で、どうにかなりそうだ。

「レティ？　どうしたんだ？」

お母様を見ると、その鮮烈《せんれつ》な赤髪が目に飛び込んでくる。

無言のわたしを心配そうに見ているのは、テオだ。

テオフィル・リシャール。

公爵家の嫡男《ちゃくなん》で、青い瞳で、わたしの幼馴染――

頭の中に浮かぶたくさんの情報と映像で、本格的に気分が悪くなったわたしは、みんなに心配されながらもなんとか自室に戻った。

そして最低限の身支度をして、ベッドに寝転んで考え事をしているうちに、そのまま眠ってしまったのだった。

◆◆

公爵家の女主人は、真夜中に物音を聞きつけて、夜着のまま玄関にやってきた。

『テオ様っ、どうして家に帰ってきてくださらないのですか！』

薄紫色の長い髪を振り乱し、般若《はんにゃ》のような顔で女は夫に詰め寄る。

眼《まなこ》は血走っていて、顔は青白い。おそらく夫の帰りをずっと待っていたのだろう。

そしてそれは今日だけのことではない。

『仕事だと言っている』

そんな彼女に、夫は淡々と告げた。

『ですが……毎日はおかしいですわ！　どうせあの女のところに行っているのでしょう！』

『君には仕事のことはわからないだろう。私はもう寝るから、君も早く寝たらどうだ』

『テオ様！』

『……私と結婚したいという君の望みは、叶えただろう。これ以上干渉《かんしょう》される筋合いはない』

甲高《かんだか》い声で怒鳴りつける女に対して、『テオ様』と呼ばれた茶髪の男——テオフィル公爵は、全く表情を変えずにそう言い放つ。そして面倒くさそうに女の手を振りほどいて、すたすたと立ち去ってしまった。

『どうして……どうしてよ！　子どもだって生まれたのに、あの方はどうしてわたしを見てくださらないの……！』

『……おかあさま？』

玄関口で取り乱す女のもとに、赤い髪の幼い女の子が近づいていく。寝ぼけ眼《まなこ》の少女に気づいた女は、彼女の肩を強く掴んだ。

『いいこと、バーベナ。貴女《あなた》にかかっているのよ、貴女《あなた》が頑張れば、テオ様は必ずわたしたちを見てくださるわ。あの女からお父様を取り戻すのよ……！』

もはや怨念《おんねん》のような母親の言葉に、少女はこくりと頷く。生まれてからずっと聞かされて、もはや刷《す》り込《こ》みのようだ。

『ふふっ、ふふふふっ、テオ様、愛していますわ……！』

女は口元を歪《ゆが》めて笑う。静かな玄関に、その声はひどく響いた。

数年後、『アナベル』という名の少女が公爵家に現れた。

女主人がこの世で最も嫌いな女の娘だ。

かろうじて保たれていた公爵家の均衡《きんこう》は、この日、完全に崩れ去った。

女は、絶望で叫び続ける。

その、女の名は——

◆◆

——そこでぱちりと目が覚めた。心臓がやけに速く打ち、息苦しさすら感じる。

ベッドに寝たまま半身だけを起こすと、背中がしっとりとして気持ちが悪い。どうやらわたしは随分魘《うな》されていたらしい。

(ここは、あのゲームの世界? 信じられない……)

息を整えるために、何度か深呼吸をする。ありえない話だとは思うが、それにしては思い当たることが多すぎる。

この世界は、わたしが知っている西洋とも少し違うし、みんな髪色がカラフルだし、お母様やテオたちを見るたびに既視感《きしかん》があった。

(……よし、一回整理してみよう)

わたしは前世の記憶と今の状況を合わせて、情報をまとめることにした。

わたしが前世で夢中になっていた乙女ゲームは『花冠《はなかんむり》〜煌《きら》めきウエディング〜』という名前のとおり、主人公がハッピーウエディングを目指す物語だ。

友人の結婚式の帰り道。幸せビームを大量に浴びて、それでも次の日からはまたぷちブラックな会社勤めという現実に嫌気が差したわたしは、半《なか》ばやけくそになりながらこのゲームを見つけた。

彼氏もいないし結婚の予定もない。ゲームの中でくらい結婚してやる、と意気込んで始めたゲームに、見事にどっぷりとハマったのだ。それはもう、何周もやるくらい。

だからそのストーリーは、今でもはっきりと覚えている。

このゲームのヒロインのアナベルは、父と母とともに平民として暮らしていた。

しかし十三歳の時、母の死をきっかけに自分が公爵の娘だと知る。今まで普通の父親だと思っていた人が実は公爵で、他に妻と娘がいることまで知らされるのだ。

それからアナベルは公爵家に引き取られて、義理の母と義理の姉に蔑《さげす》まれ、疎《うと》まれながらも性根《しょうね》の清らかさから真《ま》っ直《す》ぐ美しく成長する。

そして義姉に一年遅れて入った学園で、運命の出会いを果たすのだ。

王子、騎士など複数の貴族子息たちや下町の幼馴染……。誰かひとりと愛を育《はぐく》み、ハッピーエンドなら、卒業パーティーでその人の髪か目と同じ色の花束を渡される。

そして最後は、結婚式のムービーが流れる。相手の色《いろ》で彩られた花冠《はなかんむり》を被《かぶ》ったヒロインの満面の笑みを見たら、無事にそのキャラクターのルートは攻略完了だ。

ちなみに誰を選んでも、義理の姉は王子様の婚約者として登場し、義理の母とともにことあるごとに嫌がらせをしてくる。

つまりは義理の姉のバーベナが『悪役令嬢』なのだ。

最後のイベントである卒業パーティーで、ヒロインが花束をもらう前に、バーベナはその罪が暴《あば》かれ、王子に婚約破棄された上で、母娘ともども地方へ追放される……というのが大まかなストーリーである。

「なんてこった……わたしが、あのお母さまって……」

わたしが頭を抱《かか》えたのには理由がある。

それは、乙女ゲームのエンディングを迎えたあとのオプションムービーだ。

何故か悪役令嬢の母親目線で描かれたそれは、誰得なのかわからないとSNSで話題を呼んでいた謎特典だった。

——そしてその特典映像の内容は、わたしが今日見た悪夢に酷似《こくじ》していた。

映像の中にいた悪役令嬢バーベナの母親の名は——『ヴァイオレット』。

薄紫色の髪を揺らし、狂気に満ちたあの女は、わたしの姿だ。そのことにぞっとする。

『ヴァイオレット』は大好きだった幼馴染の公爵との婚姻を親の力で半《なか》ば強引に結んだものの、彼からは愛されず、娘ともども顧《かえり》みられることはなかった。

そんなある日、彼は屋敷にひとりの少女を連れてくる。アナベルという名の少女は彼のもうひとりの娘で、今後は公爵令嬢として育てるのだという。

アナベルは彼に慈《いつく》しまれ、大切にされていた。彼に愛されたかった『ヴァイオレット』の怒《いか》りや悲しみは、全てその少女に向けられた。

そうしてヴァイオレットは、実の娘であるバーベナとともにアナベルを虐《しいた》げ続ける。

しかし最後には悪事が全て露見《ろけん》し、彼女たちは地方に追放されて、公爵やアナベルたちともう二度と会うことはなかった――という筋書きだ。

アナベルの攻略対象の王子様に、アルはよく似ている。

ゲームに名前は出てこないが、最後に悪役令嬢とその母を追放する王子の父である国王陛下が、アルなのだろう。

そしてテオは、『ヴァイオレット』の我儘《わがまま》が原因で無理矢理婚姻を結ばされる、悪役令嬢とヒロインの父となる存在だ。彼には他に愛する人がいたのに、その女性の身分の低さと『ヴァイオレット』との婚約のせいで、結婚することがかなわなかった。

好きな人と引き離されるなんて、テオもかわいそうだな、と思ったところで、わたしは少し冷静になって考えてみた。

（確かにテオも不憫《ふびん》ではあるけど、この場合は悪役令嬢のバーベナのほうが辛《つら》い人生じゃない？）

前世ではゲームの中の話だったから、別にいい。ヒロインに盛りに盛ってくれていい。だけど、現実に置き換えると、母親からは愛とは違う形で執着され、父親はよそに家庭があって、その娘であるアナベルばかり可愛がるとなると、バーベナの心の拠《よ》り所《どころ》がない。

（いやいやいや、そりゃ悪役令嬢の性格歪《ゆが》むわ！　まともな家庭環境じゃないもん）

アナベルへの嫌がらせはひどかったけど、バーベナだってそうやって自分の居場所を守ることしかできなかったんじゃないだろうか。

「――他に愛する人がいる、か」

わたしはまだ少し痛みの残る頭を押さえながら、ベッドサイドに置いてある青い小花の髪飾りに目をやった。

今のところ、テオからはわたしに対して憎悪《ぞうお》のような感情は感じられない。

あの『ヴァイオレット』のように、邪険にされることはないと思いたいが、何かがきっかけになって、態度が変わる可能性は否定できない。

きっと彼がわたしに優しいのは、まだヒロインの母親となる運命の人に出会っていないだけだろう。もし出会ってしまったら、疎《うと》まれるのかもしれない。

テオはいつか出会う本当に愛する人と幸せになるべきで、そしてわたしは、彼に必要以上に近寄ってはいけないのだ。

昨日、体調が悪くなる直前のフリージア様の言葉を思い出した。テオとの結婚をほのめかしていたような気がする。

このまま傍にいると、わたしやテオの意思にかかわらず、周りが勝手に盛り上がる可能性がある。

というか、今の時点で大分《だいぶ》盛り上がってる気がしなくもない。ただでさえお母様とフリージア様は仲良しなのだ。

「……よし。わたしへのお父さまガードをさらに強化しよう！　テオが運命の人に出会うまで！」

わたしがさっさと他の人と婚約するって手もあるけど、それは悪手《あくしゅ》だ。

相手がテオじゃないだけで、無理矢理婚約した相手とうまくいかなかったら、別のバーベナが生まれるだけだろう。

テオとの婚約だけを回避するのも公爵家相手だとカドが立ちそうだし、お父様の宰相権限を有効に使ってもらって、時が来るまでは誰とも婚約しない作戦にしよう。

それに、せっかくならわたしもこの世界で楽しく過ごしたいし、お父様とお母様みたいに相思相愛《そうしそうあい》の幸せな結婚がしたい。

「今後の方針は決まりね。わたしは暫《しばら》く誰とも婚約しない。テオとの関わりを最低限に抑える。ヒロインの母っぽい人が現れたら、ふたりを全力で応援！」

ゲーム中ではヒロインの母の容貌《ようぼう》や名前が語られることはなかったため、情報が乏《とぼ》しい。

ヒロインはとてつもなく可愛かったから、そのお母さんとなる女性もきっとすごく可愛いだろう。

アナベルの髪色は淡《あわ》い金髪、瞳の色はスカイブルー。肌の色は透《す》き通《とお》るように白く、守りたくなるお姫様のような容姿をしていた。

テオの髪色は淡《あわ》い茶髪。ということは、その人が金髪である可能性が高い。

身分差が問題となって彼女とテオの結婚は周囲に認められず、アナベルが平民として暮らしていたということから、その人も平民の可能性が高い。それか、没落しそうな貴族あたりも怪しく思えてくる。

それらしい人を見つけたら、お手伝いをしよう。不倫される未来は回避したいし、あの優しい幼馴染には、真っ直《まっす》ぐに愛する人と幸せになってほしい。

それに何より、不幸な娘の誕生を阻止《そし》しなければならないのだ。

（テオ、今回は邪魔しないからね。愛する家族とちゃんと幸せになるんだよ……！）

そう強く決意し、わたしは手元の髪飾りを棚の引き出しの奥にしまい込んだ。

◆【もしもの世界】ロートネル侯爵　ブライアム◆

『宰相様！　急いで屋敷にお戻りください！』

城で執務中の宰相、ブライアム・ロートネルの執務室に男が突然駆け込んできた。その男は城に仕《つか》える騎士のようだが、息を切らし切羽詰《せっぱつ》まった状況が窺《うかが》える。

その様子を見たブライアムは、心臓がぎゅうと握り込まれるような気がした。

『今日の執務はここまでとする。屋敷に戻る』

傍にいた補佐の男にそう告げて足早に部屋を出ると、城の門の前には、侯爵家から来たと思われる見慣れた使用人たちが、馬を二頭連れ立って待ち構えていた。

『……っ、旦那様！　お急ぎください』

ブライアムの姿を見つけた使用人は、彼に馬に乗るように促《うなが》す。馬車ではなく馬――それは、この状況がかなり緊迫していることを示している。使用人たちの顔色もとても悪い。

（どうか間に合ってくれ……！）

馬に跨《またが》ったブライアムは、祈るような思いで帰路を急いだ。

『ローズ！』

静まり返った屋敷に戻り、愛する妻の居室へと向かう。

部屋の扉を開くと、青白い顔で横たわる妻、ローズの姿があった。娘のヴァイオレット、医師、それとお付きの侍女たちが彼女を取り囲んでいる。

皆一様に硬い表情で、幼いヴァイオレットは静かに泣いていた。

『だ……んな、さま……？』

息も絶え絶《だ》えに、ローズはブライアムを見た。

『ローズ……！』

『ごめ……なさ……わたし、約束、まもれな、くて』

『いいから、しゃべるんじゃない』

ブライアムが駆け寄ると、ローズはその手をとって、力なく微笑む。

『あえて、よかった……レティを、おねがいします』

『ローズ、ローズ！』

微笑んだまま瞼《まぶた》を閉じたローズは、もう二度と目を覚ますことはない。

屋敷には、愛する妻を喪《うしな》った男の慟哭《どうこく》が響いた。

◆◆

「――なさま、旦那様。ブライアム様」

身体を揺すられてブライアムが目を開けると、鮮《あざ》やかな赤髪を持つ愛《いと》しの妻が目の前にいた。

先ほど、その妻が儚《はかな》くなる姿を見たばかりだ。その強烈な情景が頭から離れず、ブライアムは混乱する。

「ロー……ズ？」

「随分と魘《うな》されていらっしゃいましたが、恐ろしい夢でも見たのですか？」

柔らかく微笑むその顔は、青白くやつれていた夢のものとは違い、ふっくらとしていて艶《つや》やかだ。ブライアムは恐る恐る手を伸ばし、彼女の頬に触《ふ》れた。

(——あたたかい。生きて、いる)

彼女は確かに生きている。その事実にひどく安心する。

「変な旦那様」とくすくすと笑うローズの姿に、強張《こわば》っていた身体から力が抜けるのを感じた。

七年前、ローズは寝たきりの状態だった。

元々身体が弱かったが、娘のヴァイオレットを産んだあとから調子を崩しがちになり、娘が三歳の頃には部屋から一歩も出ることができなかった。

医師から処方された薬を服用していたが、それでも彼女が快復する兆《きざ》しはなかった。

それがどうだろう。今ではこんなに体調が良く、ふたり目の子宝にも恵まれたのだ。

「何か飲みますか？　果実水をご用意しますね」

「ああ。頼むよ。とても喉《のど》が渇《かわ》いた」

ブライアムは頷くと、悪夢を忘れるように頭《かぶり》を振る。

とてもとても、怖い夢だった。

ブライアムにとってローズを失うことは、全てを失うことに等しい。

「どうぞ、旦那様」

「ありがとう」

「ふふ。貴方《あなた》をそんなに怖がらせる夢って何かしら？　ヴァイオレットがお嫁にでも行きましたか？　今日のサラの結婚式、素敵でしたものね」

楽しそうなローズの顔を見ながら、ブライアムはなんと答えたらいいかわからず曖昧《あいまい》に微笑む。

「レティもあんな風な花嫁になれたらいいですね。私みたいに、幸せに」

「ローズ……」

「旦那様、ちゃんとレティをお嫁に出さないとダメですよ？　あの子が生まれた時に、ふたりで約束したでしょう」

ヴァイオレットが生まれた時、ローズは言った。

『この子にも、必ず幸せな婚姻をさせましょう。そして、ふたりで一緒に見送りましょうね』と。

（そうだ、だから、私は……ヴァイオレットが望むとおりに婚姻させたんだ。ローズを失ったあと、私が持つ全ての権力を使って。それが、ローズとの約束を守ることになると思って……）

「ブライアム様？」

「っ！　いや、なんでもない」

　夢の中の自分に同期するように思考しかけたブライアムは、ローズの声を聞いて、また果実水を口に運んだ。

（不思議な夢だった。夢なのに、現実のような。あの時、ローズの容態が快方に向かわなければ、そうなったかのような……）

「大丈夫ですよ、旦那様。レティがいなくなっても、私やグレンがいます。もう、私の身体のことでご心配はおかけしませんわ」

　自分の考えていることとは全く異なっているが、励《はげ》ましてくれようとするローズを見ると、心が安らぐ。

「……そのレティは、誰とも婚約しないと言っているが」

「あらあら。それならそれで、みんなで暮らしましょう」

　和《なご》やかな彼女の言葉に、ブライアムは思わず笑い声を漏らした。

「ふ、そうだな。リシャール家や王家からやんわりと婚約の打診が来ていたが、面倒だから全て断ることにしよう」

「まあ、旦那様ったら！」

　ブライアムはローズの身体を抱き寄せる。彼女の心臓は規則正しく、とくとくと脈を打っている。
その音を聞いて、ようやくはっきりと夢から醒《さ》めた。
――大丈夫。あの夢のようにはならない。
妻は確かに生きている、それだけが全てだ。

三　学園と再会

あの決意の日から三年。

先々月に十三歳になったわたしは、明日から通う学園の制服を身にまとっている。

この世界では十三歳になった貴族の子息や息女は、みんな学園に入学し、寮生活を始める決まりになっている。

そのため、家を出る前に着て見せてというお母様たちの要望に応えたのだ。

そんなわたしを見て手放しに賛辞を与えてくれるのは、言わずもがな優しく美しいお母様と、お母様譲りの赤髪が綺麗な六歳の弟グレンだ。

「おねえたま、ちれい～」

そしてそこに、舌足らずな二歳の妹、サイネリアの愛らしい声も加わる。

「いよいよ明日からなのね……レティがいないと寂しくなるわ」

「わたしも寂しいです」

「おねえたま、やだぁ～」

しゅんとしたお母様につられるように、グレンとサイネリアが瞳を潤《うる》ませる。

そんな様子を見て、わたしは苦笑いした。

この世界が乙女ゲームだとわかってから、気づいたことがいくつかある。

日本発の乙女ゲームであるからか、ちょこちょこと日本文化的なものが入り乱れているのだ。

貴族って制服着るのか、とか、高貴な人たちが揃って寮生活なんてそんなことあるのか、とか。つっこみだしたらキリがない。

この乙女ゲームは学園生活で旦那様を見つけるものだったので、当然その母親世代であるわたしたちも同じ文化なのだろう。

ひと月や一年の考え方は日本と同じ。四月から学校が始まるのも同じだ。

二年間の学園生活を送り、そして十五歳になったら、卒業してデビュタントと呼ばれる夜会デビューがある。

そうして夜会デビューをしてからは、大人の一員として、社交界へと繰り出すのだ。

この国の婚姻は十六歳から可能となっており、婚約者がいる人たちは大体そのあたりで結婚するらしい。お母様も、婚約者だったお父様と十七歳の時に結婚したそうだ。

そしてここがポイントなのだが、この世界では十五歳から成人として扱われるため、二十歳を過ぎても結婚していないご令嬢は行き遅れらしい。

前世で二十六歳未婚だったわたしは、その話を聞いて少し泣きそうになった。

だって、ハタチで行き遅れなんて切なすぎる。

「お母さま、すっかりお元気になりましたね」

泣きそうな妹の頭をよしよしと撫でながらお母様を見ると、にっこりと笑ってくれた。

「ええ、レティのお陰だわ。まさか私がこんなに可愛い子どもたちに恵まれるなんて、思っていなかったもの」

三十一歳になったお母様は三人の子持ちとは思えないほど、その美しさは失われていない。

あの頃の痩《や》せ細《ほそ》った青白い顔の女性とは、まるで別人だ。

「レティは本当に色々と詳しいのね。サイネリアが生まれたあとも、たくさんのことを教えてくれて」

「え、ええ！　お城でもたくさん学んでいますし。様々な方からお話を伺《うかが》う機会がありましたので」

「さすがだわ」

お母様に真実は言えない。

産後の身体を整える産褥期《さんじょくき》の過ごし方についての知識が、前世の親友よっちゃんの教えということは。

同い年の親友にはすでに子どもがふたりいて、その大変さはよく聞かされていた。

まさか自分より先にその知識を活かすことになるとは思わなかったが、お母様がこうして美しく健康でいられるのもよっちゃんのお陰なので、感謝したい。

お母様が最初に体調を大きく崩したのが、わたしを出産したあとだと聞いて、ピンときたのだ。

日本でも昔から『産後の肥立《ひだ》ちが悪い』という言葉がある。女性の身体に大きな負担がかかる妊娠、出産は危険なものなのだ、とよっちゃんが言っていた。

「姉様、お休みの日は帰ってきてくださいますか？」

わたしと同じ琥珀色《こはくいろ》の瞳を揺らしながら、そう問うのはグレンだ。

「ええ、もちろんよグレン！　たくさんお話ししましょうね」

「おにいたま、ずるい！　リアもリアも～」

「あらあらレティは大人気ねぇ」

家族の笑い声と、それを見守る使用人たちの優しい笑顔。

こうしていると、たまに思うのだ。

ゲームの『ヴァイオレット』は、こんなにあたたかい暮らしの中で、あんなに性格が歪《ゆが》むのだろうか、と。

主役はあくまでヒロインなので情報は少ないが、彼女には実の弟、さらには妹がいたような描写はなかった気がする。跡継ぎのために養子となった、義理の弟がいただけではなかったか。

（うーん、わからない……。ゲームの世界とは少し違うのかなあ）

この三年、わたしに婚約の話が出ることはなかった。だけど同様に、アルやテオが誰かと婚約したという話も耳に入っては来なかった。

とはいえ、わたしの決意を揺るがすわけにはいかない。

そのため、彼らとお茶会をする時間をなくした。その代わりに、わたしには何故か家庭教師が増え、週に数回はお父様とともに登城《とじょう》し、城の厳しい教師のもとに学びに行っている。

城に行けば、もちろんアルはいるから、合間の休み時間にちょこちょこと話をする機会はあった。けれど、以前のように彼らが侯爵家に訪ねてくることはすっかりなくなっていた。

ここ一年は、先に学園に入学した彼らと顔を合わせる機会は皆無に等しい。

寂しくないといえば嘘になるが、この期間、ひたすら勉強に打ち込んだお陰で、明日からの学園生活において勉強への不安は全くない。それは思いがけない副産物といえるだろう。

本当に、やけに忙しい三年間だった。

学園に行けば、たくさんの貴族息女たちや、平民の子たちもいる。

ついに『ヒロインの母』である金髪美少女と遭遇《そうぐう》するかもしれないのだ。

（いよいよね……頑張らないと）

何かが起こるような予感しかしないが、とりあえず今は目の前の弟妹《ていまい》を愛《め》でることに全力を注《そそ》ぐことにした。

❀

そして、翌日。わたしは学園の校門の前に立っていた。

今日は学園の入学式だ。ゲームで見た映像と全く同じ、お城のような見た目の校舎を眺めていると、なんだか戦地に赴《おもむ》くような気持ちになる。

「ではお嬢様。私たちはお部屋を整えて参ります」

そう言ったのは、昨年からわたし付きの侍女となったアンナだ。

「ええ。お願いね」

わたしがそう告げると、彼女は他の数人のメイドと寮へと向かっていった。

今日からの新生活のために荷物を運び込む必要があるので、こうして初日は複数の使用人とともに来たのだ。

明日からは、アンナだけが学園に残ることになっている。

幼い頃からわたしの侍女を務めていたサラは現在子育て中のため、侯爵家でお留守番をしている。

サラもこちらに来たがっていたが、『子どもが小さい頃の思い出はプライスレスだ』と親友のよっちゃんも言っていたから、今は仕事より家庭を大切にしてほしい。

ここでの二年間は、寮での共同生活となる。とは言っても、生徒は身分によってあてがわれる部屋のランクが異なる。貴族であり、しかも侯爵令嬢であるわたしには、侍女のための部屋も併設された特別室が用意されている。

前世が平凡な日本人としては、せっかくなので平民用だというふたりひと部屋のよくある寮生活を満喫してみたかったのだが、ロートネル家の肩書きがそれを許さなかった。

まあ、宰相の娘と同室になると、相手のほうが気を遣うだろう。そう考えて、素直に従うことにした。

ひとりで構内を歩いていると、いつの間にか入学式が行《おこな》われる大講堂の入り口に到着していた。

開かれた重厚な大きな扉と、鮮《あざ》やかなステンドグラス。そして新入生たちのざわめき。ヒロインの視線を通して見る、ゲームのオープニング画面そのままの景色に、ぞくりと鳥肌が立った。

見たことのある風景が眼前を流れていく様《さま》に、目がチカチカする。

（やっぱり、ここはあの世界で間違いないんだなあ。わかってはいたけど、ようやく実感が湧《わ》いてきた）

ここで、ヒロインと攻略対象者たちのあれやこれやが繰り広げられるのだ。まあ、早くても二十年くらいあとのことなのだけど。

こちらの世界ではわたしはまだ十三歳なのに、すでに生まれてもいない我が子たちに思いを馳《は》せている。それが少し滑稽《こっけい》で、思わずため息のような苦笑がこぼれてしまった。

「レティ！」

急に誰かに愛称を呼ばれて、わたしの意識は現実に戻った。声がしたほうに顔を向けたわたしは、唖然《あぜん》としてしまう。

柔らかなミルクティー色の髪に、透《す》き通《とお》るような青の瞳。

以前見た時よりも格段に背が伸びて、男前度がぐんと上がっている幼馴染がそこにいた。

「テオ……よね？　多分」

「なんで疑問形なんだ。レティ、入学おめでとう。……久しぶりだな」

目の前にいる幼馴染と会うのは、確かに久しぶりだった。個人的なお茶会にはなんだかんだと理由をつけて行かなかったし、公式なお茶会は女子会だけに足を運んだ。

お母様が何か言付けたのか、フリージア様がうちに来る時はテオを伴《ともな》わなくなっていたし……とにかくこの成長ぶりに驚くくらいには、久しぶりの邂逅《かいこう》だ。

「なんだ……その、レティ、綺麗になったな」

「あ、ありがとう。テオも大きくなった、ね」

無愛想だった幼馴染は、いつの間にか笑顔でそんな社交辞令を言えるほど成長したらしい。さすが、今年卒業したら社交界デビューなだけはある。

（もう運命の人とは出会ったのかな。そうだとしたら、今後のためにもありがたいんだけどなあ）

「テオ、急にいなくなるから、どうしたのかと思えば……。やあレティ、入学おめでとう。制服がよく似合っているよ」

むんむんと考え事をしていると、輝く金髪が美しい、綺麗な男の子がテオの横に現れた。

言わずもがな、第一王子のアルベール様だ。こちらもぐんと大人っぽく成長している。

テオとアル。双璧《そうへき》ともいえるふたりの登場に、周囲のご令嬢が俄《にわ》かに活気づくのがわかった。

きゃあきゃあと興奮する声や、わたしを見て何やらヒソヒソと話をする声が聞こえる。

その様子にわたしは我に返った。女子的に言うと、非常に危険な状態だ。

「ありがとうございます、殿下。お褒《ほ》めいただき光栄ですわ。テオフィル様にも気にかけていただいて、感謝しております」

「レティ……?」

突然他人行儀な口調になったわたしを、テオが不思議そうに見つめる。

「お父様にも、おふたりのことはお伝えしておきますね。では、わたしはこれで失礼しますわ」

テオが首を傾げるのに構わず、わたしはお父様、の部分を強調してにこりと微笑む。

わたしたちはあくまで親の付き合いの延長線上の知り合い。そう周囲に印象づけておかないといけない。

久しぶりだったからうっかり以前と同じ対応をしてしまったけれど、この二年は特に気をつけないと。

テオの運命の人のこともあるけれど、それ以前にこのふたりと仲良くしていたら、他の令嬢からなんて言われるかわかったもんじゃない。

ちらりとアルを盗み見ると、仕方がないと言いたげに苦笑していた。

「……うん。宰相殿によろしくね、ヴァイオレット嬢」

「アル、どうして……！」

「ほら、テオ。僕たちも行かないと。入学式での挨拶《あいさつ》は生徒会長の僕と副会長の君だろう」

何か言いたげなテオを、アルが爽《さわ》やかな笑顔で連れていく。

それを見て、わたしはほっと胸を撫で下ろした。

それから入学式は恙無《つつがな》く終わり、新入生たちはそれぞれ割り振られたクラスへと移動することになった。この学園では成績や身分などを勘案して、上から順にAからEクラスまで分けられている。

わたしはAクラスだ。あれだけずっと勉強したんだから、家の力じゃなく実力だと信じたい。

そう思いながら教室に足を踏み入れると、少し空気が変わったような気がした。

一瞬だけ静かになったあと、再びざわつき始める。教室には、わたしをちらりと見る人たちもいた。それは、ほとんどがご令嬢だ。

テオとアルとのさっきのやり取りを、見られていたのだろう。見目麗《みめうるわ》しい上にやんごとない生まれの男子ふたりに親しげに話しかけられたら、女子から厳しい目で見られることは前世でも学習済みだ。

ロートネル侯爵令嬢という肩書きが、わたしをある程度は守ってくれるとは思うけど。

「ヴァイオレット！　早速《さっそく》例のふたりに話しかけられてたわねぇ。あの時のみんなの顔ったら」

わたしの肩を、ぽん、と軽く叩きながら、ひとりの令嬢が話しかけてきた。注目されていることに気を遣ってか、わたしにしか聞こえないくらいの声量だ。

その少女は、橙色《だいだいいろ》のウエーブがかった髪を揺らしながら、心底楽しそうに笑っている。

わたしは彼女を、じとっとした目で見つめた。

「……リコリス。見ていたの？」

「講堂の前で堂々とおしゃべりしときながら、何言ってんの！　私だけじゃなくて、みーんな見てたと思うわ」

「そ、そうよね」

わたしは小さく息をついた。

やはりそうか。あの時早めに撤退《てったい》したのは正解だったようだ。

アルが状況を理解して、すぐに対応してくれて助かった。

安堵《あんど》するわたしに、リコリスはにこやかに言う。

「そんなことより、私も奇跡的にAクラスだったわ。よろしくね。ヴァイオレット」

「ええ。貴女《あなた》がいれば心強いわ。婚約者様は？」

「あいつね、もちろん同じクラスよ。鍛《きた》えているくせに私より成績もいいなんて、どういうことかしら？　信じられないわ」

彼女はやれやれと肩を竦《すく》める。

リコリスは正真正銘《しょうしんしょうめい》グレーヴス伯爵家のご令嬢なのだけれど、このとおり快活《かいかつ》な性格をしている。

わたしとリコリスは、五年くらい前にお茶会がきっかけで仲良くなった。

お茶会で見かけるたびに、彼女はアルの話もテオの話も全く興味がない様子だったので気になったのだ。

そのため、偶然席が近くなった時にわたしのほうから話しかけて意気投合《いきとうごう》し、今に至るというわけだ。

聞けば、彼女はすでに婚約者がいるため、テオやアルには興味がないという。

お相手は幼馴染の伯爵子息で、小さい頃から競い合って育ったために、リコリスは乗馬も剣術もできるお転婆《てんば》令嬢になったらしい。

確かに、婚約者をあいつ呼ばわりできる令嬢はなかなかいない。

「あ、噂《うわさ》をすれば」

リコリスの言葉に入り口を見ると、紺色《こんいろ》の髪をした長身の男性が入ってくるところだった。

制服を着てはいるが、騎士見習いである彼の体格の良さが逆に強調されている。

リコリスの婚約者である彼——オーブリー・アンヴィルは、わたしたちの視線に気づくと、真《ま》っ直《す》ぐにこちらへと向かってきた。

「よお、リコリス。まさか同じクラスとはな。てっきりお前はBクラスだと思ってた」

「アンタに言われると腹立つ！　事実だけど」

「ははは」

教室の中であるため、見ただけでは婚約者同士が和《なご》やかに話しているようにふたりは装《よそお》っているが、わたしに聞こえてくる内容はこんな感じで、砕《くだ》けたものだ。

いやもう夫婦じゃないのか、と言いたくなるくらい息がぴったりのふたりを交互に見る。

リコリスの橙《だいだい》の髪と、オーブリーの顔立ちと体格。

そのふたつを合わせると、あら不思議。

『花冠《はなかんむり》～煌《きら》めきウエディング～』の攻略対象者のひとり、伯爵子息の騎士が浮かび上がってくる。

きっと彼は、このふたりの子どもなのだろう。

こういうパターンもあるのか……と、記憶を取り戻した時と同じくらいの衝撃を受けた。

思考に浸《ひた》っていたわたしだが、ずっと突っ立っているわけにもいかない。

わたしは令嬢らしく、淑女の礼をとった。

「アンヴィル卿、ごきげんよう。これからよろしくお願いいたしますね」

「ああ。ロートネル侯爵令嬢か。こちらこそ、これからこの跳ねっ返りともどもよろしく頼む。こいつにヴァイオレット嬢の半分でも淑《しと》やかさがあればいいんだが」

オーブリー様が言うと、リコリスが即座に噛みつく。

「あんただって人のこと言えないでしょ。鍛練《たんれん》ばっかりやってないで、殿下たちの社交性を見習いなさいよ」

「む……それを言われると返す言葉がない」

ふたりのテンポの良い掛け合いに噴《ふ》き出《だ》しそうになりながら、わたしの学園生活は幕を開けた。

✿

「……はい？　先生、今なんとおっしゃいましたか？」

入学してひと月が経った、ある日の昼休み。

わたしは担任教師であるラザレス・フルード先生に呼び出されていた。

「おや、貴女《あなた》が一度で理解できないなんて、珍しいこともあるものですね」

美しい銀の長髪を後ろでひとまとめにした先生は、眼鏡のつるに触《ふ》れながら楽しげに微笑んでいる。無駄に妖艶《ようえん》な色気が放出されていることはそっとしておく。

わたしは気を取り直して、先生に言う。

「理解できないというか、驚いたというか……何故、わたしなのでしょうか？」

わたしが狼狽《うろた》えているのは、生徒会の顧問《こもん》を務める先生に、生徒会への加入を打診されたからだ。

生徒会といえば、学園の顔となる生徒が集められる上に、先日の入学式でアルが生徒会長、テオが副会長という事実が発覚したばかり。

そんなところに入るなんて、未来の我が子のため、絶対に回避しないといけない。

わたしの質問に、先生は大きくため息をつきながら口を開いた。

「逆に言えば、貴女《あなた》しかいないのですよ。成績優秀で、侯爵家のご令嬢と家柄《いえがら》も申し分ない……それに、現宰相のご息女です。これだけでも理由になるでしょう」

「そ、それは……でも、そういった活動は希望者がやるべきではないでしょうか？　わたしには荷が重いですし」

（きっと、彼らの傍にいたいと思う女の子たちは大量にいると思います、わざわざわたしを配置しなくても！）

そんな心からの念を込めた視線を先生に送るが、何故かウインクを返されてしまった。

「貴女《あなた》のそういうところも、推薦《すいせん》した理由のひとつです。実のところ、昨年から生徒会への加入希望者があとを絶ちません。何故なら、彼らが執行部役員だからです。それは、貴女《あなた》もわかっているでしょう」

「は、はい」

「彼女たちは色恋に現《うつつ》を抜かすばかりで、仕事にならないので困っているのです。貴女《あなた》のように、節度を持って行動できる方が生徒会に欲しいのですよ。つまり、何もかもが望ましいということです」

わたしは言葉に詰まり、「でも……」と反論の言葉を探すが、先生は続ける。

「すでに、現生徒会長と副会長からも推薦《すいせん》されています。ちなみに、元々学年首席の成績をとった方は、有無を言わせずに生徒会に入ることになっていますので、拒否権はありません」

「えっ」

「今日の放課後、生徒会室に来てくださいね。私の用件は以上です」

では、と言って先生が立ち去ったあと、わたしはその空《あ》き教室で立ち尽くしていた。

確かに入学してすぐ、実力テストと銘打《めいう》たれた抜き打ちのテストがあった。今まで毎日のように勉強漬けの生活だったわたしは、難なくそのテストを乗り越えることができたのだけど……

（わたしが首席？　あのスパルタ教育、貴族だったらみんな受けてるものじゃないの？数学とか前世に比べたらすっごく簡単だったよ？）

そもそも、あの勉強漬けの日々が始まったのも、望まない婚約は回避したいとお父様に申し出たことが発端《ほったん》だったはずだ。

『いざ誰かと婚約するという状況となった時に、どこへ行っても恥ずかしくない淑女であるように、今から少しずつ努力するんだよ』とお父様に言われて、奮起《ふんき》した記憶がある。

世の淑女はみんな、こんな涙ぐましい努力をして婚約を勝ち取るんだなと感心したものだ。

いや確かに、はたから見たらわたしは、すごいチャンスを獲得したように見えるのかもしれない。生徒会に入れば、彼らと確実にお近づきになれるのだから。

だが、わたしにとっては本末転倒《ほんまつてんとう》なのである。

婚約回避のための勉強が、生徒会に入る布石《ふせき》になるとは予想しておらず、大いに動揺する。

（ああもう、その条件を知っていたら、テストなんか頑張らなかったのに！　いや、でも、せっかく勉強してきたのに手を抜くのも……いやいや、勉強を頑張ったのはそもそも婚約回避のためで……？　ちょっと待って、よくわかんなくなってきた）

先ほどから思考は堂々巡りをしている。

でも、先生から生徒会の話を聞いて、少し興味が湧《わ》いた部分もある。

前世では生徒会なんて煌《きら》びやかなものは縁遠《えんどお》い存在だった。それに、ブラック企業勤めの社会人魂《だましい》が疼《うず》くというかなんというか、仕事を欲《ほっ》しているというかなんというか……悲しい性《さが》である。

資料作成とかホチキス留めとか、そういう単調な作業がわたしは好きだった。

「……そうよね。考えすぎは良くない」

そう呟いて、わたしは視線を上げる。

別に、生徒会に入ったからといって婚約者ルートが確定するわけではない。テオのことは気にしないようにして、仕事を頑張ればいいんだ。

（というか、そもそもヴァイオレットって生徒会に入ってたのかな？　バーベナは公爵令嬢パワーで自分を捻《ね》じ込《こ》んでた気がするけど、母親譲りの作戦だったのかなあ）

親パワーで婚約するくらいだから、彼女が強引に生徒会に入るくらい余裕だろう。

今の状況がシナリオどおりなのかそうでないのかは、いまいちよくわからないが、どうやら生徒会への加入は不可避のようだ。

それならばと、わたしは仕事に邁進《まいしん》することを決めた。

放課後になり、わたしは先生に言われたとおり生徒会室に向かっている。気が進まないけれど、仕方がない。

リコリスにこのことを話すと、「ヴァイオレットが学年首席……助かるわ。今度勉強教えてね」と明後日《あさって》の返答をされた。本当に、テオやアルのことには興味がないらしい。

リコリスらしい回答に、わたしは気が抜けてしまった。

まあ、引き受けてしまった以上あと戻りはできないと、気持ちを切り替えることにする。

それに、色々と考えているうちに、わたしは思い至ったのだ。

もしかしたら、ヒロインの母も生徒会に入っているかもしれないということに。

先生の話だと、生徒会加入者の条件は成績優秀者ということだったので、おそらく身分は問わないのだと思う。

数は多くないが、この学園には成績優秀な平民も入学している。身分違いの者が出会う機会が少ないことを考えると、アナベルの母とテオが恋に落ちる場として、学園の生徒会はうってつけなのである。

（それにしても、アンナにテオたちの行動ルートを調べておいてもらって良かった）

学園ではできるだけアルやテオに遭遇《そうぐう》しないように心がけている。直接会うとうまく対処できないことを入学式で実感したため、最初から回避することにしたのだ。

彼女が集めた情報は正確で、彼らとは元々学年がひとつ違うこともあり、ここまでうまく躱《かわ》せている。

だが、生徒会に入るとなると、顔を合わせることになるから、きちんと距離を置けるか心配だ。

平常心、平常心、と心の中で念じていたわたしは、注意が散漫になっていた。そのせいで前から来た集団に気づくのが遅れ、すれ違いざまに誰かとぶつかってしまった。

突然のことによろけたわたしは、そのまま床にへたり込む。

相手に謝ろうと顔を上げると、煌《きら》びやかな女子集団がわたしを見下ろしていた。彼女たちの目には、明らかな敵意が浮かんでいる。

「――あら、ごめんあそばせ。暗くてよく見えませんでしたわ」

ひとりの令嬢に賛同するように、周りの令嬢たちもクスクスと笑っている。

今は放課後といっても、外はまだ明るい。だから、その『暗い』という言葉が指すのは、空の色ではない。

「いえ、こちらこそ考え事をしていたので、前をよく見ていませんでした。申し訳ありません」

スカートの裾《すそ》を払いながら立ち上がり、謝罪を述べる。

彼女たちが『暗い』と揶揄《やゆ》したのは、わたしの髪色のこと。彩《いろど》り豊《ゆた》かな髪色が存在するこの世界だけれど、やはり金色や赤色など鮮《あざ》やかな色味と比べると、紫色はくすんでいるように見えなくもない。

　この人たちは、どうやらわたしのことが気に食わないらしい。もしかしたら、さっきぶつかったのも偶然ではないのかもしれない。

「そういえば、貴女《あなた》。生徒会に入るそうね。学園生活のことまでお父様に頼るなんて、やりすぎではなくて？　わたくしにはとても真似《まね》できませんわ」

「まあ、そうですの？　よっぽど可愛がられていますのね」

「羨《うらや》ましいわぁ〜お父様が要職に就《つ》いていらっしゃって」

　令嬢たちはわたしを見下すような表情を浮かべている。その中央にいるのは、派手な容貌《ようぼう》をしたマクドウェル侯爵家のクリスティン嬢だ。

　彼女が何かひと言言うと、周りの令嬢たちも嫌味を足してくる。

　そういえば昔から、お茶会で会うたびに、こうして絡まれていた。

　その頃から変わらない、素晴らしい連係プレー。まさに悪役令嬢といえる彼女たちに乙女ゲームの世界を見た気がして、わたしはある意味感動した。

　またしても思考の渦《うず》に埋《う》もれていると、集団のひとりに「聞いていらっしゃるの⁉」とキイキイ怒られたので、返事をすることにした。

「それが……どうしてわたしなのか先生に聞いたら、学年首席をとったからなんですって。首席の人が必然的に生徒会に入るなんて、知らなかったのです。わたしも驚きました」

「な……！」

できるだけ殊勝《しゅしょう》な態度で言うと、ご令嬢方はみるみる顔を赤くして、わたしをキツく睨《にら》んでいた目を一層つり上げた。

生徒会に入れなかったからって、わたしに八つ当たりされても困る。

でも彼女たちは、テオやアルと同じ学年のはずだ。つまり、彼女たちが首席になるには、彼らを越えなければならないということになる。それは至難《しなん》の業《わざ》だろう。彼らの優秀さは、昔から頭ひとつ抜けていた。

それに、令嬢たちのやっかみの言葉なんて、ブラック会社勤め時代の先輩たちのパワハラに比べれば可愛いものだ。鳥のさえずりくらいに感じる。

見た目は十三歳でも、中には前世で二倍の年月を生きていた人が入っているヴァイオレットを舐《な》めないでほしい。

「あ、貴女《あなた》、わたくしたちが勉強ができないとでも言いたいの⁉」

声を荒らげたクリスティン嬢に、取り巻きの令嬢たちも続く。

「その学年首席とやらも親の力でしょうっ！」

「きっと結果を捻《ね》じ曲《ま》げたに違いないですわ、クリスティン様」

「どうして貴女《あなた》のような意地の悪い方を、おふたりは……！」

わたしは彼女たちの言葉を右から左へ受け流し、クリスティン嬢を見つめた。

激高《げっこう》している彼女は、金髪を縦ロールにしている。顔立ちは整っていて綺麗だ。

実は、わたしはこの人がアナベルの母かもしれないと思っている。

そう思い至ったのは、乙女ゲームの記憶を取り戻してからそう日が経っていない時だった。

何度目かのお茶会で出会った彼女の輝く金髪を見た時、わたしの中で第一候補になったのだ。

ゲームのアナベルのイメージで、母親も純真無垢《じゅんしんむく》で素直で可憐《かれん》だと考えていたが、もしかしたらこういう性格の人だったのかもしれない。

それにどうやら彼女もテオに対して好意を寄せているらしく、概《おおむ》ね条件を満たしているのだ。

（ただ、今のところ没落しそうな雰囲気はないんだよね……）

この際とばかりに、わたしはクリスティン嬢をじっくり眺める。すると彼女たちは急に何も反論しなくなり、わたしの様子に戸惑《とまど》っているようだった。

家格に問題のない侯爵家の彼女とテオに身分差が生まれるとしたら、マクドウェル侯爵家が没落した場合なのだけれど、現在そうした不穏《ふおん》な話は聞かない。

——もしかしたら、水面下で事態が進行しているのかもしれないけれど。

「クリスティン様。あの……つかぬことをお伺《うかが》いしますが、最近家の情勢が良くないとか、なんというか、何か景気の良い話に手を出して、その、財政が傾いている……とか、そういったことはありませんか？」

もしそうなら没落しないよう早めに手を打って、テオとの恋路に支障がないようにしなければ。

そんな思いに駆られて尋ねてみると、彼女たちは鳩《はと》が豆鉄砲《まめでっぽう》を食ったような顔をしたあと、その顔をみるみる真っ赤にしてわたしを睨《にら》みつけた。

「な、何を突然言っていますの⁉　クリスティン様に対して無礼がすぎますわ！」

「気分を害されたのなら謝ります。でも、わたし、何かあったらご協力します！　早めに手を打たないと、手遅れになってしまいますから」

「っ、調子に乗るのもいい加減に——！」

焦《じ》れたひとりの令嬢が歩み寄ってきて、わたしは思わずのけ反る。

しかし、彼女の姿は急にわたしの目の前に現れた影によって遮《さえぎ》られ、他のご令嬢たちも全く見えなくなった。

「何をしている！」

その声に驚いて見上げると、淡《あわ》い茶髪の男性がわたしを庇《かば》うように立っている。

その男性――テオを見て、令嬢たちは一斉に狼狽《うろた》え始めた。

「テ、テオフィル様……わ、わたくしたちは、何も……」

「ええ、少しロートネル侯爵令嬢とお話をしていただけですわ」

テオの背中で彼女たちの姿は全く見えないが、先ほどまでの自信に満ちた声色とは全く違い、力なくか細い声になっている。

「――レティ、行くぞ」

わたしは急に振り返ったテオに右手首を掴まれ、唖然《あぜん》とする令嬢たちを置き去りにして、そのままどこかへ連行された。

暫《しばら》くしてわたしたちが到着したのは、細やかな彫刻《ちょうこく》が施《ほどこ》された重厚な木の扉の前だった。

殿下が長すぎるテオがすたすた早歩きをしたため、わたしは小走りを続けることになり、若干息が切れている。

「はあ、あし、はや、い……」

ようやく立ち止まったテオにそう告げると、彼はわたしの様子を見て、やっと状況を察したらしい。

「すまない……！　気がつかなくて悪かった」

途切れ途切れに言葉を紡ぐわたしに対して、テオは眉尻を下げて申し訳なさそうにしている。

そんな彼の顔を見ていると、幼い頃にみんなで庭園で追いかけっこをした時、追いつけなかったわたしにこうやって謝ってくれたことを思い出した。

いくら前世の記憶があっても、運動能力は高くならない。足の速さはその辺の女の子と同じレベルなので、アルとテオに本気を出されると、どうしても追いつくことはできなかった。

というか、その辺のご令嬢は鬼ごっこなんかしないから、比較のしようがないのだけれど。

うちの使用人は、わたしのせいで男女問わず俊足《しゅんそく》に磨《みが》きがかかっていて、どんなに頑張ってもすぐ確保されていたことまで思い出して、つい笑ってしまう。

走り回っていたあの頃と比べて、テオは随分と大人びた。入学式で見た時、あまりに素敵に成長していたから別人のような気がしたけれど、中身はあのままなんだと嬉しくなる。

……ただどうしても、大人になりつつあるテオを見ると、乙女ゲームの特典映像の『ヴァイオレット』のあの姿が、頭の中でちらつくのだ。

本当に、どうしてテオが将来あんな大人になるのか、不思議でしょうがない。

やはり愛のない政略結婚だと、あんな事態になってしまうのだろうか。

それとも、そこに至るまでの過程がよっぽどひどかったのだろうか。

それはゲーム上で語られておらず、何もわからないから推測の域《いき》を出ない。

テオは、相変わらず心配そうな表情で話しかけてくる。

「さっきは大丈夫だったか？　あのご令嬢たちに、何か言われていたように見えたが」

「あ、はい。大丈夫です。よく考えたら、わたしも随分と失礼なことを聞いてしまいましたので」

息切れから回復したわたしは、思い出し笑いを引っ込める。そして平常心を心がけて、真顔でその質問に答えた。

マクドウェル侯爵家が没落する可能性について質問したと話すのは、気が引ける。

それに、生徒会に入ることになった以上、あの程度のやっかみは日常的に発生する可能性が高い。それをひとつひとつ報告していたらキリがない。

この件は、あとでまとめて無駄に色気を振りまいていた先生に直訴《じきそ》してやろうと決めた。

「……レティはもう、以前のようには話してくれないのか？」

突然、テオが弱々しい声を発する。

わたしを見下ろしているテオは、眉尻を下げて悲しそうな顔をしていた。その表情は、怒られてしょげている大型犬に似ている。ぺたんと折れた耳とだらりと垂れた尻尾が見えるようだ。

彼に掴まれていた右手が離される。わたしはその手をさすりながら、彼を真《ま》っ直《す》ぐに見た。

「……そうですね。お互い立場がありますので、あまり関わりすぎないほうが良いかと。先ほどはありがとうございました。生徒会では、後輩としてお世話になります」

『貴方《あなた》が将来不倫して妻子を不幸にしないように、今のうちから距離を置こうとしてます』なんてことは当然伝えられるわけもなく、冷たい口調になってしまう。

早口で言い切ったわたしは、逃げるように目の前の扉の中へと飛び込んだ。

（あんな顔をされると困るなあ。ごめんね、テオ。これも、わたしたちみんなの幸せ家族計画のためだから）

テオの悲しげな表情を思い出すと心が痛むが、ここで彼との距離を詰めるわけにはいかないのだ。

「――そんなに慌《あわ》ててどうしたの？　レティ、生徒会への加入を了承してくれてありがとう。歓迎するよ」

扉の前で胸元を押さえていると、前方から誰かの声がした。

そちらに視線を向けると、眉目秀麗《びもくしゅうれい》な王子様がわたしを見て微笑んでいる。飛び込んだこの部屋は、件《くだん》の生徒会室だったらしい。

わたしはなんとなく、彼に曖昧《あいまい》な笑みを浮かべることしかできないのだった。

❀

生徒会に入ってひと月ほどしたある日の放課後、わたしは生徒会室で書棚の整理をしていた。

生徒会の活動は、概《おおむ》ね順調にこなせている……と思う。

最初は身構えていたが、定例で集まるのは週に二回程度。あとは必要な時に召集がかかる。

まだテオとの距離を測るのは難しいが、それ以外はそこそこうまくやれているのではないだろうか。

そんな時、扉をノックする音が聞こえた。わたしはどうぞ、と声だけで返事をする。

本を数冊抱《かか》えている状況だから、手が空《あ》いていないのだ。

「――失礼します。あれ、レティ。何してるの？」

「ちょっと片付けを。本棚を整理しようと思いまして」

入室してきたのはアルだった。彼が来たということは、二年生のクラスも授業が終わったということだ。アンナ調べによると、二年生は講義数が一年生より多いらしく、生徒会で唯一の一年生のわたしは、こうしてよく一番乗りになる。

「大変そうだね。僕も手伝うよ」

「え⁉　いえ、殿下はお茶でも飲んでてください。そろそろうちのアンナが、お茶を持ってきてくれるはずですから」

アルがにこやかに言ったが、わたしは全力で首を横に振った。王子様に肉体労働をさせるわけにいかない。

けれど彼は、何故か引き下がってくれないようだ。

「じゃあ、アンナが来るまで、ね？」

ここは貴族の子どもが通う学園であるため、メイドや執事が専属で雇《やと》われており、貴族向けの食堂やサロンスペースで給仕などを行《おこな》っている。

なので、基本的に生徒自身が連れてきた使用人が寮から出て、学園内で行動することはない。

だが、この生徒会が抱《かか》える特殊《とくしゅ》な事情によって、生徒会室での課外活動の時に限り、わたしの侍女のアンナはこの部屋での行動を許された。

通常であれば、生徒会活動でも学園のメイドを使うのだが、王族がいる今期は少々状況が変わる。

諸々《もろもろ》の危険を排除するため、アルがいるこの場所で給仕できるのは、昨年から王家の使用人に限られていたらしい。

しかしわたしが加入することになり、『レティのとこの侍女なら大丈夫でしょ』というアルの鶴《つる》の一声で、アンナにも給仕が許されたのだ。

ちなみに諸々《もろもろ》というのは、毒への対策かなとわたしは考えていた。けれどアンナが言うには、お手付きを狙ったメイドによる、媚薬《びやく》の一服盛り作戦も防ぐためだろうということだ。王族というのは、本当に色々大変だなあと思った。

当のアルは、さらっと片付けに参加している。

「この本を出してどうするの？」

「えーと、それはこっちにください」

「へえ、並び替えるだけで随分見違えるものだね」

彼は腕組みをして、しげしげと書棚を眺めている。

王子様にこんなことをさせていると露見《ろけん》したら、テオ派だけじゃなくてアル派のご令嬢たちにも怒られそうだ。

わたしたちは、淡々と作業を進めていく。

生徒会に入ってからの一か月、ご令嬢たちからの必要以上のやっかみを避けるため、テオ同様アルとも距離を置くようにしている。

けれどよそよそしい態度のわたしに、アルは何も言わなかった。城に行っていた頃までは普通に話していたのに、敬語にしても何も聞いてこない。『まあ、そのうち戻してね』とにっこり告げられただけだった。

テオにはとても悲しい顔をされたので、これは予想外だった。

そして、わたしの予想が大きく外れたことが、もうひとつ。

生徒会にはわたし以外に女子がいなかった。

（テオってば、どこであんな美少女と知り合うんだろう……）

正確には美少女の母だけど。今のところそれらしい人はクリスティン嬢ただひとりだ。

「ヴァイオレット様、お茶をお持ちしました」

わたしがうんうん考えていると、数回のノックのあと、聞き慣れたアンナの声がする。

とりあえずわたしたちは作業を一旦中断し、休憩することにした。

今日のお茶のお供は、アンナ監修のマドレーヌだ。

なんと彼女は学園の厨房にいる料理人を説《と》き伏《ふ》せて、ロートネル家の味を出せるようにレシピを叩き込んだらしい。わたしが学園生活を送っている間に、こっそりそんなところに潜入していたアンナに驚いてしまう。

『ヴァイオレット様に美味《おい》しいものを食べていただきたいので』と真顔で言っていたアンナを思い出す。どうやって厨房に入り込んだのかとか、どうやって料理人を説《と》き伏《ふ》せたのかとか聞きたいことはたくさんあったけど、聞くのが怖かったのでやめておいた。

アンナには、そういうちょっと突拍子《とっぴょうし》もない部分がある。

わたしはそう思いながら、マドレーヌをひと口かじる。

(まあ、わたしもこのマドレーヌ大好きだから嬉しいんだけどね)

「このマドレーヌって本当に美味《おい》しいよね」

アルが昔からこの味を気に入っていたことは知っている。お気に召《め》したようで何よりだ。

「アンナ、再現度が高いね！　家で食べるものと同じ味だ〜」

わたしが言うと、アンナは綺麗なお辞儀をした。

「光栄です。器具の使い方から泡立ての回数、バターの量、焼き時間に至るまで、緻密《ちみつ》にじっくりと料理人を研修した甲斐《かい》がありました」

「……そ、そう」

誰だろう、その被害に遭《あ》った料理人は。研修って言ってるけど、修業並みに大変だったのではないだろうか。

アンナは基本的に真顔なので、冗談とそうじゃない時の区別がつきにくいが、今のは冗談だと思いたい。

「今度その料理人に、わたしからもお礼を言うね」

お礼というか、付き合わせた謝罪を。

アンナはわたしの申し出に少し渋い顔をしたが、「お嬢様に褒《ほ》められれば、もっと高みを目指すかもしれませんね」と神妙《しんみょう》に頷いた。この人はどこを目指しているのだろう。

わたしが遠い目をしていると、またノックの音がした。次に入ってきたのは、ひとりの男子生徒だ。

アルはそちらに視線を向け、男子生徒に軽快な声をかける。

「やあ、ジーク。遅かったね」

「……はい。少し用事があったので」

「テオは？」

「途中で見かけましたけど、ご令嬢方に囲まれてたので、もう少しかかるんじゃないですかね」

「はは、テオらしいね。僕は教室を早く出てきて正解だった」

アルが『ジーク』と呼んだこの赤茶色の髪を持つ生徒が、残りひとりの生徒会役員だ。

彼もテオとアルと同じ二年生で、身分は平民とのこと。わたしはてっきり二年生の首席は、有無を言わせずテオかアルだと思っていたのだけれど、なんと座学の授業はこの人が一番らしい。

ちなみに座学以外の授業はマナーやダンスなどの貴族社会における教養なので、テオとアルに軍配《ぐんばい》が上がり、総合的に見るとアルが首席ということだった。

テオやアル以外にもそんな優秀な人がいるとなると、ますますクリスティン嬢たちが首席をとる道は険《けわ》しい。あんなこと言ってごめんなさい、と心の中で謝罪しておく。

（そんなことより、問題はこの人だ）

「ジークさん、ごきげんよう」

「……どうも」

わたしが声をかけると、剣呑《けんのん》な視線とともに、挨拶《あいさつ》なのか定かではない返事がある。

ジークさんは、わたしのことを警戒しているらしい。初めて会った時からずっとこんな調子で、まともに会話をしたことがないほどだ。

彼の口から、わたしの名前を聞いたことがない。ロートネルという家名の部分でさえも。

どうやらアルたちとは一年の間に打ち解けたようで、彼らと話す時は楽しそうにしている。そこにわたしが加わると、彼の空気は一変して冷たいものになるのだ。

（どうしてだろう。このメンバーの中に、わたしが入ることが気に入らないのかな？どうせなら、もっと声を大にして反対してくれていいんだけど）

「ジークさん、是非このお菓子を召《め》し上《あ》がってくださいね、おすすめです」

とりあえず、目の前のマドレーヌをすすめてみると、彼はとても冷めた目で言い放つ。

「ご令嬢は気楽でいいですね。何かにつけてはお茶だのお菓子だのと……」

「ジーク！」

そんなジークさんをアルがたしなめる。

（訂正。警戒しているというか、それ以上……？）

彼のわたしに対する態度には明らかに棘《とげ》があるが、わたしはそれどころではない。

カトラリーが入った籠《かご》からナイフを抜き出して、刺殺せんばかりにジークさんを見るアンナを止める必要があるからだ。

(アンナ、そのナイフを早くしまって！　絶対投げちゃだめだからね⁉)

「……悪い、遅くなった。……と、どういう状況なんだ？」

そのタイミングで生徒会室に足を踏み入れたテオは、きょとんとする。

ジークさんを説教するアルと、アンナをどうどうと宥《なだ》めているわたしで、生徒会は混《こん》沌《とん》としていたのだった。

なんとか事態を収束させ、生徒会の活動を終えたあと、わたしは職員室に行った。ラザレス先生に渡す書類があったからだ。

他に誰もいない職員室で先生は眠っており、夢見が悪いのか、かなり魘《うな》されていた。

少し迷ったが、わたしはそんな先生を無理矢理起こしたのだ。

すると、先生はわたしを見て明らかに怯《おび》えた顔をした。そして、その表情に見覚えがあるように感じた自分に驚いた。

『――先生がいけないんですのよ？』

不意にそんな言葉がよぎって、一瞬だけ頭に突き刺すような痛みが走る。

よく考えたら、今朝《けさ》はわたしも夢見が悪かった。

ほとんど会話の内容は覚えていないし、夢に出てくる人の輪郭《りんかく》はぼやけていて表情はよくわからなかった。

だが、夢の雰囲気や一部の言葉、相手の顔は、切り取ったように鮮明《せんめい》に覚えている。

『ヴァイオレット』が先生と対峙《たいじ》していて、生徒会について話していたような気がする。

なんとなく、後味の悪い夢だった。

わたしは嫌な気持ちを振り払うように、早足で帰路についたのだった。

◆【もしもの世界】生徒会顧問《こもん》　ラザレス◆

『ラザレス君。君はなんてことをしてくれたんだね！』

ラザレス・フルードはその日、顧問《こもん》を務める生徒会室へ向かっていた足を止め、学園長室へと方向転換した。同僚の教師から、学園長が呼んでいるとの伝言を受けたからだ。

部屋に入った彼を待ち受けていたのは、激高《げっこう》して顔を真っ赤にした、学園長その人だった。

『……なんの話でしょうか？』

この学園で教職に就《つ》いてから、いや、この学園の学生だった時からこの方、こんな学園長の怒《いか》りの様相は見たことがない。何か只事《ただごと》ではない事態が起きていることは想像できる。

しかし状況が全く掴めない。

そんなラザレスの様子にさらに腹を立てたのか、学園長は両の手を机に思い切り叩きつけながら立ち上がった。

『シラを切る気かっ！　とんでもないことをしでかしておきながら、よくそんな態度がとれるものだな！』

『……状況がよく、わからないのですが』

『いくら生徒たちに人気があるからといって、侯爵家のご令嬢に手を出すとは……！』

わなわなと怒《いか》りで拳《こぶし》を震わせる学園長とは対照的に、ラザレスの頭は冷え切っていた。

(令嬢に手を出す、とはなんだ。学園長の言葉の意味が、全くわからない)

混乱するラザレスに、学園長は言《い》い募《つの》る。

『それも宰相様のご息女に……！　だが、事を荒立てたくないからと、寛大《かんだい》にも君のクビひとつで許していただけるとのことだった。それもそうだ、嫁入り前のお嬢さんだからな』

宰相様のご息女、という単語を聞き、ラザレスの脳裏《のうり》には菫色《すみれいろ》の髪の少女の姿がよぎった。

ヴァイオレット・ロートネル。侯爵令嬢である彼女は生徒会入りを熱望したが、成績が足りていないという理由で、先日一蹴《いっしゅう》したばかりだ。

第一王子と公爵家の嫡男《ちゃくなん》が在籍する今期の生徒会は、ただでさえ昨年から加入を希望する生徒たちで溢《あふ》れかえっている。

それらを断るのと同じ理由で、彼女の打診も断ったはずだ。

（まさか、その会話が曲解されて、この事態に陥《おちい》っているのでしょうか？）

どうやら、学園長は自分が彼女に言い寄ったと思っているらしいが、そんな事実は全くない。

そのことを伝えようとラザレスが口を開いた時。

『ラザレス・フルード子爵子息。君を今この時をもって解雇《かいこ》する。荷物をまとめて出ていきなさい』

『そんな……何かの間違いです！　私は、彼女とは生徒会のことについて話しただけで、規則に則《のっと》って対応して――』

『ラザレス君。これは決定事項なのだよ。わかるね』

学園長は、無情にもそう告げた。その冷たい視線を見て、ラザレスは言葉を呑み込んだ。

彼はふらふらと学園長室から出て、荷物が置いてある職員室へと向かう。しかし今起きていることの全てに現実味がなく、歩いている感覚すらよくわからない。

ぼんやりとしたラザレスの前に、あの紫の髪が見えた。

『ヴァイオレット嬢！』

彼は思わずその少女を呼び止めた。少女は面倒くさそうに振り向き、声をかけてきたのがラザレスだと気づくと、その顔に氷のような冷笑を浮かべる。

『あら、先生。どうかなさいました？』

およそ十三歳の少女に似つかわしくないその表情にラザレスは少したじろいだが、用件はひとつだ。

『君からも学園長に言ってもらえないでしょうか。私が君に手を出したというのは誤解であると』

どう考えても濡《ぬ》れ衣《ぎぬ》だ。生徒を特別視したことなど、一度もない。ましてや、生徒に言い寄るなんてありえない。

子爵家出身ではあるが嫡《ちゃく》男《なん》ではないラザレスにとって、教職は自らの手で掴みとった大切な職だ。それにラザレスは、教職に誇《ほこ》りを持っている。簡単に辞めるわけにはいかない。

きつく拳《こぶし》を握りしめたラザレスに、ヴァイオレットは言った。

『――嫌ですわ』

『え……？』

『先生がいけないんですのよ？　わたしを生徒会に入れないなんて、意地悪を言うから。だから別の先生に、生徒会の顧問《こもん》になってもらいましたの』

『な……にを』

『今までお世話になりましたわ。よそに行っても頑張ってくださいね。あ、わたしは特にお世話になっていないですわね。うふふふ』

ヴァイオレットの笑い声を聞き、ラザレスはただ呆然とすることしかできなかった。

それからどうやって家まで帰ったのか、覚えていない。

ただ、学園に置いていた荷物を持って家に戻ると、郵便受けには実家の子爵家からの絶縁状が入っていた。

（どうしてこうなったのでしょう）

ラザレスは乗り合い馬車に揺られながら、自身の境遇を嘆《なげ》く。

美しかった銀色の長い髪はすでに短く切っており、見る影もない。いつもかけていた銀縁《ぎんぶち》の眼鏡も路銀に替えてしまったので、今は安物の眼鏡を耳に載《の》せている。

何事もなければ、今も変わらずに学園で教鞭《きょうべん》をとり、生徒会の顧問《こもん》として指導に当たっていたはずだった。

だが今は旅人のような出《い》で立《た》ちで、これから王都を出て隣国に行こうとしているところだ。

身分を失い、醜聞《しゅうぶん》を背負った状態では、もうこの国ではまともな職に就《つ》くことはできないだろうという確信があった。

『私の選択が間違っていたのでしょうか。しかし、これまでの規則を変えるわけにはいかなかった……だがしかし、こうなると……』

瞼《まぶた》を閉じると、脳裏《のうり》には菫色《すみれいろ》の髪の少女の嘲笑《ちょうしょう》が浮かぶ。

周囲の乗客は、虚《うつ》ろな目で何やらぶつぶつと繰り返しているその男を、訝《いぶか》しげな目で見ていた。

◆◆

「……せい、ラザレス先生！」

自らの名を呼ぶ声に、ラザレスはぱちりと目を開けた。

未だに覚醒《かくせい》していない頭でぼんやりと考える。今日はいつだ。私は何者だろう。

声がしたほうに顔を向けると、夢の中の少女——ヴァイオレットの姿が視界に飛び込んでくる。驚きのあまり、鼓動が痛いほど速くなる。ひやりとしたものが、背中を伝う気がした。

ヴァイオレットは心配そうに、ラザレスの顔を覗き込む。

「先生、大丈夫ですか？　顔色が悪いですよ。こんなところでうたた寝してたら、風邪を引いてしまいます。窓も開けっ放しですし」

「あ、ああ……すいません」

「頼まれていたものを持ってきましたので、ここに置いておきますね」

目の前の少女は、動揺しているラザレスのことは気にも留めずに、てきぱきと書類を仕分けして机に置いている。

その光景を見ているうちに、ラザレスの鼓動も落ち着いてきた。

ヴァイオレットが書類を持ってくるのを待ちつつ残っていた仕事をしていたら、睡魔に勝てずについうたた寝をしてしまったことを、ラザレスはうすぼんやりと思い出した。

（夢……だったのか。だが、それにしては非常に現実味があった）

とても恐ろしい夢だった。積み上げてきたものが、一瞬でなくなってしまう夢。それも、ひとりの少女の手によって。

当の恐ろしかった少女は、思い出したように口を開く。

「あ、そういえばわたし、先生に言いたいことがあったんです。もうひとりくらい、生徒会にご令嬢を加入させませんか？　できれば金髪の！」

「……成績が伴《ともな》わない方や目的意識の低い方に用はありません」

「色んなことを回避するいい案だと思ったのに……」

（あれは間違いなく夢だ。ヴァイオレット嬢が、あんなことをするはずがない。……何故金髪を指定するのかは理解に苦しむが）

突飛な提案をしてきたかと思えば、断ると唇を尖《とが》らせる。

そんなヴァイオレットを見て、ラザレスはようやく安心して息をすることができたのだった。

四　紺色《こんいろ》の騎士

「……どうしてだろう」

リコリスとともに中庭の広場に向かう道すがら、思わずその言葉が口から出ていた。

当然隣を歩くリコリスにも聞こえていて、「何が？」と返される。

「わたし、クラスメイトに遠巻きにされてる気がするんだけど……話していても距離感があるというか、よそよそしいというか」

「ぶっ！」

わたしの本気の悩みに対して、リコリスは遠慮なく噴《ふ》き出《だ》している。ひどい。

入学してふた月ほど経ったというのに、クラスメイトとは朝夕の挨拶《あいさつ》と天気の話くらいしかしていない。

かつてお茶飲み仲間だったはずのご令嬢たちとも、未だにそこまで仲良くなっていない。

彼女たちはみんなで固まってきゃいきゃい言いながら、『今日のアルベール様・今日のテオフィル様』という麗《うるわ》しい情報を交換しているようだ。

その話には入りたくないが、学生らしく楽しそうで羨《うらや》ましい。

そんな気持ちを込めてリコリスをじとっと見つめていると、彼女はアーモンドアイを緩めて微笑む。

「それは、仕方ないいんじゃない？　貴女《あなた》の肩書きというかなんというか、背後にあるものが大きすぎて、普通は不用意に近づけないもの」

「何それ怖い！　背後霊がいるみたいに言わないでよ」

「まあ、似たようなもんじゃない？」

「何が見えてるって言うのよ……」

わたしが不満を露《あら》わにして聞くと、リコリスは当然とばかりに答えた。

「現宰相であるロートネル侯爵が溺愛《できあい》する長女で、学年首席の成績をとる才女で、生徒会役員で、第一王子と公爵家嫡男《ちゃくなん》と何やら親しげに見える。……改めて並べるとすごいわね、ヴァイオレット」

「ぐっ……」

事実をひとつひとつ並べただけなのに、集まるとパンチが強い。

加えて、おそらくこのきつめの顔も、話しかけにくさを倍増させているのだろう。気にしているからできるだけ笑顔を心がけているというのに、なんたることだ。

それに思ったより、『テオたちと親しい説』は払拭《ふっしょく》できていないらしい。話しかけられても素っ気《そけ》ない態度を貫《つらぬ》いているのに、効果は薄いようだ。

「まあ、実際にはみんな話しかけたいけど、お互いに牽制《けんせい》し合って、じりじりしてるだけだと思うわ……って聞いてないわね」

リコリスが何やら言っているが、考え込みすぎていてよく聞こえなかった。

そんな話をしているうちに、わたしたちは中庭に到着した。

学園の中庭は青々とした芝生《しばふ》とテラコッタ色のレンガの通路の対比がとても美しい。大きな樹木とベンチがところどころに配置されていて、とても気持ちが良い場所だ。

わたしたちは何箇所か目移りしながらも、木の影が落ちて涼《すず》しそうなガーデンテーブルを探し出し、そこを今日の昼食場所に決定した。

なんと今日のお昼は、リコリスが用意してくれたらしい。

伯爵令嬢なのに何故か料理が大得意な彼女は、学園の厨房を少し借りて、早朝からせっせと昼食を準備したと言っていた。

リコリスに誘われたため、わたしもご相伴《しょうばん》にあずかることになったのだが……

「……それにしても。朝も思ったけど、すごく大きいバスケットね。何人分入ってるの？」

リコリスが持っているのは、家族のピクニック並みに大きいバスケットである。絶対にふたりでは食べ切れないほどの量が入っていると思う。

「あとでオーブリーも来るのよ。あいつすごく食べるのよね。少し遅れるって言っていたから、先に食べましょう？」

バスケットから次々とサンドイッチやらおかずやらを取り出してテーブルの上に置きながら、リコリスが言う。婚約者と仲がよろしくて大変結構である。

わたしはにやにやしながら、彼女を見つめた。

「へえ～。ほおーそうですかー」

「……何よ、その目は」

「ううん、別にぃ～。微笑ましいなんて思ってないよ～。というか、婚約者の仲良しランチタイムにわたしが同席してもいいのかな。邪魔じゃない？」

人の恋路を邪魔するやつは馬に蹴《け》られるってよく言うし、まだ今からでも退散できる。

「そんなわけないじゃない！　……いてほしいわ。ヴァイオレットと外でゆっくり話したいし。それに……あいつとふたりきりは、なんだか緊張するもの。ヴァイオレットのついでってことで誘ったから」

いつもは勝ち気なリコリスが、自信なさげに控えめな声量で言う。その頬は赤く染まっていた。

親同士が決めた婚約だと常々リコリスは言っているけれど、この様子を見ると、どうやらそれだけではないようだ。

(彼は誠実そうだし、なんてったって、息子が生まれる未来も決まってる。このカップルは安泰《あんたい》ね、うんうん)

リコリス可愛いぞ、と噛みしめるように頷いていると、さくさくと芝生《しばふ》を踏む音が聞こえてきた。

そちらに顔を向けると、オーブリー様がこちらへ向かってくるところだった。

オーブリー様は右手を高く上げ、爽《さわ》やかな笑みを浮かべている。

わたしは隙を見てささっと席を移動した。リコリスの隣にいたが、向かいの席に移ったのだ。それはもちろん、オーブリー様をリコリスの隣に座らせるため。

わたしの突然の行動に彼女は驚いた顔をしていたけど、彼が近くに来ている手前、もう何も言えないようだ。

「オーブリー様、ごきげんよう」

「ヴァイオレット嬢、邪魔する」

邪魔しているのはわたしのほうです、というつっこみは、心の中だけに留《とど》めておくことにする。

到着したオーブリー様は、わたしに挨拶《あいさつ》しながら自然にリコリスの隣に腰掛けた。

入学当初は家名で呼び合っていたわたしたちだったが、リコリスを交《まじ》えて三人で話すうちに、お互いを名前で呼ぶようになった。

というか、途中でリコリスが『家名だとややこしいから、もうふたりとも名前呼びにしてくれる?』と本当に面倒くさそうにそう告げたのがきっかけだった。

「さ、早く食べましょ!」

リコリスのその言葉を皮切りに、わたしたちは中庭でのランチを楽しむことにした。

リコリスの美味《おい》しいお弁当を味わいながらいただく。

暫《しばら》くして食べ終えたわたしたちは、ゆっくりと歓談をした。タイミングを見計らって、わたしは持ってきた包みを取り出す。

「わたしもお菓子を持ってきたの。リコリスへのお礼も兼ねて」

侯爵家自慢の味を再現した、例のマドレーヌだ。

昨日の学校のあと、リコリスがお手製の昼食を作ってくれるとアンナに話したところ、今朝《けさ》寮を出る時に『お土産《みやげ》にどうぞ』と手渡されたのだ。

まだあたたかく、焼き立ての甘い香りが漂《ただよ》うそのマドレーヌを手に取る。わたしは料理人の時間外勤務を察して気が遠くなった。

リコリスは、ぱぁっと表情を明るくする。

「わあ！　美味《おい》しそうね。あ、でももうお茶がないわ」

「わたしが取りに行ってくる」

「いや、俺が行こう」

「いいえ、ヴァイオレットにお茶を取りに行かせたなんて知られたらなんだか怖いし、オーブリーにそんなことさせたらお父様に怒られそうだから、ここは私が行くわ」

言うが早いか、リコリスはさっと立ち上がり、あっという間に走り去ってしまった。

だんだん小さくなっていくリコリスの後ろ姿を、オーブリー様とふたりで眺める。

「……ご令嬢が全力で走り去ることについては、リコリスのお父様は何も言わないのですか……？」

「聞いたら怒るだろうな」

わたしの問いに、オーブリー様は淡々と答えた。

相変わらず彼女は淑女らしい行動が苦手らしい。

料理ができるのはわたし的にはすごいことなんだけど、ご令嬢は料理をしないことが普通であるため、やはり彼女は少し変わっているのだ。

元日本人としては、彼女のちょっぴり庶民的なところにも親近感が湧《わ》いてしまう。

「リコリスって、昔から料理が上手だったのですか？」

わたしが尋ねると、意外にもオーブリー様は首を横に振った。

「いや、昔から色々と作ってくれてはいたが、最初の頃はよく焦《こ》がしたりしょっぱすぎたりしたな。それがどんどん上達して、今ではすっかり俺の好きな味で……っと。……ヴァイオレット嬢、そんな顔で見るのはやめてくれ」

「ええ？　どんな顔してます？」

「……自覚がないならいい」

そう言うオーブリー様は、自然と惚気《のろけ》てしまっていたことに気がついたらしい。言葉を途中で切ると、顔に火がついたように赤くなってしまった。

さっきは知らないふりをしたけど、わたしが彼に対してにしょによと生あたたかい目を向けていたことも、しっかりバレていたようだ。

「そうだ、オーブリー様。ちょっとお聞きしたいことがあるんです」

気を取り直して、せっかくのこの機会を利用しようと思ったわたしは、オーブリー様に質問することにした。

もちろん、例のヒロインの母についてだ。

同じクラスにも生徒会にも、校内ですれ違う令嬢の中にも、それらしい人は見当たらなかった。

あまり大々的に探すと、逆にテオに迷惑がかかる可能性がある。だから、ひとりでこっそり探りを入れるしかない。

リコリスがいる場でオーブリー様から他の女の子のことを聞き出すのは気が引けるため、思いがけずふたりきりになった今は、またとない好機だ。

「俺でわかることであれば答えよう」

彼は快《こころよ》く頷いてくれたので、わたしは早速《さっそく》聞くことにする。

「ありがとうございます。見かけた程度の情報でもいいんですが、この学園に金髪の女の子っていますか?」

「金髪……。すぐ浮かぶのはマクドウェル家のご令嬢くらいだが」

やっぱりそうか、と少し落胆《らくたん》したわたしの気持ちが伝わったのか、オーブリー様は申し訳なさそうに眉尻を下げる。

「すまないな。俺は社交界のことに疎《うと》くて。ヴァイオレット嬢のほうが詳しいと思うぞ」

「いえ、ありがとうございます」

王城の騎士団所属の騎士見習いで、身分問わず人脈があるオーブリー様ならと思ったけど、アテが外れてしまった。

（というか、やっぱり学園にはいないのかな？　あれだけの美少女のお母さんなら、噂《うわさ》になるはずだもんね）

わたしたちの間に沈黙が落ちようとした時、オーブリー様が「そういえば」と思いついたように口を開いた。

「……学園ではないが、金髪といえば、最近騎士団の先輩が町で見かけた女の子のことを何か言っていたな。どこかの店の看板娘が美しいと」

「え！　オーブリー様、その話もっと詳しく教えてください！」

わたしは思わず席を立って身を乗り出す。これは、とても有力な情報なのではないだろうか。

俄《にわ》かに浮き立った気持ちになり、期待を込めた目で彼の二の句を待つ。

「――レティ。こんなところで何をしているのかな？」

だけど、この声の主《ぬし》によって、わたしがオーブリー様から回答を得る機会は阻《はば》まれてしまったのだ。

先ほどまでオーブリー様と話していたわたしは今、前方の背中を追って歩いている。

中庭を出て、校舎の廊下を歩くと、いつの間にか見慣れた生徒会室の扉が目に飛び込んできた。

「――ユーリ。人払いを頼めるか」

「はい」

わたしの後ろを歩いてきていた紺色《こんいろ》の騎士服の男性は、ユーリという名前らしい。制服ではなく騎士服ということは、この学園の生徒ではないのだろう。それもそうか。護衛だものね。

そんなことをぼんやり考えながらその紺色《こんいろ》の騎士を見ていると、ぐいっと手を引かれる。

「レティ、ちょっと話をしたいんだけど、いいかな？」

――いつもと変わらず美麗《びれい》な笑みを浮かべる王子様が、いつの間にか隣に立っていた。

応接スペースのソファーに座るよう促《うなが》され、わたしは素直にそれに従う。

しかしその直後、想定外のことに思わず声を上げた。

「ええと、殿下？　どうして隣に座るんですか？」

「え？　隣が空《あ》いているからだよ。あと、そろそろその殿下呼びもやめてほしいなあ、敬語も」

「……何か怒っているんですか？」

「ううん。そう見える？」

相変わらず素晴らしく綺麗な笑みを貼りつけていらっしゃる王子様だが、何やらご機嫌がよろしくないようで、少しピリピリとした空気が漂《ただよ》っている。

（言葉遣いが問題なのかな。アルは直接関係ないし、普通にしてもいいのかな）

わたしはそう考えて、慎重に口を開く。

「……えっと、アル。あのマドレーヌは、お礼の品だったの。アルの分はきっとアンナがまた生徒会の時に持ってきてくれるはずだから、大丈夫よ」

「……」

（あら？　違うみたい）

笑みをぴしりと凍《こお》らせたアルは、今度は呆《あき》れた顔をして、わたしをじっと見ている。

この反応は、どうやら外れだ。マドレーヌを用意している時に連れ出されたから、絶対にこれが原因だと思ったのに。

暫《しばら》く黙っていたアルは、「はあああ」ととても大きなため息をついて、ソファーの背もたれにどさりと身を預けた。

「……まあ、名前を呼んでくれたから良しとしよう。これからもみんなといる時以外はそうしてほしいな。それでレティ、あの生徒と何を話していたんだい。アンヴィル伯爵子息だったかな。同じクラスなんだよね」

「わたしのクラスメイトのことも知ってるなんて、さすがだね。前から貴族の名前を覚えるの、早かったよね〜。羨《うらや》ましい」

「うん。それで?」

アルは、わたしの軽口を凍《こお》った笑みのまま一蹴《いっしゅう》する。

わたしは恐る恐る、彼の問いに答えた。

「えーと、世間話、かな?」

あの時オーブリー様とした話といえば、リコリスの惚気話《のろけばなし》と金髪の女の子の目撃談くらいだ。アルが心配するようなことは何も話していないと思う。

「……そっか。君があういうタイプの人と仲が良いと知らなかったから、驚いたよ。ふたりで楽しそうだったのに、邪魔してごめんね」

身を起こしたアルは、「咄嗟《とっさ》に身体が動いてしまって」と言って寂しげに微笑む。

わたしはひとつ、彼の間違いに気づいた。

「あ、ふたりじゃないよ。途中までリコリスもいたんだけど、ちょっと席を外してたの。知ってるかな? わたしの友達。オーブリー様はリコリスの婚約者だよ。どっちかっていうと、わたしがふたりのランチにお邪魔してたようなものなんだけど……」

話している間も、アルの翡翠《ひすい》のような瞳は、ずっとわたしを真っ直《まっす》ぐに捉《とら》えていた。

彼があまりにも真剣な表情をしているので、緊張してしまう。

「リコリス……もしかして、グレーヴス将軍のご息女？　そっか、確かに娘がアンヴィル伯爵子息と婚約したと言って、豪快に笑っていたっけ」

「そうだよ。あのあとリコリスも戻ってきただろうから、今頃ふたりで仲良くお茶してると思う。まあ、わたしがいなくなって、結果的に良かったのかも」

「なんだ……そっか」

眼前の幼馴染が、どこか安心したようにふわりと微笑んだのを見て、わたしもやっと落ち着いた気持ちになる。

「レティ、今度城に来るのはいつになる？」

先ほどまでの張り詰めていた空気は霧散《むさん》し、アルはいつものように穏やかに問う。

「お城に行くのは……きっと、王妃様主催のお茶会に参加する時になると思う」

なんでも、今度のお茶会は多くのご令嬢たちを集めての大規模なものらしく、まだ日は随分先であるにもかかわらず、侯爵家にはすでに招待状が届いているらしい。

お父様とお母様がドレスを新調しようと張り切っており、少し前に家に戻った時は、ふたりと仕立て屋さんが待ち構えていた。

まだ夜会デビューをしていない令嬢にとっては、お茶会が社交の場だ。それも、内々のものではなく王妃様主催となると、そこは女の戦場と化すだろう。

「あ、そっか。母上がそんなことを言っていたね」

「王妃様主催のお茶会なんて、なんだかすごそう。アルも出席するの？」

「……おそらく。まだ話はしていないけど、きっと少し顔を出すことになると思う」

「ふうん？」

歯切れ悪く答えるアルを見て、わたしは首を傾げる。

何か心配ごとでもあるのだろうか。

（まぁ、色々大変だよね、一国の主《あるじ》になるんだもん）

アルは中身が大人のわたしなんかよりよっぽど大人びた一面を見せることがあり、そのたびに王族という立場の重さを感じる。

現国王の子どもはふたり。

アルは正妃様の子どもであり、もうひとりの王女様は側妃様の子どもだ。

他に男児がいれば跡目《あとめ》争《あらそ》いが起きたかもしれないが、今の状況で、第一王子のアルがゆくゆくは王太子となり国王となるのは、もはや決定事項だろう。

正妃様と側妃様の仲も良好で、今のところ目立ったトラブルはないとお父様から聞いている。

周りも当然アルが後継者だと思って接するだろうし、幼い頃からそんな環境で育てば、良くも悪くも大人社会に揉《も》まれて成長するのだろう。

わたしがまだ乙女ゲームのことを思い出していなかった時、アルとテオと無邪気に遊んだことが、あの頃の彼の息抜きになっていればいいのだけど。

突然「ねえ、レティ」と彼のしなやかな指がわたしの右手に触《ふ》れ、そのままゆっくりと指先を包み込まれる。

その手はいつの間にか、わたしの手よりもずっと大きくなっていた。

「そのお茶会の日、僕に少し時間をもらえないかな」

「うん。大丈夫だけど」

わたしが頷くと、アルは嬉しそうに言う。

「良かった。約束だよ。なんなら母上のお茶会は途中で抜けてもいいし」

「え！　いやそれはダメでしょ」

「えーそうかなあ」

未だに右手をとられたままなのが気になってそわそわしていると、ノックの音が聞こ

えた。

「アルベール様」

扉越しに聞こえる低い声は、おそらく先ほどの護衛の騎士のものだろう。

「……残念。時間切れのようだ」

アルの言葉に室内の時計を見ると、確かにあと少しで昼休憩の時間が終わりそうだ。

ここから教室に戻ることも考えると、今から出ないと間に合わないだろう。

ふわりとソファーから立ち上がったアルは、わたしの右手をしっかり握ったまま、その場に膝《ひざ》をつく。跪《ひざまず》いたアルは、ソファーに腰掛けたままのわたしよりも視線が低くなってしまった。

「ちょ、ちょっと、アル⁉」

（わたしが王子様を見下ろす形になっちゃってるけど、これってどうなの⁉）

されるがままだったとはいえ、突然のことにたじろぐ。するとアルは、今まで見たことがないような妖艶《ようえん》な顔でにこりと微笑む。

「レティ、今日の約束、破らないでね？」

そう言いながら、アルはわたしの指先に軽く口付けた。

「わ……！」

動揺して変な声を出したわたしをよそに、彼は何食わぬ顔で立ち上がる。

そして「戻らないと授業に間に合わないね」とわたしを引っ張って立たせると、ようやく手を離してくれたのだった。

◆【もしもの世界】侯爵家侍女　アンナ◆

アンナがロートネル侯爵家に奉公《ほうこう》に来たのは、十二歳の時。

自身は男爵家の三女だが、貴族とは名ばかりの質素な暮らしをしていた。でもそれは、領地の不作を補《おぎな》うために、領主である父が自らの資産を投げ打って奔走《ほんそう》した結果である。

アンナは領民に愛される父と、それを支える母、兄姉を誇《ほこ》りに思っている。だから家を助けるために働きに出たのだ。

普通なら倍率が高い高位貴族のメイドの職が、どうして貧乏貴族である我が家に舞い込んできたのか不思議だったけれど、この機会を逃《のが》すものかと、アンナはその話に飛びついた。

しかし、その理由は働くうちにわかった。

ひとり娘であるヴァイオレットの傍若無人《ぼうじゃくぶじん》な振る舞いに、みんなが手を焼いていたのだ。

彼女の父である侯爵は仕事に打ち込んでいるのか、あまり家に帰ってこない。だが、ひとり娘には手放しの愛情を与えているようで、彼女のおねだりはなんでも実現する。

『ヴァイオレットの転倒を防げなかった』

『髪を結う時にヴァイオレットの髪を引っ張った』

『用意するドレスが気に入らない』

そんな理由で、これまでに幾人もの侍女やメイドが雇用《こよう》を打ち切られたという。

『気をつけてね、アンナ。お嬢様と接する時は、細心の注意を払うのよ』

『はい、サラさん』

晩餐《ばんさん》後の厨房で、先輩であるメイドと並んで皿を洗う。

このサラという女性は、昔はヴァイオレット付きのメイドだったそうだが、幼い彼女に怪我《けが》をさせたという理由でカトラリーメイドに格下げとなり、以来ずっとここにいるのだという。

アンナはこの家に勤めて四年ほどになるが、できるだけヴァイオレットに近寄らなくて済む仕事を選択していたため、事なきを得ていた。

だがある日、アンナの生活は変わった。

『アンナ。貴女《あなた》が来月からお嬢様の学園についていくことになったから、侍女としてサポートするのよ』

『え、どうしてですか？　メイド長、私は今まで侍女の仕事は何も――』

『これは決定事項なの。……ごめんなさいね、アンナ。お嬢様が歳の近い侍女じゃないと嫌だとおっしゃるのだけれど、今まで侍女だったカトレアは先日解雇《かいこ》されたばかりで……』

『！』

顔色が悪く、やつれているメイド長に対し、アンナは何も言えなかった。

ただでさえ入れ替わりの激しいこの家のメイドたちを取りしきっているのだ。身体的にも精神的にも疲労が積み重なっているだろうことは、容易に想像がついた。

この時、ヴァイオレットは十三歳、アンナは十六歳。

確かにこの家に勤める年頃のメイドの中では、アンナが職歴的にも年齢的にも適任だったのだ。

『……はい。わかりました』

『ごめんなさいね』と再度謝るメイド長に、アンナは力なく微笑んでみせた。

そうしてアンナは、ヴァイオレットについていった先の学園で、手駒《てごま》のように扱われる日々を送ることになる。

『テオ様が、町で女性へのプレゼントを買っていたですって⁉』

与えられた寮の豪華な一室で食事中だったヴァイオレットは、アンナが告げた内容に金切り声を上げた。

両の手に持っていたカトラリーを乱暴にテーブルに叩きつけ、射るようにアンナを睨《にら》んだ。

アンナは失言だったかと身を竦《すく》ませたが、もう遅い。

『どこの女よ⁉　テオ様に近づくなんて！』

『も、申し訳ありません。他のメイドが噂《うわさ》をしていたのを聞いただけなので、詳細はわからず……』

『本当に使えないわね！　それを調べるのが貴女《あなた》の仕事でしょうっ』

『きゃっ！』

ヴァイオレットの前に並べられていた豪華な食事のうち、スープが入っていた皿が、アンナの顔の近くに飛んできた。

それはごつっという鈍《にぶ》い音を立ててアンナにぶつかったあと、絨毯《じゅうたん》に落ちて数周回り、動かなくなる。

まだあたたかかったスープがアンナの侍女服にじわじわと染みていき、気持ちが悪い。高価な絨毯《じゅうたん》にも、どんどん黒いしみが広がっていく。

(——ああ、このしみは取れるのかしら)

虚《うつ》ろな目で絨毯《じゅうたん》を眺めながら、アンナはぼんやりとそんなことを思う。

『ああもう、貴女《あなた》のせいで気分が悪いわ！　わたしはもう休むから！』

ヴァイオレットはさらに声を荒らげる。アンナはなんとか仕事を全うしようと、口を開いた。

『では、湯浴《ゆあ》みの準備を……』

『別のメイドに頼むからいいわ。貴女《あなた》はここを片付けなさい！』

そのままヴァイオレットはアンナを残して、この部屋を去っていった。

乱暴に閉められた扉の音がしたあと、一気に静まり返った室内で、濡れた服を着たアンナはその場に座り込む。

ほう、と息を吐いて、ようやく少し楽になった。

人目がある分ましになるかと思ったが、ヴァイオレットの振る舞いは侯爵家にいた時と変わらない。

むしろ、彼女が愛するテオフィル・リシャールが同じ学園内にいてその動向がよくわかるからか、彼女の癇癪《かんしゃく》は一層ひどくなったように思えた。

アンナの日中の仕事といえば、ヴァイオレットの命《めい》でその公爵子息の情報を集めること。そして、集めた情報を主人に伝えること。

本来の業務とかけ離れたその内容に、アンナはほとほと嫌気が差していた。

あまりにも嫌々やっているからか、最近ではテオフィル本人にもアンナの存在がばれた。挙句には逆に彼からも心配され、優しい言葉をかけられる始末だ。

(もうたくさんよ、こんな生活。耐えられない……)

いくらお給金が良くても、とても続けられない。そう思うのに、彼女の抱《かか》える事情はそれを許さない。

絨毯《じゅうたん》に落ちた皿を見つめていると、アンナの心の中にもじわじわと黒いしみが広がっていくようだった。

◆◆

「……っ！」

魘《うな》されていたアンナは、寝苦しさにはっと目を覚ました。

暑いわけではないのに、背中にはびっしょりと汗をかいている。

心臓がどくどくと早鐘《はやがね》を打っており、息苦しい。

夢の内容はほとんど覚えていないのに、途轍《とてつ》もなく嫌な夢だったという確信が、何故かわからないがアンナにはあった。

「ヴァイオレット様……？」

夢で見たのは、自身が敬愛する主人ではなかったか。

うっすらと彼女の姿が脳裏《のうり》に浮かんだような気がして、アンナは慌《あわ》てて首を振り、その残像を追いやった。

「今は何時かしら……ああ、こんな時間」

普段より起きるには早いが、寝るには時間が足りない。

アンナはうっすら明るくなり始めた窓の外を暫《しばら》く見つめ、良い考えが浮かんだとベッドから起き出す。

「ヴァイオレット様、今日はリコリス様とお昼をご一緒されると言っていたわね。……せっかく早く起きたのだし、ジェフリーにマドレーヌを焼いてもらいましょう」

我ながら妙案だ。ヴァイオレットが喜んでくれる姿を想像するだけで、自然と口角が上がる。

このくらいの時間からいつも仕込みをしていると料理人のジェフリーは話していたから、今もきっと厨房にいるだろう。

先ほどまでの悪夢は綺麗さっぱり忘れた。

アンナは手際よく外に出る準備をし、まだ薄暗い廊下を小走りして厨房を目指した。

五　悪夢と現実

アルとお茶会の日の約束をしてから数週間が経ったある日。

授業が終わったあと、わたしは急いで教材をカバンに詰めていた。

すると、放課後の騒がしい教室が一旦静かになり、また爆発的に騒々《そうぞう》しくなった。

わたしは手元に集中して顔を上げずにいたから、何が起きたのかわかっていない。

「……ねえ、ヴァイオレット」

「んー？」

わたしは、リコリスの問いかけに気のない返事をする。

今日は生徒会室に行く前に厨房に寄る予定だから、急がないといけないのだ。

アンナを通じて間接的に迷惑をかけている例の料理人に、会って話をしようと思っている。

無理矢理うちの味のお菓子を作らせるという、自然に悪役令嬢みたいな行動をしてしまったことに気づいて、焦《あせ》っているわたしの気持ちを察してほしい。

準備ができたわたしは、リコリスに帰りの挨拶《あいさつ》をするために立ち上がる。

「じゃ、リコリス。わたし急いでるからもう行くね。また明日……って、あれ？」

……先ほどわたしに話しかけてきたのは確かにリコリスの声だったのだが、今わたしの目の前にいるのは、どう見てもテオだ。

「こんにちは、ヴァイオレット嬢」

「は、はい……ごきげんよう、テオフィル様……」

（あれ？　なんでテオがここに？）

情報処理が追いつかず、言われるがままに挨拶《あいさつ》をしてしまったところで再考する。

ここは一年生の教室で、わたしは自分の席に座っていて、急いで帰ろうとしたら目の前には幼馴染がいた。

……うん、確認してもよくわからない。とりあえず、先ほどの教室のざわめきはこの人が巻き起こしたのだということは理解できた。

テオは、そんなわたしに構わず話を続ける。

「こっちの授業が早く終わったから、伝達に来たんだ。生徒会のことで用があって」

「まあ、そうなんですね。ありがとうございます」

どうやら、アンナの事前情報どおりにいかない日もあるらしい。もし知っていたら、鉢合《はちあ》わせしないようにもっと急いだのに。……でも、生徒会の用事ってなんだろう。

何か緊急事態でもあったのだろうかと、わたしの頭の中は仕事一色になってしまった。テオを避けることなどすっかり抜け落ち、素直に彼の背中を追いかける。

あんなにブラックな企業に嫌気が差していたのに、いざ生徒会で働き出すと楽しくなってしまった。庶務《しょむ》や本棚の整理の手が止まらないわたしを、みんな呆気《あっけ》に取られた顔でいつも見ている。

働くことが嫌になったんじゃなくて、自分の時間がなくなることが嫌だったんだなあと、俯《うつむ》きながら前世の自分を分析する。その時、テオが急に立ち止まった。

「ぶっ……！」

当然のことながら、考えることに夢中になっていたわたしは、テオの背中に頭からつっこんでしまう。思わず淑女らしからぬ声が出た。

「わ、悪い！　レティ、大丈夫か」

「はい、大丈夫デス……」

「ちょっと、見せてみろ」

下を向いたままぶつけた額《ひたい》をさすっていると、慌《あわ》てた様子のテオは、長身を屈《かが》めてわたしと目線を合わせた。

「赤く……はなってないな。傷もついてない。良かった」

テオは左手でわたしの前髪をかき上げて、まじまじとわたしの額《ひたい》を見つめている。

心の底から純粋に心配してくれて、今も安堵《あんど》の笑顔を向けてくれる幼馴染には申し訳ないが、大変恥ずかしい。

「あの……テオフィル様……もう、いいですか？」

離してほしくて綺麗な青い瞳を見ると、テオは一度大きく目を見開いたあと、ものすごい速さで後ろに飛び退《との》いた。

「わ、悪い！　傷ができてたらいけないと思って……！　いや、俺が責任をとるからそれでもいいんだけど……！」

「？　傷はないんですよね」

「あ、ああ」

何故か手で口元を覆《おお》ったまま狼狽《うろた》えるテオを、不思議に思う。

ふと周囲を見回すと、今まで見たことのない場所に来ていた。

校舎からそのまま外に出られるようになっていて、その先は青々とした芝生《しばふ》と石畳《いしだたみ》が続いている。周囲に他の生徒の姿は見えない。

――いや、『今』は見たことがないだけで、前世のわたしはこの場所を知っていた。

ここは、例の乙女ゲームで、入学したばかりのヒロインが迷い込む場所。そして彼女はここで攻略対象者のひとり、生徒会長の王子様と出会うのだ。

何かあるかもしれない、と思わず唾《つば》を呑むが、わたしはあるものに目を奪われた。

「わあ……紫陽花《あじさい》が咲いてる」

テオの向こう側に、色とりどりの紫陽花《あじさい》が咲き誇《さほこ》る花壇《かだん》が見えたのだ。

紫陽花《あじさい》は可愛らしくて好きだ。この彩《いろど》り豊《ゆた》かな花びらのような部分が、実は花ではないと知った時、とても驚いたことを思い出す。

前世の実家の庭には紫陽花《あじさい》が咲いていた。雨が上がると滴《しずく》がしたたって、キラキラと輝いて見える様子が、とても好きだった。

日本の田舎《いなか》の一般家庭のものと比べようがないほど、この花壇《かだん》は規模が大きく種類も豊富だけれど、どこか懐かしさを感じる。

もしかしたら、ここが乙女ゲームの場面のひとつだからかもしれない。

ゲームではヒロインがいつの間にか迷い込んでいたため、この場所が学園のどこなのかはわからなかったのだけれど。

わたしが花壇《かだん》へ駆け出すと、後ろからテオの声がする。

「喜んでくれて良かった。昔から好きだもんな、その花」

幼い頃に見た公爵家の庭園の一角にあるテオの花壇《かだん》にも紫陽花《あじさい》が咲いていて、それを見るのが好きだった。わたしがあまりにも気に入っていたから、その紫陽花《あじさい》を株分けしてもらったほどだ。

「この場所、元々はただの空《あ》きスペースだったから、俺が入学してから整備をして花壇《かだん》を作ってもらったんだ。色々あって、今は生徒会役員しか入れないことにしてある」

「色々？」

「……ああ、色々」

色々、と言う時にテオの目が死んだ魚のようになったので、これは深く聞かないほうがいい案件のようだ。

きっとこの一年、わたしの知らないことが色々あったのだろう。多分。

それにしても、花壇《かだん》を作らせるなんて、昔からテオの花好きは徹底している。

(そういえば、こうやってテオとふたりでゆっくり話すのは、いつ以来だろう)

婚約回避のためにこれまで頑張ったことが何かに繋《つな》がればいいが、全く何にもなっていない気がするのは何故だろう。

クリスティン嬢たちやクラスメイトの様子を見るに、わたしが城で受けた大変な授業は、一般的な淑女教育ではないらしいし。

お父様が無駄なことをさせるとは思えないけれど、こうなってくると侯爵家で教わったあれこれも、果たして一般教養だったのか怪しくなってくる。

(うちの使用人は平然としていたから気づかなかったけど、あれももしかすると……)

「――やっと、レティとゆっくり話せた」

悶々《もんもん》としていると、わたしが考えていたのと同じ言葉がテオの口から出てきて驚く。

彼は、少し眉尻を下げて話を続けた。

「花の季節が終わる前に、ここは絶対に見せたかったんだ。無理に連れてきて悪かった」

「……生徒会の用事というのは?」

「ただの口実だ。あの時以来、レティと話す機会がなかったから。……普通に誘っても、来てくれないと思って」

「そんなことは……」

ない、と言いかけて、わたしは口を噤《つぐ》んだ。その可能性は大いにあったからだ。

少し寂しそうな笑顔のテオが言う『あの時』とは、わたしが生徒会に加入した日のことだろう。

立場があるからと、彼のことをやんわりと拒絶したあの日。

それからも、極力テオとふたりきりにならないように心がけていたし、話しかけられないように気を張っていた。

そしてその裏で、わたしはテオと出会うはずの少女を探している。

諜報《ちょうほう》もこなせる凄腕《すごうで》侍女のアンナの調べによると、最近テオは町で女性向けのプレゼントを買っていたらしい。

そしてその店の看板娘は『金髪の美少女』。きっとオーブリー様が話していた子だろう。

テオは買い物の途中で頬を赤らめつつも、その店員と終始楽しげに話していたそうだ。

少女の髪色を気にするわたしにアンナは不思議そうな顔をしていたが、深くは尋ねられなかったことが救いである。

クリスティン嬢と平民の美少女。今のところ、このふたりのうちどちらかの可能性が高い。

（大丈夫、きっとうまくいってる。今日はうっかりついてきちゃったけど、このままの距離を保てば、わたしは彼らの障害にはならない）

十歳の頃、ゲームのことを思い出さなければ、家格が良く親しかったわたしたちの間で、勝手に婚約が決まっていたかもしれない。だけど今は、当人が嫌がっているのに強制的に婚約させるなんてことはないように思える。うちのお父様が許さないだろう。

そう考えると、少しは不幸のシナリオを変えることができたのかもしれない。

『テオフィル』と『ヴァイオレット』が結婚しなければ、あの不幸な未来は訪れない。テオのお相手がそのふたりなのか全く別人なのかはわからないけど、テオが見つけた相手に誠実であればいい。

わたしがその時に何か手助けができれば、それでいい。

「わたしのことは、気にしないでください」

わたしは自ら出した結論に満足し、そう言った。しかし、テオはなんだか複雑な顔をしている。

暫《しばら》くの沈黙ののち、テオは意を決したように話し始める。

「――レティは騎士……が好きなのか？」

「うぇ？」

「宰相のような人がいいと昔はよく言ってただろう。好みが変わったのか？」

「――へ？　なんで騎士？」

彼の言うことにあまりにも心当たりがなく、間抜けな反応をしてしまう。

真《ま》っ直《す》ぐにこちらを見る双眸《そうぼう》は真剣で少したじろぐが、こちらも混乱しているところだ。

騎士の知り合いなんて、オーブリー様くらいしかいない。そもそも、どうしてそんな話になったのか。

わたしは戸惑《とまど》いつつも、テオの疑問に答えようとゆっくり口を開く。

「えっと……お父さまが理想なのは、今も変わりません。仕事ができて、奥さんを大事にする人は素敵だと思います。政略結婚は仕方ないとしても、よそに好きな人がいるのは嫌です」

「……そうか」

言外に、『愛人つくるような人は論外』と探りを入れてみたのだが、どうしてそこでテオが嬉しそうな顔をするのか、全くもってわからない。

貴族社会では愛人の存在は珍しくない。政略結婚のあとに、夫婦それぞれが愛人を作るケースなんてものも存在する。だからこそ、乙女ゲームのあの事態が生じてしまうのだ。

でも、うちの両親のように仲睦《なかむつ》まじい夫婦もいるのだから、わたしは最終的にそこを目指したい。

テオのこの反応からすると、彼自身が愛人肯定派というわけではなさそうだ。

となると、やはり彼らの運命を捻《ね》じ曲《ま》げたのは『ヴァイオレット』。彼女さえいなければ、テオたちは純愛を貫《つらぬ》いたのだろう。

そんなことを考えるわたしの一方で、テオは表情を緩めて言う。

「変わってないならいい。……今はまだ、それだけで十分だ」

「そう、ですか……？　ところで、騎士の話はどこから聞いたのですか？」

満足そうに頷くテオに、わたしは疑問をぶつけた。降って湧《わ》いたような話で、全く出所がわからない。

「……レティが、紺色《こんいろ》の騎士と懇意《こんい》にしていると、噂《うわさ》で耳にした」

テオはおもむろにそう口にした。わたしは内心「またか」と思いながら返事をする。

「オーブリー様は、リコリスの婚約者ですが」

確かに、オーブリー様は紺色《こんいろ》の髪の騎士見習い。

あの時アルに見られていたくらいだ、他の人の目にもふたりで過ごしているように映ったのかもしれない。

とはいえ、それは事実無根の話。これで解決、と思ったが、彼の不安げな表情は消えない。

「いや……俺が聞いたのは、ユーリアンのことだ。アルの護衛騎士の」

「んんん？　その人とは、懇意《こんい》どころか一度も話をしたことがないのですが……」

（というか、ユーリアンって名前だったんだ。アルはなんて呼んでいたっけ？）

その人の印象はかなり曖昧《あいまい》だ。アルの護衛騎士のことを思い出そうとするけれど、顔をよく見ていなかったから服装くらいしか覚えていない。紺《こん》の生地に金糸《きんし》の刺繍《ししゅう》が入った騎士服を着ていて――あ、だから紺色《こんいろ》の騎士なのだろうか。

オーブリー様とユーリアンというふたりの人物が交《ま》ざった噂話《うわさばなし》に、困惑してしまう。

「俺は……騎士にはなれないから、その噂《うわさ》が本当なら、困っていたところだった」

確かにテオが騎士になったら、公爵家は大変なことになるとは思う。安堵《あんど》の表情を浮かべるテオに対し、わたしは変な顔をしているに違いない。話の流れがよくわからないのだ。

「レティ、俺は――」

「どうしてですか！」

テオの言葉を遮《さえぎ》って、突然女性の金切り声が聞こえてきた。

一度周囲を確認するが、近くに声の主《ぬし》は見当たらない。テオを見ると、彼も不思議そうな顔をして首を横に振る。心なしか彼の顔は強張《こわば》っているようにも感じた。

「……なんでしょうか？」

「……向こうから聞こえたな」

ふたりで声を潜《ひそ》めて話す。向こうの声が大きく聞こえたということは、こちらの会話も聞こえる可能性があるからだ。

大声は出していないけど、さっきまでの会話が聞かれていたとしたら、いやだ。

「あそこか。カーテンがはためいている」

テオの視線を追うと、校舎の一階の部屋のひとつだけ窓が開いており、室内のカーテンがゆらゆらと揺れている。

他の部屋の窓はどこも閉め切られているので、声がしたのはあの部屋ということになる。

その声は切羽詰《せっぱつ》まっているように聞こえた。何かが起きているとすれば、只事《ただごと》ではないだろう。

わたしたちがその部屋を見据《みす》えていると、再び大きな声がする。

「ラザレス先生、よくお考えになってください！　悪い話ではないでしょう⁉」

その金切り声は、わたしたちがよく知る生徒会顧問《こもん》――ラザレス・フルードの名を呼んだ。

わたしたちは頷き合うと、少しだけその部屋に近づく。

こちらから室内の様子は全く見えないが、会話から察するに、ラザレス先生と女子生徒がひとりいるようだ。

「――学年の成績優秀者と、他の役員の満場一致の推薦《すいせん》で新しい役員を決める、という規則を曲げるつもりはありません」

この声は、ラザレス先生だ。わたしはさらに耳を傾ける。

「っ……！　その規則は本当にちゃんとしているんですか？　ヴァイオレット・ロートネルが入ったのは、どうせコネなんでしょう！　成績優秀というのだって、何かしたんじゃありませんか⁉」

「何を言うかと思えば……彼女の成績は本物です。それに、噂《うわさ》に違《たが》わず、素晴らしく聡《そう》明《めい》な方ですよ。あの歳で書類仕事も会得《えとく》しているようですし、侯爵家の教育の賜物《たまもの》なのでしょう」

抑揚のない声で話すラザレス先生とは対照的に、相手のご令嬢はどんどん語気が荒く、声も大きくなっている。わたしたちのところまで会話がだだ漏れだ。

前世のスキルのお陰で過大評価されている気がしなくもないけど、褒《ほ》められると素直に嬉しい。

（……ご令嬢は、窓が開いていることに気がついていないのかな？　すごく外に声が漏れてるけど……というか、わたしの噂《うわさ》って何）

幸いなことに周囲に他の人の姿はないが、それでもこうやってわたしとテオが話を聞いてしまっているのだ。ご令嬢にとって、良い状態ではないだろう。

「では、先生が私のことを推薦《すいせん》してください。先ほどお話ししたとおり、対価は弾《はず》みます！　この学園での地位もお約束します！」

「ですから、それはお断りしているでしょう。そのような不正を行《おこな》うことは、私の信念に反します。生徒会に入りたければ、規則どおり実力をつけてください」

一切要求を呑むつもりがないという先生の態度に、ご令嬢は苛立《いらだ》ちを募《つの》らせているようだ。

「〜〜っ、たかが貧乏子爵家の三男が、私に意見するなんて……っ！」

ヒートアップしていく会話に聞き耳を立てながら、ふと隣に立つテオを見上げる。彼は顔から表情を消し、鋭《するど》い眼差《まなざ》しでカーテンが揺れる部屋を見ていた。

「……対策が必要だな。レティは証人としてここにいてくれるか？　見つからないよう隠れていてくれ」

わたしの視線に気づいたテオは、声量を抑えながらそう囁《ささや》くと、校舎の中へ入っていった。

テオが去ったあと、ひとりでこの部屋の会話に耳を傾ける。室内では暫《しばら》く口論が続き、今は何故か静まり返ってしまっている。テオが行く前に、解決したのかもしれない。

（……終わったのかな。あとはこのご令嬢が部屋から出ていけば、ひと安心ね）

役目も終わりかな、とほっと胸を撫で下ろした時。

「……ふう。穏便《おんびん》に済ませたかったけど、仕方ないですね。先生がいけないんですよ？　わたしを生徒会に入れないなんて、意地悪を言うから」

「っ、何をしているんですか！」

ご令嬢がどこかで聞いたような台詞《せりふ》を言ったあと、しゅるりと衣擦《きぬず》れの音がした。次いで、先生の慌《あわ》てた声が聞こえる。

何が起きているかわからないが、これはまずいかもしれない。

わたしはそう思って、咄嗟《とっさ》に外からカーテンに手を伸ばす。

「──そこまでだ」

わたしがカーテンを開けたのと同時に、部屋の扉が開いた。

窓の外から部屋を覗いたわたしの視線の先には、突然の訪問者に驚いて扉を見るラザレス先生とご令嬢の背中がある。

彼らが見つめているのは、見知らぬ男の腕を捻《ひね》り上《あ》げながら部屋に入ってきたテオだ。

「て、テオフィル様ぁ……！」

ご令嬢は上擦《うわず》った声でテオを呼び、よろりと彼に向かって進んでいく。わたしがちらりとラザレス先生を見ると、先生も何故かこちらを向いていて、ばっちり目が合ってしまった。

柔らかく微笑むその顔には、明らかに安堵《あんど》の色が浮かんでいる。

「私っ、怖かったですわ……ラザレス先生にっ……！」

先ほどまでの獰猛《どうもう》な声色《こわいろ》とは正反対の猫撫《ねこな》で声でテオにすり寄る令嬢の足元には、スカーフが落ちている。どうやらさっきの衣擦《きぬず》れの音は、彼女が制服のスカーフを解いた音だったようだ。

とんでもない姿になっていたらどうしようかと思ったが、後ろから見る限りでは予想よりもきちんとした格好をしていたのでほっとする。

先生には見つかってしまったが、幸いにも彼女はわたしに気がついていないようだ。

わたしはまたカーテンの陰に隠れて、様子を窺《うかが》うことにした。

「先生に乱暴された、と？　この部屋に入ろうとしたらこの男に邪魔をされたのだが、君の従者か？　見張りまで使って、用意周到《よういしゅうとう》なことだな」

いつもより低いテオの声がする。

テオが掴んでいる黒髪の男性が、このご令嬢の従者ということだろうか。

すると、ご令嬢は慌《あわ》てたように声を上げる。

「な……し、知りませんわ、そんな男。テオフィル様、信じてください。私、本当に怖い思いをしたんです……！」

「そんな……お嬢様……！」

「っ、私を呼ばないで！　貴方《あなた》はもう我が家とは無関係よっ。テオフィル様、その男はもうクビにした元従者ですのよ。ご覧のとおり、勝手な行動をしているのですわ」

驚愕《きょうがく》の色を隠さない男を、ご令嬢はキッと睨《にら》みつける。テオはそれを見ながらも眉ひとつ動かさずに、小さく呟いた。

「……なるほど」

「信じていただけましたのね……！」

うっとりとした声を出すご令嬢のダークブラウンの髪が、ゆるやかに揺れる。

それを見て、わたしは思い出した。確かあの子は、Bクラスの子だ。

何度かお茶会で一緒になったことがあり、テオのお相手を探している時に、廊下でもすれ違ったことがある。

だが、一度も話したことはないので、名前も知らないような間柄《あいだがら》だ。

ただ、澄《す》み切《き》った青空のような瞳が美しい、可憐《かれん》な少女だった印象は残っている。

そのご令嬢が、わたしに対して嫌悪感を持っているとは思ってもみなかった。

テオは淡々と、ご令嬢に告げる。

「貴女《あなた》の言い分はわかった。どうやら事実を話すつもりはないようだな。……この元従者にでも話を聞くことにしよう。ちょうどうちの者も来たようだ。貴女《あなた》も来るんだ」

「え……っ！」

ご令嬢が声を上げた瞬間、ぱたぱたと軽やかな駆け足の音を響かせて、リシャール家の紋様《もんよう》が刻まれた服を着た従者と侍女が現れた。

テオはそのふたりに何やら小声で指示をしたあと、掴んでいた男を引き渡す。

そのご令嬢は抵抗していたけれど、リシャール家の侍女に動きを封じられ、元従者とともに廊下へ出されていた。

「私も彼らと行きますので、先生は花をお願いできますか」

テオがそう言うと、先生は少し戸惑《とまど》うような素振《そぶ》りを見せる。

「それは、光栄ですが……しかし、いいのですか？　テオフィル君。君の役目でしょう」

「……今は、こちらの処遇を考えるのが先かと」

「確かに、花に降りかかる火の粉を払うほうが先ですね。来てくれてありがとうございます。お陰で助かりました。あとは任せてください」

「はい。では」

テオは、先生に頷くと、部屋を出ていく。

一度振り返った彼の瞳は、わたしをしっかりと捉《とら》えていた。

一連のやり取りを終えて部屋に戻ったわたしは、備えつけのソファーに身を委《ゆだ》ねた。

今日はなんだかとても長い一日だった。

「ヴァイオレット様、このあとはどうされますか？　お医者様を呼びましょうか？」

「……少し疲れてしまっただけだから、お医者様は呼ばなくていいわ。もう休みたいのだけど、いい？」

アンナの問いかけに力なく答えると、彼女は全て承知とばかりに首を縦に振る。

「湯浴《ゆあ》みの支度をさせていただきますね。お食事は軽くつまめるものをご用意します」

アンナがてきぱきと動くのを見ながら、わたしは大きくため息をついた。こんなに疲れるのは、最近夢見が悪くて寝不足気味なのも関係していると思う。

（先生が言っていた話は……どういうことなんだろう。わたしが見た夢と、同じような夢を見たと言っていたけど）

テオが去ったあと、わたしは先生と少し話をした。

部屋の窓が開いていたことを不自然に思って聞いてみると、その理由を教えてくれたのだ。

『——実は以前、こういう状況に追い込まれる夢を見たのです。はっきりとは覚えていませんが、令嬢へ乱暴したという身に覚えのない理由で解雇《かいこ》され、国を追われる、とても嫌な夢でした。予知夢だったのかもしれませんね』

その夢を見て以降、女生徒と話す時は警戒して、部屋の扉や窓は開けておくようにしていたらしい。だが、今回は外から扉を閉められてしまい、危ないところだったという。

ちなみに先生は、わたしたちが庭園にいることに気づくと、女生徒が大きな声を出すように仕向けたというから、なかなかの策士である。

わたしは先生からその夢の話を聞いて、なんだか背中がぞくりとした。

——以前、わたしもそんな夢を見た気がするから。

『先生がいけないんですのよ』

夢の中であの言葉を言ったのは、『ヴァイオレット』だったと思う。

夢の中の『ヴァイオレット』はいつも、誰かを貶《おとし》めて悲しませている。わたしは見ているだけで、何もできない。

思考がぐるぐると渦《うず》を巻き、目が回りそうだった。顔色が悪くなったわたしを心配したラザレス先生が、学園の使用人に指示をしてアンナを呼んでくれて、自分の部屋に帰ってこられたのだ。

（眠たい……でも、あの夢は見たくない……）

そう思うのに、ソファーに身体が沈んでいくにつれて、眠気に逆《さか》らえず瞼《まぶた》はどんどん重くなっていく。

鈍《にぶ》くなっていく頭の中に浮かんだのは、疲れ切ってやつれたアンナと、ひどく傷ついたテオの顔。

夢と現《うつつ》の狭間《はざま》で、侍女と優しい幼馴染に心の中で謝りながら、わたしは意識を手放したのだった。

◆　【もしもの世界】リシャール公爵夫人　フリージア　◆

『――テオフィル、もう子どもじゃないのだから、いい加減にしなさい。これ以上ない縁談でしょう？　何が不満だと言うの？』

フリージアは公爵家のサロンで優雅にお茶を飲みながら、血相《けっそう》を変えて駆け込んできた自身の息子にそう投げかけた。

彼は目尻をつり上げ、声を荒らげる。

『全てです。彼女との婚約は、幼い時の仮のものだと言っていたじゃありませんか。それがどうして、私の卒業とともに婚約式を開くことになっているんですか！』

普段のテオフィルは母であるフリージアに従順だ。彼がここまで感情を露《あら》わにしている姿を、その場にいる使用人の誰も見たことがなく、サロンには張り詰めた空気が漂《ただよ》う。

そんなテオフィルの剣幕《けんまく》をものともせず、フリージアはティーカップをソーサーの上に静かに戻した。

『どうせいつかは婚約式をするのだから、時期が早くなっても関係ないでしょう。幼い頃から婚約者だったのだから、時間は十分あったわ。むしろ遅いくらいじゃなくて？』

『しかし、私は……ヴァイオレットを愛してはいない』

苦しげな表情で拳《こぶし》を握りしめながら呟く息子を、フリージアは一瞥《いちべつ》する。そして後ろに控えていた執事に何やら指示をした。執事が立ち去ったあと、彼女は再びテオフィルに向き直る。

『貴族の結婚とはそういうものだわ。貴方《あなた》も公爵家の嫡男《ちゃくなん》としての自覚があるのならば、受け入れなさい。ヴァイオレット嬢は現宰相の娘で、侯爵家のご令嬢なのよ？　それに、あちらから望まれているご縁《えん》なの。全てのつり合いがとれているわ。――あの愚《おろ》かな娘とは違ってね』

『な……知って……！』

『婚約者がいる身でありながら、貴方《あなた》はいったい何をしているのかしら。ロートネル侯爵からは不問にするとおっしゃっていただけたけれど、困ったものだわ』

テオフィルの青ざめた顔をちらりと見ながら、フリージアはサロンに戻ってきた執事から書簡を受け取った。

彼女はその内容にざっと目を通すと、言葉を失っているテオフィルにさらに畳《たた》みかける。

『貴方《あなた》、先日わざわざ町まで行ってその娘と会っていたそうじゃない。お遊びはほどほどになさい。どうせ結ばれることはない縁《えん》なのよ』

フリージアが手にしたこの書簡には、テオフィルの最近の素行《そこう》が記載されている。

そこには、テオフィルが以前その娘にささやかな髪飾りを贈ったことまで、事細かに記されていた。

どう考えても、息子の気持ちがその娘に傾いていることは明白だ。

（だめよ。そんなの許さないわ。彼女の娘とわたくしの息子が縁《えん》を繋《つな》ぐことが、必要なのだもの）

いくら息子がヴァイオレットとの婚約解消を望み、あの娘を妻にと願っても、それはフリージアには受け入れられない。いや、絶対に受け入れない。

ヴァイオレットとの婚約、並びにその先の婚姻は、確実に成立させなければならない。

——それが、貴女《あなた》の望みだものね。

昔のことを思い浮かべていたフリージアの脳裏《のうり》に、懐かしい笑顔が浮かぶ。

『……何故です。そんなに身分が大切なのですか』

俯《うつむ》いていたテオフィルは、地を這うような低い声でそう言った。

『当然よ。さっきも言ったでしょう。貴方《あなた》の身は貴方《あなた》のものではない。この公爵家のものなの』

（そして、わたくしの願いを叶えてちょうだい）

フリージアの青い瞳は、目の前の息子を捉《とら》えているようでいて、どこか焦点《しょうてん》が合っていない。その薄気味悪さに、控えていたメイドはごくりと唾《つば》を呑んだ。

『……母様と話していても埒《らち》が明きません。貴女《あなた》はヴァイオレットに亡くなったローズ様を投影しているだけでしょう！　あとは父様と話します』

『もう無駄よ。全て終わっているもの』

『は……？』

唖然《あぜん》とする息子を気にも留めず、フリージアは流暢《りゅうちょう》に話し続ける。

『貴方《あなた》がなんと言おうと、この婚約は覆《くつがえ》らないわ。旦那様にお願いしてみてもいいけれど、徒労に終わるでしょうね。あんまり言うことを聞かないと、例の娘がどうなるかわからないわよ……あら、これはわたくしが言うことではなかったわ』

『――っ、どうして、そこまで……っ』

『これはわたくしの望みよ？　テオフィル、母のささやかな願いを叶えてちょうだいね』

そう言って妖艶《ようえん》に微笑むフリージアには返事をせず、テオフィルは苦虫を噛み潰したような顔で、足早にサロンから出ていった。

『……ねえ、ローズ。ヴァイオレットちゃんの望みが、貴女《あなた》の望みよね……？』

窓の外に放たれたフリージアのその呟きは、寒々とした空気に溶けて消えただけだった。

◆◆

「奥様、お時間ですよ！」

質の良いふかふかの白い寝具で微睡《まどろ》んでいたフリージアは、馴染みの侍女の声にはっとして身を起こした。

いつの間に部屋に入ってきていたのか、侍女はベッドの前で仁王立《におうだ》ちをしている。

そんな彼女に、フリージアはゆったりと微笑む。

「……おはよう。寝すぎたかしら?」

「ええ、とっても。早く準備をしていただかないと、お約束の時間に間に合いませんよ」

「あら、そう?」

「そうです。ローズ様のところへ遊びに行くのでしょう」

侍女のその言葉に、ぼうっとしていたフリージアの頭はすぐに覚醒《かくせい》した。

(そうだわ、今日は久しぶりにローズとお茶会だったわ)

楽しみでなかなか寝つけなくて、ようやく寝られたと思ったら気分の悪い夢を見てしまった。

今は内容をほとんど思い出せないが、息子のひどく傷ついた顔が頭にちらつく。

「……テオフィルは、元気にしているかしら」

ふと呟くと、侍女はきょとんとした顔をする。

「どうしたんです。週末は帰ってこられるじゃないですか。まあ、進級なさってからは以前よりも格段に楽しそうで何よりです」

「貴女《あなた》もそう思う? やっぱり、そうよね?」

「奥様だけでなく、この家の使用人は皆、そう思っていますよ」

「ふふ、あの子ってば不器用だから、きっと殿下に一歩も二歩も先に行かれちゃってるわね」

　身支度を整えながらフリージアが楽しげに息子について語ると、侍女はため息をついた。

「奥様……テオ様の味方じゃないんですか」

「ええ〜。もちろん味方よぉ？　でも、以前にローズとも約束したもの。子どもたちのことは、子どもたちに任せましょうって。だから今は、ローズとこっそり成り行きを見守っているんじゃない！」

　そして、お互いの持っている情報を、たまのお茶会で交換し合うのだ。

　病気で一時は生命が危ぶまれていたローズと、今もこうして過ごせることが、何よりも嬉しい。

「そりゃ、ヴァイオレットちゃんがお嫁に来てくれたら嬉しいけど……これぱっかりはねぇ。うちのテオの頑張り次第だわ。でも、王家に取られるのはイヤだから、わたくしがローズからヴァイオレットちゃんの好きなものでも聞き出して、ズルしようかしら……？」

　ふふふ、と少女のように楽しげに微笑む公爵家の女主人を見て、侍女も思わずつられて笑ってしまう。

準備を済ませたフリージアは、大切な友人のもとへと向かうのだった。

＊挿話　不穏《ふおん》な手紙

「――失礼します。お手紙が届いております」

扉をノックする音のあと、聞き慣れた侍女の声がする。

机に向かって何かを書いていた女は、顔を上げた。

彼女は立ち上がると、扉を開けて侍女を迎え入れる。

「ありがとう。……あら、これは」

侍女から丁寧に手渡された手紙の差し出し人を確認すると、見知った名がそこに刻まれていた。

侍女は女に、恭《うやうや》しく頭を下げる。

「では、失礼いたしますね」

「ええ」

侍女が下がったのを確認すると、女はランプの下でその手紙の封を切った。

封筒の中から出てきたのは、一枚の便箋《びんせん》だ。

「まあ、兄様ったら短い手紙。時候の挨拶《あいさつ》もないなんて」

兄様らしいわ、とクスクス笑いながらその内容に目を通す。

要点しか書いていない手紙だから、あっという間に読み終わってしまった。

だが、短い手紙から受けた衝撃は大きかった。

女は目を見開いて、食い入るように何度も何度も読み返す。

偽《にせ》の手紙である可能性も考えたが、筆跡もサインも、間違いなく兄のものだ。

何よりこの手紙が書かれた紙自体、特別なものなのだ。他人が容易に準備できる品ではない。

となると、この手紙に書いてある内容が事実ということになる。

「アルベール殿下には意中の相手がいるから諦《あきら》めろ、ですって……!?　どういうことなのよ、おかしいわ」

あまりに力を込めて握りしめたため、手紙に皺《しわ》が寄ってしまう。だが女はそんなことはお構いなしに、ぎゅうぎゅうと力を入れた。

「しかも相手は、あのヴァイオレット・ロートネルって……どういうことなの、ありえないわ！」

その文を読んだ女の頭には、すぐに紫色の長い髪を持つ少女の姿が浮かんだ。

（アル様が彼女のことを好き？　えっ、どうして？）

おかしい。その女は性格が悪くて、ひどい癇癪《かんしゃく》持ちのはずだ。それに、彼女が好きなのは幼馴染のテオフィル・リシャールであるべきなのだ。

ついに女の力に耐え切れず、手紙が少し裂《さ》けてしまった。

彼女はその音を聞いてはっと我に返ると、手紙をそっと机の上に置く。

目眩《めまい》がする。女は右手で目を覆《おお》いながら、肘杖《ひじづえ》をついた。

「どう考えてもおかしい。アル様の奥さんになるのは、私なのに……」

誰もいない部屋で、女の呟きがやけに響く。その手紙には、他にも予想外のことが書かれていた。

『お前からの情報は、髪色くらいしか合っていない』

『ロートネル侯爵令嬢には婚約者はいない』

書かれているどの情報も女にとっては全くありがたくなく、目眩《めまい》に加えて頭痛までしてきた。

何もしなくても彼の妃になれる予定だったから毎日のんびり過ごしていたのに、どうやらそうも言っていられないようだ。

「なんとかしなくちゃ……」

そう決意する女の目は、煌々《こうこう》と光るランプの火を受けて、燃えるように赤く染まっていた。

六　ラベンダーと侯爵家の教え

ラザレス先生に夢のことを聞いた、翌朝。

早く寝てしまったせいで、朝日もまだ昇っていないというのに、すっかり目が覚めてしまった。

わたしはソファーで制服のまま寝落ちしてしまったはずだったが、起きた時にはきちんと夜着を着て、ベッドの上にいたことに驚く。

着替えさせられ運ばれたことに気づかないまま眠り続けていた自分は、いったいどれだけ疲れていたんだろう。

だけどそのお陰か、あの悪夢は見なかった。

「ヴァイオレット様、もう起きていらっしゃったのですね。お加減はいかがですか？」

「ごめんね、アンナ。一晩寝たらすっきりしたわ。いつもよりよく眠れた気がする」

まだ起きるにはかなり早い時間なのに、こうして部屋に来てくれたアンナは、きっとわたしを心配しているのだろう。

　彼女の細い指がわたしの額《ひたい》に触《ふ》れ、熱がないかどうか確認される。

「お熱もなさそうですね。学校はどうされますか？　ゆっくりされても良いかと思いますが」

「ただの寝不足だから大丈夫よ。学校には行く。……ねえ、アンナ。起きた時から気になっていたんだけど、この部屋、なんだかいい香りがするね。昨日までこんな香りだったかな？」

　優しいアンナの言葉に嬉しくなりながら、わたしはすんすんと鼻を動かす。

「ふふ、お気づきになりましたか」

「？」

　ベッドサイドのランプと、アンナが持っているランプが生み出す橙色《だいだいいろ》の穏やかな灯《あか》りしかない中でも、彼女が微笑んだのがわかって、首を傾げる。

（わたし、何か変なことを言ったかな）

　目覚めた時から、いつもとは違う花の香りが漂《ただよ》っていて、それがとても心地よかったのだ。

「昨夜、ラベンダーがお嬢様宛に届きましたので、お部屋に少し置かせていただいたんです」

「ラベンダー？」

アンナの言葉を聞いて部屋をぐるりと見回すと、机の上に小さな花籠《はなかご》が置かれていた。暗くてよく見えないが、香りの元はあそこで咲いているのだろうか。

「あ、いえ、ラベンダーはですね……はい、ここに。可愛らしいポプリをいただいたので、枕の下に入れておりました」

アンナはごそごそと枕の下を探る。取り出したのは、可愛らしい小袋だ。

目の前に差し出されたそれを受け取ると、ふんわりと優しい花の香りがした。ラベンダーにはリラックス効果があると聞いたことがある。

「ありがとう、アンナ。お陰でよく眠れたわ」

そう彼女にお礼の言葉を投げかけると、彼女は笑顔のままふるふると首を横に振った。

「こちらもあの花籠《はなかご》とともにいただいた、お見舞いの品です。以前お会いした時に、ヴァイオレット様が最近あまりよく眠れていないとお話ししたら、すぐに手配してくださったようですよ。わざわざ町に足を運んで、ご自身で選ばれていましたし」

「……ええと、アンナ。誰が贈ってくださったのかしら？」

「もちろんテオフィル様です。やはりヴァイオレット様への贈り物だったのですね。随分と商品を吟味《ぎんみ》しておられたそうですので。あ、ちなみにお嬢様をベッドまで運んでくだったのもテオフィル様です。ふふ、もうすっかり目が覚めてしまったようですので、お茶をご用意しますね。特製のラベンダー入りハーブティーです。お待ちください」

「ちょ、ちょっと、アンナ」

狼狽《うろた》えるわたしを置いて、アンナはさっと部屋からいなくなってしまった。

聞き捨てならないことが色々あったのに、まくし立てるようにつらつらと述べる彼女に、説明を求める隙もなかった。

（テオがわたしをここまで運んだ？　町でわたしへのプレゼントを買っていた？　えっ、テオがこの部屋に入ったの？　女子寮に入れていいの？　町へ行ったのは金髪美少女に会うためじゃないの？　ああもう、アンナに聞きたいことが多すぎる……！）

とにかく一番気になるのは……わたし、重たくなかっただろうか、ということだ。運ばれても寝ていたなんて恥ずかしすぎる。

この動揺は、アンナが戻ってくるまで続いたのだった。

✻

それから週末をはさんで数日が経ち、王妃様主催のお茶会が開かれるまで、あと半月ほどとなった。

そんな折、わたしが在籍するクラスのご令嬢たちは俄《にわ》かにざわついていた。

「ねえ、聞きました⁉ 今度の王城でのお茶会に、隣国の王女が来るらしいですわ」

「ええ⁉ 何故ですの？ アルベール殿下に婚約者がいらっしゃらないのって……そういうことなんですの？」

「わからないわ。でも、わざわざこの時期に来るのよ。意味深ですわ」

わたしは授業が始まる前にリコリスと歓談していたのだが、そんなことを大声で言いながら教室に入ってきたご令嬢たちに、思わず気を取られた。

そちらに視線を向けたせいか、ご令嬢たちもわたしのほうを見て、視線がかちりと合う。

「あ、あの……ヴァイオレット様。この話は……事実なんでしょうか」

宰相の娘であるわたしならその件についての情報を知っていると踏んでか、そのご令嬢はおずおずと質問した。

最近、わたしはクラスメイトからさらに遠巻きにされるようになっていた。

というのも、先日ラザレス先生を貶《おとし》めようとしたあの女生徒が、ひと月の停学処分になったらしいのだ。

停学処分の理由についてはクラスに知らされていないのだが、わたしとテオが彼女に関わったことは伝わっているようで、若干怖がられているのである。

とはいえわたしもテオからあのことは何も教えてもらえず、クラスメイトたちと同じタイミングで彼女の処分を知ったので、ほぼ無関係に等しいのだけれど……

そんなわたしに質問するくらいだから、よっぽど気になるのだろう。

わたしは、ご令嬢たちに頷いた。

「――ええ。わたしも父からそう聞いています。突然のことではありますが、隣国から王女がいらっしゃり、その数日後に開催されるお茶会に参加されるそうです」

わたしがその話を聞いたのは、週末に衣装の最終確認のため家に戻った時だ。突然の隣国の王女の来訪決定に、お父様たちも困惑しているという話だった。

何か政治的な意図があるのかもしれない。だがそれよりも重大なことがある。

なんとわたしは、暫《しばら》く滞在する予定の彼女の話し相手をすることになってしまったのだ。

「アル様……うぅ、ますます望み薄だわ……」

「気をしっかり！　まだ可能性はありますわ」

わたしの回答にご令嬢方は青ざめたり励《はげ》まし合ったりと、話が尽きないようだ。楽しそうだから交《ま》ぜてほしい。

「ふうーん。王女様が来るのね。急にどうしたのかしら」

「そうなの。わたし、隣国のこととか詳しく知らないんだけど、大丈夫かな」

リコリスに頷きながら、わたしは内心どうしたものかと気を揉《も》んでいた。接待するならば、情報を得ることが大事だ。

王女ということは、国賓《こくひん》レベルの来客ということになる。

何か粗相《そそう》をしたら、侯爵家に迷惑をかけてしまう可能性があるわけだ。わたしのせいで、弟妹《ていまい》の今後に暗雲が立ち込めるようなことは、是非避けたい。

「隣国ね……食文化が独特で、ここ数年で変わった味付けが流行《はや》っているって噂《うわさ》は聞いたことがあるわ。私もいくつか向こうの料理本を取り寄せているの」

「なるほど。そういう本を見てみるのもいいかも」

楽しそうに話すリコリスは、おそらくオーブリー様のために日夜料理を研究しているのだろう。それを思い浮かべると、微笑ましくなる。

（この学園にも大きな図書室があったはず。そこに何かあるかもしれない）

わたしは、今日の放課後の予定を決めた。

授業を終えたわたしは、アンナに帰りが少し遅くなることを言付けて、早速《さっそく》学園の図書室に来ていた。

今週はアルとテオは何やら忙しいらしく、学園にも来ていないとのことなので、生徒会の活動もない。

図書室の扉を開けると、紙とインクの独特な匂いがした。

そして、この学園に来てから初めて足を踏み入れたはずのこの場所も、やはり見覚えがある。

あの乙女ゲームには、図書室イベントもあった。ヒロインが宰相の子息の眼鏡男子と出会うのだ。

（……あれ？　宰相って今はお父様だよね。ゲームの時の宰相って、誰なんだろう）

ふとそんな疑問が頭によぎったが、ひとまず今は置いておく。

わたしは本来の目的を果たすため、入り口の受付にいた司書に探している本を説明し、案内された奥の本棚で適当に何冊か見繕《みつくろ》うことにした。

（隣国の歴史書……一応借りておこうかな。それとえーと、文化がわかるやつ……最近の本、何かあるかなぁ）

左手に二冊ほど本を抱《かか》えたまま、視線は本棚に並ぶ背表紙に向けながら横に移動する。

現代の本と違って一冊一冊の装丁《そうてい》が豪華なものが多く、その色や意匠《いしょう》にも目移りしてしまう。
なかなか目当ての本が見つからず、どんどん端へ端へと移動する。
次の瞬間、注意が疎《おろそ》かになっていたせいで誰かにぶつかってしまった。
「あ、ごめんなさい！　……あ」
「……いや」
咄嗟《とっさ》に謝りながら顔を上げると、赤茶色の髪の見知った男子生徒が、鋭《するど》い錆色《さびいろ》の瞳で
わたしを見ていた。
「……ごきげんよう、ジークさん」
わたしを無表情で見下ろすその人に、なんとか取《と》り繕《つくろ》った笑顔で挨拶《あいさつ》をする。
中身は大人のわたしでも、自分を嫌っている人と話すのはそれなりに緊張する。
普段ならわたしと彼がふたりきりになるようなことは絶対にないし、ラザレス先生や
アル、テオが間に入ってくれるため、そこまで気にならない。
だけど、今は違う。理由は不明だけど、嫌われていることはきっと事実だ。こんな静
かで他に誰もいない場所で一緒にいたら、向こうも気分が良くないだろう。
彼の前にある書棚はまだ確認していないから気になるが、ここはひとまず撤退して、
暫《しばら》く様子を見たほうが良さそうだ。

「邪魔をしてごめんなさい。探しものに夢中になっていました。……では、わたしは向こうに行きますね」

あとでもう一度見に来よう。そう思ったわたしはジークさんにお辞儀をして、立ち去るつもりでそう告げた。

しかし、彼はゆっくりと口を開く。

「……その本」

「はい？」

「隣国のことをてっとり早く知るなら、そんな分厚い本よりこの本のほうがいい。……と、思います」

何か文句でも言われるのかと思ったのだが、予想に反して、彼の口から紡がれたのは本についてのアドバイスだった。

ちらりと一瞥《いちべつ》しただけでわたしがなんの本を持っているかわかるなんて、さすが座学の首席だ。

「ありがとうございます……？」

驚きのあまり、お礼が疑問形になってしまったが、この場合仕方がないと思う。向こうもぎこちない敬語だったし。

差し出された本をジークさんから受け取ったものの、そこから話が続かない。

「え、えっと、ジークさんはよく図書室に来るのですか？」

「ほぼ毎日ですが、何か？」

わたしが絞り出した質問は一瞬で返され、またお互い口を噤《つぐ》んでしまう。

わたしたちの間には、再び息苦しいような気まずい沈黙が落ちる。

（どうしよう。親交を深めるせっかくの機会なんだろうけど、会話の糸口を全く掴めないよ）

「そういえば……ずっと言いたかったことがあるんですが」

「は、はいっ、なんでしょう」

どうにも身の置き場がなく感じている中、先に沈黙を破ったのは意外にもジークさんのほうだ。

（なんだろう、また何か気に障《さわ》ることを……!?）

あんまり敵対してしまうと、うちのアンナが暴走する可能性があるため、極力穏便《おんびん》に済ませてほしい。そんなことを考えながら彼の双眸《そうぼう》を見上げる。

すると驚くべきことに、その錆色《さびいろ》の瞳には、以前のような明らかな敵意は浮かんでいなかった。

「オレに敬語使うのやめてくれませんかね。オレは平民だし……たまにアルベール殿下とは砕《くだ》けた口調で話してるみたいですし、なんか倒錯《とうさく》してるんですよね」

「え……でも、ジークさんは先輩で……」

「貴女《あなた》も侯爵家の姫さんなんだから、学年なんて関係ないでしょ？　オレなんかに敬語使わなくていいです」

「う……じゃあ、アルにも敬語にします」

「それは却下《きゃっか》ですね。そんなことになったらオレが怒られるんで」

うぐぐ……。全て反論で返される。

覚悟を決めて彼に対峙《たいじ》することにしたわたしは、一度息をゆっくりと吐いて、心を落ち着かせる。

そうして、すうっと空気を吸い込むと、ラベンダーの香りがした気がした。あれから安眠のお供となったあのポプリは、わたしの愛用品だ。

「じゃあ、ジークさんもわたしに敬語使わないでくれたら、そうします」

わたしが強気で言うと、ジークさんは見るからに動揺する。

「え……いや、それは」

「あと、わたしの名前。ヴァイオレットでもロートネルでもどっちでもいいですけど、ちゃんと呼んでくださいね。それと、以前お茶会についてのご意見をいただきましたが、貴族令嬢にとってはお茶会の場は戦場なんです。確かにジークさんからしたら、ただお菓子を食べておしゃべりしているだけに見えるかもしれませんが、お茶やお菓子、ドレスの流行を押さえておくことは、わたしたちにとっては大切なことなんです。金持ちの道楽《どうらく》に見えるかもしれません。けれど例えばお茶会の場がきっかけになって新しい菓子の流行が生まれたら、それが領地の特産となり、領民を助けることに繋《つな》がることだってあるんですよ。人との繋《つな》がりは、いつかのための糧《かて》になります」

ひと息にそう言い切ったあと、目の前の人の表情を見て我に返る。

（い、言いすぎた……よね、確実に）

勢いをつけすぎて、今回のこと以外にも気になっていたことまで、口からぽんぽん飛び出してしまった。

以前彼にお茶会をお気楽扱いされたことは気にしていないつもりだったけれど、実は思うところがあったみたいだ。

自分だってこうして貴族の立場になるまでは知らなかったが、貴族なりに制約や決まりごとが多くて、辟易《へきえき》したこともあった。それでも、やはり自分自身で得た作法は、誇《ほこ》りなのだ。

急にべらべらと長台詞《ながぜりふ》を述べたわたしに、ジークさんは案の定面食らっている。せっかく歩み寄れそうな雰囲気だったのに、やってしまったかもしれない。

「あ……えーと、もちろんわたしたちの暮らしは皆さんと比べると豊かで恵まれていますし、それも領民の働きによって支えられているので……偉そうなことを言って、申し訳ありません。配慮が足りない発言をしてしまいました」

流行どうこうより、明日の暮らしがわからないほど逼迫《ひっぱく》した人たちからしたら、お門《かど》違《ちが》いな考えだろう。

彼が何も言わないのが、答えだ。怒《いか》りで言葉が出てこないのかもしれない。

本格的に居《い》た堪《たま》れない気持ちになったわたしは、無言のジークさんに再度深く頭を下げると、本を持って足早に図書室から離れた。

❀

二日後、本を読み終えたわたしは、再度図書室へ向かっていた。司書に、今日を返却日に指定されたためだ。

逃げるように図書室から立ち去ってから、ジークさんとは顔を合わせていない。生徒会がなければ会う機会がほぼないからだ。

大人げなくて本当に申し訳ないけど、大人だって気まずい時は気まずいのだ。生徒会が休みで本当に良かった。

それはさておき、彼にすすめられた本は非常にためになった。歴史書では学べないような、今の隣国で流行《はや》っている食べ物や文化が載《の》っていたのだ。リコリスが言うとおり、なかなか興味深い料理だった。

隣国の料理は食べたことはないので想像になるが、本を読んだ時、わたしの頭の中には日本での暮らしが浮かんだ。

だって、なんかうどんっぽいものとか、緑茶っぽいものとかがあるのだ。

『つるつるした食感でそれでいて歯応えのある、パスタより太さのある白い麺』

『紅茶とは異なるふわりとした優しく甘い香りがあり、後味に苦味のあるエメラルドのお茶』

こんな記述を読んだら、元日本人としては実物を見たくなるに決まっている。そして何より食べたい。

(気になる……せっかくだし、王女様との会話には使おう)

この本の前後に出版されたものも新たに借りたいと思い、わたしは図書室へ向かう足を速めた。

だが、わたしは受付の司書に、予想外の言葉を投げられることになる。

「この本は、うちの図書室の蔵書ではないですね。他の二冊は受け取ります。借りた時には何も言われませんでしたか？」

「——え？　はい、特には……」

そうは答えたものの、この前は慌《あわ》てて手続きをして、脱兎《だっと》のごとく図書室を出たのだ。正直なところ、司書の対応がどうだったかなんてよく覚えていない。

本だって重ねて渡したし、必要なものだけ手続きをしてくれたのかもしれない。

「変ですね……利用者の方にはきちんと説明するようにしているのですが」

首を傾げる眼鏡の女性司書に、わたしは勢いよく言った。

「いえ、わたしがぼんやりしていただけなので！　ところで司書の方って、毎日交代するんですか？」

「……毎日ではないですが、交代はします」

先日が初めての利用だったので司書の顔はよく覚えていないが、前回は今回とは違って男性だったと思う。

（それはいいとして、これ、どうしよう……）

この本が蔵書ではないということは、これはジークさんの私物ということ。つまり、本人に返さないといけない。

あんなことがあった手前、わざわざ教室を訪ねるのは申し訳ない。学年も身分も違うわたしが彼に会いに行ったら、なんだか面倒なことになりそうだし。

「あの……」

受付カウンターの前でうんうんと唸《うな》るわたしを見て、司書が控えめに声をかけてくる。

「あ、ごめんなさい。ここにいたらお仕事の邪魔ですよね」

「いいえ、そんなことはありません。少しお話を……と思いまして」

「話ですか？」

わたしが問い返すと、司書の女性は頷く。

「はい。隣国の本に興味がおありのようなので、よろしければ他の蔵書もご案内したいと思いまして」

「本当ですか⁉　……あ、でも……」

（もしかしたら、ジークさんがここに来るかもしれない）

彼は毎日のように図書室に来ると言っていた。

だらだら先延ばしにしても気になるだけだし、さくっとこの本を返しておきたい。

視線を本に落とすと、司書はわたしの考えていることがわかったのか、ふんわりと微笑んだ。

「――大丈夫ですよ。これからご案内するのは別室になりますが、その方がいらっしゃったらお部屋までご案内しますので」

「そう、ですか……じゃあ、お願いします」

わたしは前を歩く司書の背中を追った。蔵書が豊富なホールを抜けると、階段を上ってさらに奥へと進む。

だんだん本がありそうな雰囲気ではなくなっているが、司書の歩みには迷いがない。むしろ、どんどん速くなっている気がする。

(あれ、そういえば……わたし、この本をジークさんから借りたことを、この人に言ったっけ……?)

ふと湧《わ》いた違和感に足を止めると、司書はある扉の前で立ち止まり、こちらを振り向いた。

「さあ、到着しましたよ」

「ええと、この部屋に本があるんですか?」

わたしが尋ねると、司書は微笑む。

「そうです。全ての本をあそこの本棚には置けませんので、こちらにまとめてあるんです」

「そうなんですね……案内してもらっておいて今さらなんですが、先に下の本棚を見てからにしてもいいですか？　ホールにあるほうが新しい本でしょうし。戻りますね」

わたしがそう言うと、今まで柔和《にゅうわ》に笑っていたはずの女性の顔から、表情がすとんと抜け落ちた。違和感が確信に変わる。――どうやら、何かに巻き込まれたようだ。

「ダメですよ。ヴァイオレット様。貴女《あなた》はここで一晩過ごすのですから」

無表情の女の手中で、何かがきらりと光を反射する。

「ふふ。大丈夫です。貴女《あなた》がただ大人しくここにいてくれさえすれば……あとは勝手に事は運びます」

女は刃物のようなものをチラつかせながら、恍惚《こうこつ》とした表情で入室を促《うなが》す。

抵抗を諦《あきら》めたわたしは、周囲の様子をざっと確認してから大人しく部屋に入ることにした。

部屋に入るとすぐに扉が閉められ、がちゃりと金属の鈍《にぶ》い音がした。しっかりと鍵をかけられたようだ。

（ひと晩……ってことは、明日誰かがまた鍵を開けに来るってことかな）

当然、この部屋にわたしが読みたい隣国の本があるはずもない。小さな丸テーブルと椅子が二脚、ささやかな本棚と簡易なベッドがあるだけの殺風景な小部屋だ。窓もない。

(――あれ?)

じっくりと部屋を観察していたわたしの目に飛び込んできたのは、簡易ベッドの上のふくらみだ。布団に覆《おお》われたそのふくらみは、目を凝《こ》らしてみると上下に動いているように見える。

(いや、うん。誰か寝てる。これもセットでのひと晩、ということ?)

他に人がいるのなら、少し事情が変わってくる。わたしに気がつかないということは、きっとあのふくらみの主《ぬし》は眠っているのだろう。

わたしはそろそろとベッドに近づいて、ふくらみの主《ぬし》を覗き込んだ。

「えっ、ジークさんがどうしてここに……?」

そこで苦しそうな表情で眠っていたのは、赤茶色の髪をしたジークさんだった。

目をつぶっているから眠っていることはわかるが、眉間には皺《しわ》が寄っており、息は荒く汗もかいている。ただお昼寝をしているわけではなさそうだ。

どうしてこんな場所で、こんな状態で放置されているのか、全くわからない。もう一度振り返って部屋の様子をぐるりと見てみる。

先ほどは気がつかなかったが、丸テーブルの上にはティーポットが置かれている。

『レティ。何かに巻き込まれた時、大切なのは冷静になることだ。周囲を観察し、解決の糸口を探すんだよ』

　ふと、幼い頃から言われていたお父様の言葉が脳裏《のうり》に蘇《よみがえ》る。

　やっぱり、わたしが侯爵家で受けてきた教育は貴族社会を生き抜く上で必要なことだったみたいだ。無駄なことではなくて良かった。

（まずは……ジークさんの容態を確認しないと）

　彼の額《ひたい》に手を当てて、熱がないか確認する。頬はほのかに色づき、額《ひたい》はじわりと熱い。わたしの手が心地よいのか、眉間の皺《しわ》がふっとほぐれて少しだけ楽な表情になる。

（苦しそうだから、とりあえずネクタイは外して……えーと、あとは脈を……）

　彼の手首に触《ふ》れる。

　手も熱く、それに脈も速い。普通の状態でないのは明らかだ。

「……っ、誰だ！」

　脈を測り終えたところで、ジークさんはうっすらと目を開けた。そして警戒した様子でわたしの手を払《はら》い除《の》ける。まだ朦朧《もうろう》としているのか、目の焦点《しょうてん》が合っていない。

「ジークさん、気がつきましたか？」

「……はあ、はあ……え、姫さん……？」

わたしが声をかけると、彼の錆色《さびいろ》の瞳がみるみる見開かれ、驚きの表情になった。

姫さん、というのは、わたしのことなのかな。

「な……んで、貴女《あなた》がここに……っく、はあ」

苦悶《くもん》の表情を浮かべながら、ジークさんは半身を起こす。彼の頬を汗がたらりと伝うのを見て、わたしはポケットからハンカチを取り出し、それを拭《ぬぐ》った。

身体がだるいのか彼はされるがままで、それを受け入れている。

「詳しい説明はあとにします。とりあえず今は……ジークさん。ここで、何か口にしましたか？」

単なる体調不良とは思えない彼の様子を見て、わたしはそう尋ねた。

動悸《どうき》、息切れ、それに最初の不自然な睡眠。

この部屋にジークさんがいること自体がおかしいし、それに加えてわたしまでこの部屋に閉じ込められているとなると、只事《ただごと》ではない。

ジークさんは、ぼんやりと頷く。

「……ああ。そこで、司書の女が淹《い》れた紅茶を飲んだ。妙に甘ったるい味で……まさか、それが……？　じゃあ、あの女は……」

「紅茶ですか……」

ジークさんのもとから離れて、わたしはテーブルへと向かう。

ティーポットの横に、空《から》のカップがひとつある。使用済みではなさそうなので、ジークさんが飲んだものはどこかへ下げられたのだろう。

「おい、何してんだ……！」

彼の問いかけには答えずに、わたしはその怪しい紅茶が入ったティーポットをおもむろに開ける。色味は普通のものと変わらず、深みのある赤色。

それに人差し指をつっこんでぺろりと舌先で舐《な》めると、確かにバニラに似た甘い香りが鼻を抜ける。そして最後に、ピリリとした痺《しび》れを感じた。

どうやら、確実に何かが混入されているようだ。

睡眠薬、痺《しび》れ薬《ぐすり》――それから媚薬《びやく》の類《たぐい》が混ざっているような気がする。

「だ、大丈夫なのか……そんな怪しいものを」

「え？　紅茶は毒味して飲むのが淑女の基本なんですよね。それに、小さい頃から訓練したら、多少の毒は効かなくなるものでしょう？」

ものすごく心配そうなジークさんに平然と答えると、彼は何故か肩を竦《すく》めた。

「……姫さんがどんな教育を受けてきたかは知らないが、そんな基本は知らないし、一般的な淑女じゃないと思う」

「……解毒薬《げどくやく》を常に持ち歩くのは……？」

制服の内ポケットから、アンナがいつも持たせてくれている解毒用《げどくよう》の丸薬《がんやく》を取り出しながら問う。ジークさんは虚《うつ》ろな目をして首を横に振った。

そんな彼に丸薬《がんやく》を手渡し、「よく噛んでから飲み込んでください」と言うと、大人しく指示に従ってくれた。

これで完全回復というわけにはいかないだろうけど、アンナが特別に調合した薬を飲めば、応急処置にはなると思う。

――薄々感じてはいたけど、わたしに施《ほどこ》されてきた侯爵家の教えは、やっぱり一般教養ではなかったようだ。

使用人みんなで利《き》き紅茶ならぬ利《き》き毒クイズをして盛り上がった朗《ほが》らかなある日のことを思い出して、わたしは遠い目をした。

「……少しは、楽になりましたか？」

ベッドの上に腰掛けたままぐったりと俯《うつむ》くジークさんに、そう声をかける。

「ああ……さっきよりはずっといい」

「そうですか。良かったです」

何かよくわからない事件に巻き込まれたお陰で、彼に対する気まずさなど、どこかに吹き飛んでしまった。

いやもう、それどころじゃない。ジークさん本人は薬を盛られて具合が悪そうだし、わたしだって監禁状態だ。

ひとつの部屋に男女ふたりを押し込めて、薬を盛って鍵をかけるなんて、大変な事態だ。薬の成分のお陰で、犯人の目的はわかったけれど。

ひと舐《な》めしただけであれだけの効能がわかったということは、あの媚薬《びやく》入り紅茶は、かなり濃く作られたものだと思う。ふた口、いや、ひと口飲み込んだだけでも、それなりに苦しかったはずだ。

「ちょっと確認させてくださいね」

ジークさんに近づいて、その額《ひたい》にまた触《ふ》れる。そうして次は彼の左手を持ち上げて、脈を測った。

「――っ、何を……！」

一瞬、怪訝《けげん》そうな顔をした彼のことは無視した。今はわたしのほうが元気だから強いのだ。

「うーん、おでこと手はまだ少し熱いですが、脈も落ち着いてきています。顔がまた赤くなったのが気になりますが、きっと身体が疲れちゃったんでしょうね。あとは、ここを出て医務室に行って、ゆっくり休めば大丈夫そうです」

どうやら薬が効いているらしい。さすがはアンナだ。

わたしの言葉に、ジークさんは不思議そうな表情になる。

「出るって、この部屋には鍵がかかっているんだろ？」

「……あの、ジークさん」

わたしが口を開くと、ジークさんは疑うような目を向けてくる。

「……なんだ」

「貴族令嬢は、幼少の頃から鍵開けを学ぶものではないのですか？」

「……しないだろ、そんなの。平民でもやらない」

ジークさんは呆《あき》れた表情をしている。これもやはりおかしいらしい。

髪をまとめているピンを外して使えば、この部屋の扉の鍵穴くらいすぐに開けられると思ったからこそ、無抵抗で閉じ込められたのだ。外に南京錠《なんきんじょう》がなかったことは確認した。

『令嬢は、誘拐《ゆうかい》や監禁の対象になりやすいのです。ですから！　この鍵開けを習得すれば、油断した犯人から逃《のが》れられる可能性が上がるのです！』

――侯爵家の一室で、そう高らかにおっしゃっていた講師のエマ先生。貴女《あなた》はいったい何者だったんですか。

『僕もやりたいです！』と可愛くおねだりしてきた弟のグレンと一緒になって、屋敷中の扉の鍵をがちゃがちゃとやって練習したことを思い出す。

そういえば、そのせいでお父様とお母様の寝室の鍵が三つになって、なかなか開けられなくなったとグレンが言っていたっけ。弟よ、その部屋は絶対に開けてはいけない。

お父様が何を思ってわたしにこの教育を施《ほどこ》したのかはわからないけど、結果的にこうして役に立っているから良しとしよう。

「ふっ、くくっ、あははは」

ぼんやりと回想していたら、ジークさんが急に笑い出した。

突然のことに驚いて、思わず彼を凝視《ぎょうし》してしまう。怒ったような顔しか見たことがなかったから、不思議な感じがする。

（え……あの紅茶、他にも危険な成分が入ってたのかな⁉）

もしかしたら、解毒薬《げどくやく》の副作用なのかもしれない。そう思って慌《あわ》てていると、ジークさんはひとしきり笑ったあと、ベッドから下りて跪《ひざまず》き、わたしに向かって頭を下げた。

「――ヴァイオレット・ロートネル侯爵令嬢」

彼の錆色《さびいろ》の瞳が、真《ま》っ直《す》ぐわたしに向けられる。そこには、先ほどまでの笑みも、以前のような冷淡さもない。ただ真剣な眼差《まなざ》しだ。

「初めて会ってから今日までの、貴女《あなた》への非礼をお詫《わ》びいたします。他人の言葉を鵜呑《うの》みにせず、自分で確かめるべきでした。私が愚《おろ》かでした」

「……ジークさん？　やっぱりまだ具合が悪いんじゃないですか？」

あまりの豹変《ひょうへん》ぶりに、わたしは戸惑《とまど》うことしかできない。

まだ横になっていたほうがいい、と言うと、ジークさんは一度呆《ほう》けたように口を半開きにしてから、再び身体を震わせて笑い出した。

「ふ、ははっ！　もっと早くちゃんと話しておけば良かったな。いやでも、本当はちょっと前から違和感はあったんだ。貴女《あなた》は生徒会の仕事に対して勤勉だし、お嬢様だからといって文句も言わない。最初はただのコネで生徒会に入ったのかと思ったが、実力のようだし」

「はあ、そう、ですか……？」

ぽかんとするわたしを置いてけぼりに、ジークさんは話し続ける。

「先日のお茶会のことも、わざとオレが喧嘩《けんか》を売ったのに、真摯《しんし》に答えてくれた。貴女《あなた》の父君が治める領地は、きっと素晴らしいところなのだろうな」

これまでの険悪なムードが嘘だったかのような彼の態度に、わたしは困惑しながら口を開く。

「あの、ジークさん。貴方《あなた》はいったい……？」

「ジーク」

「え？」

「オレが敬語やめたら、姫さんもそうするって約束だったよな？　姫さんの名前を呼ぶとうるさいのがふたりいるから遠慮させてもらうけど、オレのことはジークと呼んでくれ」

「じ、ジーク？」

わたしがそう名を呼ぶと、ジークはにかっと快活《かいかつ》に笑う。わたしはというと、ジークの変化についていけずにただ戸惑《とまど》うばかりだ。

（本当に、薬の影響じゃないんだよね……？）

話し方や雰囲気がころころと変わる様《さま》に、わたしはさっぱりついていけない。その一方で、彼の顔色はこの数分ですっかり良くなり、今は立ち上がってぐんと背伸びまでしている。

とりあえず、元気になって何よりだ。

「えっと……謝るのはわたしのほうじゃない？　貴方《あなた》はわたしに巻き込まれただけだと

思う。それなのに、こんなものまで飲まされて……」

「いや、これを飲んだのは、オレが油断してたからだ。それに、オレじゃなく別の奴だったら、もっと大変なことになってただろうな。良かったと思うべきだろう」

どういうことだろう、とわたしは思ったが、その疑問は頭の隅に追いやった。

ふう、とジークは大きなため息をつく。

「じゃあ、姫さん。――まずはこの部屋を出よう。手を貸してくれるか?」

その問いに、わたしは頷いた。

◆【もしもの世界】侯爵家侍女　アンナ◆

『ヴァイオレット様……このようなもの、いったい何に使うおつもりですか……?』

依頼された小瓶《こびん》を、アンナは震える手で菫色《すみれいろ》の髪の少女に手渡した。

『ふふっ、ありがとうアンナ。そんなの決まってるじゃない』

いつになく上機嫌に笑いながらその小瓶《こびん》を見つめている主人に、アンナは背筋が凍《こお》る思いがした。

——あの瓶《びん》の中身は、毒だ。

それも、睡眠薬や痺《しび》れ薬《ぐすり》、媚薬《びやく》が調合されているもの。

主人に頼まれて、アンナが素性《すじょう》を隠して裏町で購入してきたのだ。

『ひ、人に使うわけではないですよね？』

口から出たのは、精一杯の言葉だった。答えはわかっているのに、それでも聞いてしまった。

『——やだわ、アンナったら』

透明な小瓶《こびん》の中身をちゃぷ、と揺らしながら、妖艶《ようえん》に笑うその姿は、もはや十三歳の少女のそれではない。

『こんなもの、人以外の何に使うっていうの？　冗談言わないでよね。ふふふふっ』

『ヴァイオレット様……』

消え入るようなアンナの声は、きっと彼女に届かなかった。やはり聞かなければ良かった。

ヴァイオレットは青ざめるアンナを一瞥《いちべつ》すると、その小瓶《こびん》をベッドの横の小さなチェストにしまい込む。

アンナが身動きできずにヴァイオレットを見つめていると、彼女は振り向きざまに話を続けた。

『ああ、そうだわ、アンナ。貴女《あなた》、わたしが学校に行ってる間、男と会っているそうね。楽しそうで何よりだわぁ』

『っ！　じ、ジーク様は、私に勉強を教えてくださっているだけで……』

『ふうん。勉強して何になるの？　貴女《あなた》はこの先も、ずうっと侯爵家の使用人でしょう？　それにジークって、あの忌々《いまいま》しい男よねぇ。まあ平民なら落ちぶれた貴族の貴女《あなた》にはお似合いかしら』

ジークとアンナは、図書室の近くの庭園で偶然出会った。

ヴァイオレットが授業で不在にしている時、アンナが用事のためにそこを通りかかると、ベンチにぽつんと置き去りにされた一冊の本を見つけたのだ。

男爵家を出てから本に触《ふ》れる機会があまりなかったので、アンナは懸命《けんめい》にその本を読んだ。そこに持ち主であるジークが戻ってきた。

ジークは生徒会の一員でテオフィルたちと行動をともにすることが多く、しばしばテオフィルに近づくヴァイオレットを追い払うのだと、アンナは彼女自身に聞いていた。

そのためか、ジークはアンナがヴァイオレットの侍女だと知ると最初は怪訝《けげん》な顔をしたが、話しているうちに仲良くなり、学年一の秀才である彼が勉強を教えてくれることになったのだ。

（どうして、ヴァイオレット様がそのことを知っているの……？）

どくん、と心臓が大きな音を立てる。

そんなアンナに構わず、ヴァイオレットはふんと鼻を鳴らした。

『……まあいいわ。せっかく貴女《あなた》が、こんな素敵なモノを用意してくれたんだもの。大切に使うわね。あの女もテオ様につきまとっていて、鬱陶《うっとう》しかったから助かるわ。もう下がりなさい』

その恍惚《こうこつ》とした表情に底知れぬ恐ろしさを感じながらも、アンナは礼をして部屋を出る。いったい今後どうなるのだろう。

――どうか、何も起きませんように。

無駄だとわかっていても、そう願わずにはいられない。

ポケットに忍《しの》ばせている大切な髪飾りを握りしめながら、アンナは強く祈るのだった。

――その三日後。

アンナの祈りも虚《むな》しく、学園に在籍する赤茶色の髪をした男子生徒――ジークと、侯爵令嬢のクリスティンが一夜をともにしたという醜聞《しゅうぶん》が、瞬《また》く間に国中に知れ渡ることとなった。

そのふたりは退学し、二度と表舞台に出ることはなかった。

◆◆

夜明け前にぱちりと目を覚ましたアンナは、暫《しばら》くぼうっとしたあと、ベッドから下りて身繕《みづくろ》いをした。

どうせもう寝つけない。また変な夢を見てしまった。

昨日起こったことについて何度も考えているうちに寝てしまったから、あんな夢を見たのだと思う。

アンナの主人であるヴァイオレットが、監禁されかけたという。

しかもご丁寧に異物入りの紅茶も置かれていて、先に飲んでしまったジークが部屋に倒れていたというから、ますます怒《いか》り心頭に発した。

貴族令嬢にとって醜聞《しゅうぶん》は命取りだ。たとえ実際は何もなかったとしても、社交界デビューも果たしていない令嬢がよそで男性と一夜を過ごしたなんて世間に知られれば、一生後ろ指をさされるだろう。

もしかしたら一生結婚できないかもしれない。それくらいの影響がある。

　その紅茶には媚薬《びやく》も含まれていたというから、犯人の魂胆《こんたん》は明白だ。ヴァイオレットを貶《おとし》めることが目的だったのだろう。

「ヴァイオレット様、眠れたかしら？」

　当のヴァイオレットは、あっさり異物入り紅茶の利《き》き毒をし、鍵を開けて寮へと戻ってきた。

　ともに侯爵家で訓練してきたとはいえ、アンナもさすがに肝が冷えた。無事だったから良かったものの、もう少し自分の身を案じてほしい。

　そんな彼女は戻ってきて早々に、アンナにハーブティーをねだった。そしてひと口飲んで『アンナが淹《い》れたお茶以外は飲めないねえ』と茶目っ気たっぷりに微笑んでくれたのは、使用人冥利《みょうり》に尽きる。

「さあ、今朝《けさ》も美味《おい》しいお茶を用意しましょう！」

　夢のことなどすっかり忘れて、アンナはそっと部屋を出たのだった。

七　とある令嬢と審判

「――ヴァイオレット嬢。例の人物が動きました」

ある人物が走り去っていく後ろ姿を見ながら、アルの護衛騎士であるユーリアンが声をかけてくる。わたしは了解の意味で、首を縦に振った。

わたしとユーリアン、それから侍女のアンナの三人は、寮の外の物陰に早朝から潜《ひそ》んで、ある人物を追跡しているのだ。

理由は、他でもない。わたしとジークを図書室に閉じ込めた犯人を捕まえるためである。

昨日、事件のことを知ったアルがわたしの部屋を訪れた。何やらすごく怒っているらしい彼に、わたしは犯人を捕まえたいと言った。

アルは『レティは何もしなくていい』と渋い顔をしていたけれど、わたしも一切引かなかった。

結局最後には苦笑して、一緒に犯人捕獲作戦を考えてくれたのだ。

犯人は今日、誰にもバレないように監禁されているわたしたちの様子を見に来るはず。

となると、まだ誰も起きていないような早朝に行動している人が怪しい。

そういうわけで、わたしたち三人は寮周辺を見張っており、それらしい人物を見つけたわけである。ちなみに、アルは別行動だ。

わたしは、人目を忍《しの》ぶようにスカーフを頭に被《かぶ》った、その令嬢を見つめる。

「あのご令嬢が今回の……？」

わたしの問いかけに、ユーリアンは静かに頷く。

さして動揺していないところを見ると、前から何か知っていたのかもしれない。

「では、行きましょう。私は後ろに控えていますので、ヴァイオレット嬢は手筈《てはず》どおり、侍女とともに目的地へと向かってください」

ユーリアンにそう言われ歩き出した時、ふと疑問がよぎった。

「でも、貴方《あなた》がこっちに来たら、アルが危険じゃないですか？」

「他にも騎士はいますので大丈夫です。それより、貴女《あなた》の身を守れないことのほうがこの国にとって危険です」

「それは……どういう意味なのかさっぱりです」

ユーリアンの言うことがよくわからず、わたしはアンナのほうを見る。

アンナは力強い眼差《まなざ》しでわたしを見つめ、次いでユーリアンに視線を移すと、「貴方《あなた》は話がわかる人ですね」と声をかけていた。

わたしが首を傾げていると、アンナは凛《りん》とした声で言う。

「では、ヴァイオレット様。合流地点まで行きましょう」

アンナが歩き始めたため、わたしもその背中を追う。

その足は、わたしが思っていたのとは別の場所——先ほどの令嬢が向かった図書室とは正反対の方向にある、学園の食堂に向いている。

そしてある建物の前に到着したところで、わたしは思わぬ人物と遭遇《そうぐう》した。

「——ヴァイオレット様をお連れしました」

わたしはこの人と会うとは思っていなかったが、アンナの口ぶりからすると、予定どおりのようだ。彼女は立ち止まって彼に礼をすると、素早くわたしの後ろに移動する。

そこにいたのは、テオだった。

「おは……わわっ」

混乱したまま朝の挨拶《あいさつ》をしようとしたが、うまくいかなかった。

急にぐっと手を引かれて、テオの胸元に引き寄せられたからだ。

「無事で良かった……！」

彼は両の手で、わたしの存在を確かめるようにぎゅうぎゅう抱きしめる。

「――怪我《けが》はないか？　報告では何もなかったと聞いたが、本当にジークに何もされていないか？　毒を舐《な》めたらしいが体調はどうだ？」

矢継《やつ》ぎ早《ばや》に問いかけるテオの声色は切迫していて、心配されているのだと伝わってくる。

ただ、抱きすくめられているこの状態では、返事ができる気がしない。

「……差し出がましいようですが、テオフィル様。それではヴァイオレット様がお返事できません。それに、私のお嬢様に触りすぎです」

アンナがぴしゃりとそう言い放つ。その瞬間、テオは弾《はじ》かれたようにわたしから離れた。

「わ、悪い、その」

「う、ううん、えと、大丈夫です」

お互いに少し俯《うつむ》きながら、しどろもどろになって言葉を交《か》わす。

(うう、異性に抱きしめられるなんて経験、初めてだから照れる……！　あれ、前世でも記憶がないぞ。小さい頃のお父さんとの抱擁《ほうよう》くらい？　あれ……いい歳した大人だったよね……？)

照れたあと、余計な事実を思い出して地味にダメージを受けていると、アンナがこほんとわざとらしい咳払いをする。

「テオフィル様、ご安心ください。湯浴《ゆあ》みの際にくまなく確認しましたが、ヴァイオレット様の絹《きぬ》のように滑《なめ》らかな白い肌には、傷ひとつついておりません。うっとりするほどもちもちすべすべ肌です」

「ちょ、ちょっとアンナ、変なこと言わないで⁉」

「では、参りましょうか」

アンナは冷静な表情で、颯爽《さっそう》と建物の裏口へ進む。無性にこっぱずかしい気持ちになったわたしは、慌《あわ》ててその背中を追った。

アンナの背を見つめながら何度か深呼吸をして、わたしは気を取り直す。

この建物は厨房のようだ。どういう意図があってアンナがここに来たのかはわからないが、わたしはその裏口に足を踏み入れた。

——テオが耳まで赤く染め上げているのが少し視界に入ったが、またドキドキしそうなので、すぐに目を逸《そ》らしたのだった。

厨房に来たついでに、わたしはいつもお世話になっている料理人、ジェフリーにお礼することにした。なんだか毎日忙しくて、まだ果たせていなかったのだ。

恐縮しまくるジェフリーに礼を述べたあと、そのまま食堂へ移動したわたしたちは、貴賓席《きひんせき》エリアにいた。しかも、王族専用の席だ。

この学園の食堂は、席がフロアごとに区切られている。

吹き抜けがある一階スペースは誰でも利用できる一般席、中央の階段を上った先にある二階フロアは貴族用の貴賓席《きひんせき》、そしてそこから半階高いところにある開《ひら》けたスペースは、王族専用となっている。

初めて足を踏み入れたこの場所で、わたしはテオと向かい合って朝食をとっていた。

普段寮に運ばれる食事も十分な量なのに、今このテーブルに並べられた料理は一層豪華で、様々な種類のものがある。

「……食べないのか？」

いつの間にか食事の手を止めたテオが、わたしを見つめていた。

「あ、はい、いただきます。少し殿下たちのことが気がかりで……」

わたしは言いながら、窓の外へ視線を向ける。

食堂の中には生徒がちらほらいるため、事件のことや今の状況を聞かれないように気をつけなければならない。直接的な表現を使うことができないからもどかしい。それに、周りから不敬と思われないよう、とりあえず言葉遣いに注意しなければ。

というか、どうしてわたしは、ここでテオとご飯を食べているのだろう。

てっきりあの令嬢を追跡するものだと思っていた。

わたしが首を捻《ひね》っていると、テオは冷静に答える。

「大丈夫だろう。あっちにはジークもいるし、騎士もいる」

「ですが……テオフィル様もですが、アルベール様も公務でお忙しかったのですよね？　こんなことに巻き込んでしまって……」

「いや、レティ。巻き込んだのは俺たちのほうだ。ちゃんと説明できないまま、こんなことになって申し訳ないと思っている」

テオは眉根を寄せながら、手の甲に筋《すじ》が浮き出るほどギリギリとフォークを握りしめる。その拳《こぶし》が震えているのがわかり、彼の怒《いか》りが見て取れた。

わたしの知らないところでテオとアンナが連絡を取っていたようだし、ユーリアンも事情を知っているようだった。どうやら、水面下では色々なことが進められていたらしい。

わたしのせいで働かせてしまい、申し訳なさが募《つの》る。

「こうしてわたしたちがここにいることも、何か意味があるんですよね？」

わたしが聞くと、テオは鋭《するど》い目をして頷く。

「ああ。あの令嬢以外の関係者を洗い出すためだ。――アンナ。レティを少し隠してくれ」

「はい」

話の途中で、顔色を変えたテオがアンナに素早く指示した。アンナは大きめのワゴンを引き、わたしの真後ろに立つ。階段側に背を向けているためわからないが、下の貴賓《きひん》席《せき》や一階の席からは、おそらくわたしの姿は見えないだろう。

「少しそのままでいてほしい」というテオの言葉に、わたしは声を出さずにこくこくと頷く。

「クリスティン様、聞きましたか？　あの忌々《いまいま》しい、ロートネル侯爵令嬢の話！」

「そうですわ！　とんでもない話ですの。是非お耳に入れたいわ」

「やっぱりあの方、問題を起こしましたわね！」

階下から聞こえてきたのは、朝に似つかわしくない令嬢たちの姦《かしま》しい声だった。

自分の名前が出たことに、思わずびくりと反応してしまう。

人が少ないとはいえ、ご令嬢たちは人目を憚《はばか》ることなく話す。どう考えてもひそひそ話をしているという雰囲気ではない。

——まるで、周りの人にわざと聞かせようとしているようだ。

「どうやらあの方、アルベール殿下やテオフィル様と親しくしているだけでは飽《あ》き足《た》らず、他の男性とも懇意《こんい》にしているそうですわ」

「わたくしも聞きましたわ！　先日は紺色《こんいろ》の騎士とふたりでお茶をしていたそうではあ

りませんか」

「それだけではありませんわ。……なんと彼女は、生徒会の平民の男にも手を出しているのだとか。定期的に密会をしているそうですのよ」

「ここだけの話ですけれど、昨日その平民とふたりで一夜を過ごしたとか……」

「まあ……！　誰でもいいのですね。ラザレス先生との仲も怪しいのですよね。恐ろしい方ですわ」

「とんでもない醜聞《しゅうぶん》ですわねぇ～」

きゃっきゃと楽しげに話すその口調から、恐ろしがっているような気配はとても感じられない。

そんなことより、わたしの後ろで「……このナイフはよく切れそうね。何本あるかしら、一、二……」と、いつもと違う低い声で呟くアンナのほうが怖い。

どうやら吹き抜けという構造上、下の声が高いところに届きやすいらしい。まさに筒《つつ》抜《ぬ》けといった状況だ。

わたしが妙に感心していると、突然、凛《りん》とした声がご令嬢たちの会話を遮《さえぎ》る。

「……いい加減になさい。こんな場所でそのように声を張り上げて、はしたないですわ。どうして貴女《あなた》たちが憶測だけで侯爵家の令嬢を貶《おとし》めるのかしら」

「ク、クリスティン様……こ、これは事実で……」

意外にも、騒ぎ立てる令嬢たちを叱《しか》ったのは、他でもないクリスティン・マクドウェル嬢のようだった。

（あれ……わたしはあの人に嫌われていると思ってたのに）

首を傾げていると、こちらを見ているテオとぱちりと目が合う。

「――そろそろいいか。レティ、行こう」

立ち上がったテオは、わたしの前に来て右手を差し出す。わたしがその手をとって立ち上がると、彼はエスコートするようにゆったりと階段を下りた。一階へ向かうようだ。

ざあっと波が引くように、わたしとテオが通るところを人が避けていく。

注目されていることがわかって思わず俯《うつむ》きそうになるが、なんとか気持ちを奮《ふる》い立《た》たせて、しっかりと前を見据《みす》えた。

あの集団はおしゃべりに夢中で、まだわたしたちに気づいていない。

そんな彼女たちのすぐ横で、テオは低い声を出した。

「随分と楽しそうな話をしているな」

「テ、テオフィル様……どうして……」

「ロートネル侯爵令嬢……!?　何故ここに……」

ようやくこちらを見た令嬢たちの顔は、楽しげな笑みから一転して真っ青になった。

「――おはようございます、テオフィル様。……ロートネル侯爵令嬢」

他の令嬢が狼狽《うろた》える中、ただひとり顔色を変えずにクリスティン嬢がわたしたちに礼をする。

見るからに顔色の悪い残りの三人は、取《と》り繕《つくろ》うように慌《あわ》てて同様の動きをした。

「あまりにも大声で話しているから、私たちの席まで聞こえていた。マクドウェル侯爵令嬢、貴女《あなた》のご友人は噂話《うわさばなし》がお好きなようだな」

「っ、申し訳ございません」

咎《とが》めるような冷たい口調のテオに、いつになく殊勝《しゅしょう》な態度のクリスティン嬢。俯《うつむ》いたまま顔を上げられない他の令嬢。そして、何事かと様子を窺《うかが》う周囲の人。

これでもかというほど張り詰めた空気の中、テオはさらに話を続ける。

「何を話していたか知らないが、このとおり、ヴァイオレット嬢と私は、上の席でゆっくり朝食をとっていたところだ」

意味深な視線をテオに向けられ、わたしはこくりと頷く。

先ほどの令嬢たちの話に出てきた『平民と一夜を過ごした』という言葉。

わたしが監禁されかけた部屋にジークがいたことを考えると、ただの噂《うわさ》とはとても思えない。

その他の紺色《こんいろ》の騎士のくだりなど気になる点もあったけど、さすがのわたしもわかった。

（この令嬢の中に、昨日のことを知っている人がいる。全員なのか一部なのかは判断がつかないけど、それは間違いないみたい）

わたしはできるだけ平静を装《よそお》って、にっこりと笑ってみせる。

「わたしは初めて利用しましたが、ここの朝食はとても美味《おい》しいですね。皆さんはいつも来られているのですか？」

「……いいえ。この者たちが、今日は是非にと言うから来たのですわ」

クリスティン嬢の言葉に、後ろの三人がびくりと肩を震わせる。どうやら、クリスティン嬢は昨日のことを何も知らなさそうだが、取り巻きたちは関係しているようだ。

彼女の答えを聞いて、テオは静かに右手を掲《かか》げた。

「――その者たちを連れていけ」

その言葉を合図に、どこからともなく騎士たちが現れ、抵抗する三人の令嬢を連れていってしまった。

突然の出来事に食堂の中は騒然とする。貴族のご令嬢たちが騎士に連行されたのだ。

只事《ただごと》ではないと誰にでもわかる。

騒動の中心にいるわたしたちは、暫《しばら》く黙っていた。

「テオフィル様」

――その中で口火を切ったのは、金髪の縦ロールを揺らすクリスティン嬢、その人だった。

「わたくしは直接関与はしておりませんが、わたくしもきっと同罪ですわ。連れていってくださいませ。あの者たちも……彼女らの父の命《めい》があったのでしょう」

姿勢を正し、凛《りん》として言い切った彼女は、どこか清々《すがすが》しい表情をしていた。

＊挿話　とある令嬢

「――来たみたいだね」

朝の図書室に相応《ふさわ》しくない、バタバタと駆ける音が近づいてきたのを聞いて、アルベールは物陰で身構える。

ヴァイオレットを貶《おとし》めようとした者を捕まえるべく、アルベールはテオフィルたちと協力して、作戦を立てた。

アルベールは、ヴァイオレットが監禁されたという部屋の向かいの物置で、待機する役目なのだ。

彼は息を潜《ひそ》めながら、扉の外に意識を向ける。

足音はこの部屋の前で急にぴたりと止まり、次いでガチャリと鍵を開ける音がした。

どうやら、向かいの部屋に入ろうとしているようだ。

「――――!」

何を言っているのかはわからないが、やけに甲高《かんだか》い女の声がする。

アルベールは、この部屋に控える者たちに合図を送った。

ちらりと彼が視線を移すと、すでに捕縛されている司書服を着たふたりの男女が、青白い顔をしている。

「逃げられないよ？　君たちの罪は重い。誰に手を出してしまったのか、後々思い知ればいいさ」

そう微笑む王子の表情は、いつものように美麗だ。

だが、その穏やかな表情の裏には静かな怒《いか》りを湛《たた》えている。

それに気づいた周囲の騎士は、寒気を感じたのだった。

✿

――時間は少しさかのぼる。

ヴァイオレットたちが閉じ込められた日の明朝。

とある令嬢――子爵令嬢のデイジー・レイノルズは、寮の自室をぐるぐる徘徊《はいかい》しながら、焦《あせ》る気持ちを抑え切れずにいた。

（……どうして騒ぎになっていないの……⁉）

ひとりの貴族令嬢が、寮の部屋に戻らなかったとなれば、騒ぎになってもいいはずだ。

それに、彼女はただの貴族令嬢ではない。現時点で、この学園で一番の高みにいると言ってもいい女だ。

高位貴族の生まれで現宰相の娘、そして近々婚約者を決めるのではと噂《うわさ》される第一王子や、未だ婚約者のいない公爵子息とも親しい。

ヴァイオレット・ロートネル。

その名前を、菫色《すみれいろ》の髪を揺らす姿を思い浮かべただけで、虫酸《むしず》が走る。

なんであの女がそこにいるのだ。そこは私の場所のはず。

デイジーはそう思って、ぎりと歯噛みした。

彼女を図書室の一室に閉じ込めることには成功したと聞いている。周囲に目撃者はおらず、先に部屋に入った男には媚薬《びやく》を盛ったと。

ヴァイオレットの身を穢《けが》すことができれば相手の男は誰でも構わなかったが、ちょうどジークという男も邪魔な存在だと書いてあったから、ついでに消えてもらおうと思ったわけだ。

媚薬《びやく》を盛られた男女がひと晩、いや数時間過ごせば、事態が動いているはずなのだけれど。

（あ……もしかして）

ぴたり、と歩きを止めたデイジーは、ある考えに思い至った。

（そうよ、何故わからなかったの。『令嬢がいなくなった』と大々的に探そうとすれば、それだけで醜聞《しゅうぶん》に繋《つな》がってしまう。だからこっそり処理しようとしているに違いないわ）

だったら。

「この私が、偶然見つけてあげればいいんじゃない。ふふっ」

その密室で何が起きたかという事実は問題ではない。ただふたりで夜を明かしたという事柄《ことがら》があれば、それだけでいい。

急に男とふたりきりで部屋に押し込められたら、きっと恐ろしい思いをするだろう。助けを呼ぶはずだ。

その声を聞きつけた人が、ふたりの状況を見ればいいだけ。

そうすれば、ふたりの一夜は確固たるものになる。

だけどもしその目撃者が、侯爵家に丸め込まれていたら？

せっかくの作戦が台無しになってしまう。

醜聞《しゅうぶん》を流す準備は整っている。足りないのは、現場を目撃する正直な証人だ。だったら、その証人に自分がなればいいじゃないか。

にい、と口角をつり上げたデイジーは、自室を飛び出して図書室に急いだ。

早朝の図書室は静まり返っていて、人の気配は感じられない。ただ、扉は開いていて、持っている鍵を使うことなく室内に入ることができた。

逸《はや》る気持ちを抑えながら階段を駆け上がる。このフロアも異常はない。

例の状況を他の人が見つけたわけではなさそうだ。

「ふふっ。ある意味シナリオどおりね。邪魔なふたりにはここで消えてもらうわ」

ひとつの部屋の前で立ち止まり、デイジーはそう呟く。ポケットから取り出したもうひとつの鍵を使ってこの扉を解錠《かいじょう》した。

あとは、室内に入って、目に飛び込んできた光景に驚いて声を上げるだけ。簡単なことだ。

「きゃあ！　これはいったい、どうなっているのかしら！」

扉を開け、奥のベッドにちらりと見えた人影を見て大声を出し、持っている本を落とす。

（――これで終わりね。やっと正しい話が始まるわ）

デイジーは、密《ひそ》かにほの暗い笑みを浮かべた。

「――デイジー・レイノルズ、何がおかしいんだ？　早朝からこんなところに来て」

そんな彼女の背後から聞こえてきたのは、男性の低い声。

驚いてデイジーが振り向くと、赤茶色の髪の男子生徒――ジークが、扉の前で腕組みをして彼女を見ていた。

「は……？　なんでアンタがここに……」

「なんのことだか。それに、それはこちらの台詞《せりふ》だな」

「な……あんたは昨日からここにいたはずでしょう⁉　なんで外から……あの女はどこ⁉」

ジークの登場に取り乱したデイジーは、急いでベッドに駆け寄る。

さっきベッドから見えたはずだ。あの女の特徴である紫の髪が。

「隠れたって無駄よ！　……えっ⁉」

はぎ取るように布団をめくると、そこに人の姿はなかった。

人に見えるように丸められたクッションと、赤と青の二種類の鬘《かつら》のようなものが、置かれているだけ。

目の前で起きたことが信じられず、デイジーは目を白黒させて思考停止する。

そんな彼女を追い詰めるように、ジークはさらに口を開いた。

「『あの女』とは、誰のことを言ってるんだ？」

「……逃がしたの？　脇役のくせに……っ！」

デイジーは怒《いか》りを込めた瞳で睨《にら》みつけるが、ジークは全く動じない。

「さあな。オレを閉じ込めたのはお前の指示か」

「アンタなんかついでよ！　ヴァイオレットはどこに行ったのよおっ‼」

半狂乱状態のデイジーが、ジークに掴みかかろうとした、次の瞬間。

「──その者を王族への不敬罪及び毒殺未遂、監禁罪で捕らえよ」

ジークが憐憫《れんびん》の眼差《まなざ》しを彼女に向けたのと同時に、凛《りん》とした声が響いた。

デイジーの手がジークに触《ふ》れる寸前で、駆け寄った騎士が素早く彼女の腕を捻《ひね》り上《あ》げる。

「ラザレス先生の時は、せっかく停学処分に留《とど》めてあげたのに、また君か。こんなことなら最初からもっと厳しく処分してあげたら良かったかな。そもそも、まだ停学期間中のはずなんだけどね」

にこにこと微笑みながら、第一王子のアルベールがゆっくり姿を現した。

「え……？　アル様……？」

「君みたいな人に愛称で呼ばれるのは嫌だな。僕への不敬罪も罪状に追加しておこうかなぁ」

腕を捻《ひね》り上《あ》げられながらも自らを見て頬を染めるデイジーに、アルベールは大げさな仕草でため息をついた。

デイジーはなんとか自分の無罪を主張しようと身を乗り出す。

「ア、アル様っ、私は何も知りません」

「話は全て聞いていたよ。今さら取《と》り繕《つくろ》っても無駄なことだ」

「ち、違うんですっ、私はそこの平民に嵌《は》められて……っ！」

そう言いながら、デイジーはジークをぎろりと睨《にら》みつける。

一方のジークは肩を竦《すく》めるだけで、アルベールを見て呆《あき》れたように微笑んだ。

「……そう。王族を侮辱《ぶじょく》するんだね。さらに罪が増えるけど構わない？　君、牢《ろう》から出られるのかなあ」

「え？」

アルベールの言うことが理解できないデイジーに冷めた目を向け、彼はさらに続ける。

「当然だろう。隣国の第二王子であるジークハルト殿下に毒を盛って、監禁して、侮辱《ぶじょく》したんだから。君の罪は非常に重いものになるだろうね」

それを聞いたデイジーは、もはや目を見開くことしかできなかった。

八　答え合わせ

食堂から出たわたしたちは、生徒会室に向かっていた。

テオによると、そこでアルたちと合流する手筈《てはず》になっているらしい。

「向こうの首尾はどうでしょうか」

「アルのことだ。抜かりはないだろう」

「そうですね。やりすぎていないかが心配です」

「……さすがにあいつも、令嬢には手加減するだろ」

「どうでしょうか。ヴァイオレット嬢のことになると、殿下は別人ですので」

「そう……だな」

わたしの前では、ユーリアンとテオが会話を交《か》わしている。

声を抑えていて、その内容は断片的にしか聞こえないが、ふたりとも険《けわ》しい顔をしているのできっと難しい話なのだろう。

先ほどのあの令嬢たち……特に、クリスティン・マクドウェル侯爵令嬢がどうなるのかなど、わたしも気になることは多い。

「ヴァイオレット様。生徒会室に顔を出したあとは、侯爵家にお戻りになるようにと旦那様から連絡が来ております」

一緒に歩いていたアンナが、いつもどおりの無表情でそう告げる。食堂での殺気はすっかり消えているようで安心した。

同時に、わたしは首を傾げる。

「お父さまから？」

「はい。未遂とはいえ、お嬢様も毒を盛られそうになっていますし、この一連の騒動は王城にも伝わっているかと思います。今後暫《しばら》くは学園も休みになると、アルベール殿下がおっしゃっていましたし」

「……随分詳しいのね？」

「私はヴァイオレット様の諜報員《ちょうほういん》ですから」

「侍女で十分なんだけどね」

アンナが透《す》き通《とお》るような淡《あわ》い青色の瞳でキラキラと見つめるから、思わずつっこんでしまった。

確かに彼女は人知れず情報を集めてくれるし、毒に関してはもはや侯爵家イチ詳しい。

最近では、週末になるとエマ先生の武器の取り扱い講座を受けているらしい。

彼女も家の事情さえなければ、男爵家の令嬢としてこの学校に通うことができたかもしれない。普段は無表情だが、たまに笑うと花が綻《ほころ》ぶように可愛らしい、年頃の女の子なのだから。

わたしはそう思ったが、アンナは力強く言い切った。

「いいえ、侍女兼諜報《ちょうほう》兼護衛です。私がどんな悪党からでもお嬢様をお守りします！」

（——まあ、楽しそうだからいいのかな）

使命感に燃える侍女を見ていると、少し気が楽になる。

「わたしも、アンナを頼りにしてるね」

そう言うと、彼女はまさに思ったとおりの笑顔を見せてくれた。


生徒会室に着くと、アルとジークはすでに席に着いていた。

わたしは彼らの向かいの席にテオと並んで座り、その後ろにユーリアンとアンナが控える。

「——この一件、どうやらマクドウェル侯爵が絡んでいるようだ」

挨拶《あいさつ》もそこそこに、アルはそう切り出した。わたしは驚いて目を見張る。

「クリスティン嬢のお父様が？」

「ああ。……彼は、自分の娘を王子の妃、ゆくゆくは王妃にしたかったようでね。それには、レティの存在が邪魔だったらしい。立場的にもロートネル家と対立していたし、うまくいけば家ごと勢力を削《そ》ぐつもりだったんだろうね」

ふう、とアルが嘆息する。

自分の娘が王妃となり、やがて子どもを産んで国母となれば、その生家である貴族家の権力は盤石《ばんじゃく》なものになるだろう。

我が国の侯爵家は三つ。

ロートネル、マクドウェル、そして、現在の国王の正妃ソニア様のご実家であるジャリエ家。

勢力が三つ巴《みつどもえ》となっている侯爵家の中で、一番になりたかったのだろうか。

「レイノルズ子爵――今回の一件の首謀者であるデイジー嬢の父君が、マクドウェル侯爵に『ロートネル家を潰す良い方法がある』と吹き込んだらしくてね。子爵はかなり娘のことを甘やかしていたようだから、彼女の言うことを鵜呑《うの》みにしたんだろう」

アルにそう言われて、わたしはやっと今回の黒幕を知った。

デイジー・レイノルズ子爵令嬢――それは、ラザレス先生の事件のあと、停学になったと聞いた女生徒と同じ名だ。

わたしがなんとも言えない気持ちでいると、アルは苦笑しながら続ける。

「……とは言っても、この件にクリスティン嬢は関わっていないようだけどね。僕も彼女の性格は知っている。彼女は陰でこそこそと悪事を働くような人ではないよ。レティもよくわかっているだろう？　ただ、彼女のご友人たちはそうではない。今回の件もそうだが、以前から積極的にレティの悪い噂《うわさ》を触《ふ》れ回《まわ》っていたようだし……。まあ、彼女たちの家はマクドウェル家の派閥だからね。父親にでも唆《そそのか》されていたんだろう」

わたしは朝の毅然《きぜん》とした態度を崩さなかった、クリスティン嬢の姿を思い浮かべる。

以前廊下でぶつかった時、もっと昔にお茶会の場で会った時。彼女はわたしに対して、いつもきついことを言った。

――そう。彼女は、いつだってわたしに直接言いたいことを言う、唯一の存在だったのだ。

高圧的でプライドが高いお姫様。だけど、貴族令嬢としての誇《ほこ》りを持つ、高潔《こうけつ》な人だった。

「それで……クリスティン嬢はどうなるのですか？」

わたしの問いかけに、一瞬沈黙が落ちる。

それが、この先述べられることが彼女にとって良くない報《しら》せであることを物語っていた。

「――クリスティン嬢も含めて、関わった者たちへの裁定の日時は、七日後の午前と決まった。陛下が直々《じきじき》に行《おこな》う予定だ。その翌日には、ジークの妹が来てしまうからね。その前に処理することになりそうだ」

アルはそう言いながら、ちらりとジークに視線を送る。

その視線に気づいているのかいないのか、ジークは明後日《あさって》の方向を見つめていた。その視線の先には何もなく、いつもどおりの穏やかな空が窓から見えるだけだ。

(ジークの妹って、誰のことを言っているんだろう)

この時期に来るって、編入でもするのだろうか。でもそれが、この件となんの関係があるんだろう。

ジークの妹と今までの話との繋《つな》がりがわからずにいると、テオが「ジーク、いい加減レティには話しておけ」と言う。

ジークは目を窓からわたしに移すと、観念したように頭を掻《か》いた。

「……正式な自己紹介はまだだったな。私の名はジークハルト・シュテルン。隣国シュテンメル王国の、第二王子だ」

その言葉に、思わず息を呑む。

（ええっ、ジークも王子様だったの⁉　なにこの状況……！）

しかもジークは歳も偽《いつわ》っていて、実はアルたちよりも一つ年上らしい。警備が強化されるアルの入学に、あえてタイミングを合わせたとも言っていた。

だから、彼は隣国の本を持っていたんだ。

わたしに対する当初の態度は未だに謎のままだけど、成績優秀な理由はすとんと腑《ふ》に落ちた。

アル、テオ、そしてジークの顔をひととおり眺めて、わたしは暫《しばら》く呆然とするのだった。

◆【もしもの世界】第一王子　アルベール◆

バタバタと慌《あわ》ただしい足音が廊下から聞こえてきて、アルベールは手元の書類に落としていた視線を扉へと向けた。

その直後、扉がノックされる。入室を許可すると、息を切らした城の文官が用件を告げた。

それは、今朝《けさ》図書室のある一室で眠ったような状態で発見されたジーク――隣国の第二王子ジークハルトが、王城の特別室で手厚い看護を受け、夕方になってようやく目を覚ましたとの報《しら》せだった。

『……そうか、ジークが目を覚ましたんだね。話はできる状態なのかな？』

『それが、昨日何が起きたかあまり覚えていないようで……ぼんやりとされております』

文官の答えに、アルベールは眉根を寄せる。

『覚えていない、か……。わかった。あとで僕も行くよ。もう少しこの報告書に目を通したあとにね。食事やその他のことも、彼が望むことをできる限り叶えるよう使用人たちに伝えてくれ』

『はい。承知いたしました』

文官が深く礼をして部屋を去ったあと、アルベールは再び書類を眺める。

もちろん、それはこの案件についてのものだ。

『どうしてこんなことに……』

そう呟いてみるも、本当は見当がついていた。ただ、明確な証拠がないだけで。

――今朝《けさ》、とある部屋で発見されたジークハルトとクリスティン・マクドウェル侯爵令嬢は、ふたりとも眠っていた。同じベッドで。

未婚の男女がそんな状況で見つかるだけでも問題だが、報告書によると、ふたりの間にははっきりと情事の跡が見られたとのこと。

いったいどんな様子で見つかったのかわからないが、ひどい状態だったのだろう。

ふたりが恋仲だったとは聞いていない。仮に恋仲だったとして、わざわざ学園内で事を起こす必要はない。

何より、マクドウェル侯爵令嬢はテオフィルに懸想《けそう》していたのではなかったか。

学園では平民として過ごしていたジークと彼女との接点は、ほぼなかったと考えていい。

隣国の王子と自国の高位貴族の令嬢の間に起きた不可解な出来事。

このことを知った者たちには皆、箝口令《かんこうれい》を敷いた。

だが、何故か昼頃には学園内にこの話が広まり、一大スキャンダルとしてあっという間に拡散してしまっている。国中に知れ渡るのも時間の問題だ。

ジークについては、平民の学生としか伝わっていないが、マクドウェル侯爵令嬢は違う。確実に貴族令嬢としての立場は地に落ちただろう。

王子の妃候補として一番に名前が挙がっていた女性だっただけに、周囲が受けた衝撃は計り知れない。

それに、ジークも自由な立場で学びたいという彼の意向を汲《く》んで身分を隠していたわけだが、こうなるとそれが裏目に出てしまっている。

満足な護衛もつけずにいたから、今回のようなことになったのだ。

もう学園に通うことはかなわないだろう。このまま隣国に戻る可能性が高い。

『問題は、隣国との関係をどう修復するか、だね……』

言葉にすると、ため息が漏れた。

第二王子を何者かが害したのだ。これはもはや、外交の問題である。

報告書には、ジークがなんらかの薬物を飲まされた可能性が指摘されている。

マクドウェル侯爵令嬢の扱いも隣国に委《ゆだ》ねられた。彼が責任をとって彼女を娶《めと》るのか、そうせずに捨て置くのか。

それはもう、アルベールの手の及ぶところではない。

ただひとつ言えるのは、今回の件でふたりの未来が大きく歪《ゆが》められたということだ。

そしておそらく、アルベール自身も。

『……やはり、僕が隣国の王女と婚姻を結ぶしかなさそうだな』

前々から挙がっていたこの件についても、決断する時が来たようだ。父である国王陛下からも釘を刺されている。

王族としての義務。わかっていたことだ。

この国の不祥事の責任は、いずれこの国の長《おさ》になるアルベールがとるしかない。

(どうして、誰も彼女を咎《とが》められないいんだ。証拠も何もないなんて、おかしい。……テオだって、あんなに苦しんでいるのに)

暗くなっていく窓の外を眺めながら、アルベールは考える。

彼の頭の中では、幼馴染のテオフィルの婚約者である菫色《すみれいろ》の髪の少女が、高らかに笑っていた。

◆◆

アルベールが寝苦しさに目を覚ますと、見慣れた天蓋《てんがい》が目に飛び込んできた。

(……そうか。僕は昨日、城に戻ってきたんだった)

普段は学園の寮で過ごしているが、例の事件のせいで学園は暫《しばら》く休校になった。

近々隣国からの来賓《らいひん》があるし、母である王妃が主催するお茶会もある。こちらで過ごしたほうがいいことは明白だ。

ベッドサイドに置いてある果実水を、口に含む。

柑橘《かんきつ》の爽《さわ》やかな香りが鼻を抜け、幾分かすっきりした気持ちになった。

「……ふふっ」

アルベールはふと、毒に詳しいことがわかった可愛い幼馴染のことを思い出して、つい笑みをこぼす。

彼女が毒や薬物に詳しいことも、密室の鍵を開けられることも、今まで知らなかった。

(――レティといると、驚かされてばかりだ)

薬物を盛られた男と密室で監禁されるなんて、非常に危険だったと思う。

だが、そんな状態の令嬢が男に解毒薬《げどくやく》を飲ませて助けた上、鍵を開けて脱出するなんて誰が想像できるというのだろう。

例外は、彼女にそんな教育を施《ほどこ》した宰相くらいだ。

王城の医師や薬剤師の診断によると、ジークハルトに対する彼女の処置は完璧《かんぺき》だったそうだ。

「さあ、僕も準備をしようかな。レティを危険な目に遭《あ》わせようとしたことを、後悔してもらわないとね」

中身を飲み干したグラスをサイドテーブルに静かに戻してから、アルベールは裁定の日に向けて準備を始めた。

九　青い花

あれから七日が経った。今、王城の謁見《えっけん》の間《ま》では、今回の件に関わった者たちの裁定が行《おこな》われている。

わたしはその場には参加せず、お父様の執務室で待機をしている。

あくまで今回の裁定内容は、隣国の第二王子に対する罪ということになっているからだ。

『レティ、今回の件にうちの天使は関わっていない。……いいね？』

昨晩の侯爵家の執務室で見た、有無を言わせないお父様の表情に、わたしは色々と察して素直に頷いた。

諸々《もろもろ》の配慮により、わたしがあの場にいて監禁されかけたこと自体がなかったことになるのだ。

もちろん、わたしが鍵を開けて脱出したなんてことは、一部の人しか知らない。

お父様は、さらにわたしに言った。

『でも、奴らを許したわけではないからね？　うちの天使を卑劣《ひれつ》な罠《わな》に嵌《は》めようとした報《むく》いは受けてもらうから、安心していてくれ』

『はい、お父さま。あの……お父さまの教育のお陰で無事に帰ることができました。ありがとうございます』

『レティ……！』

わたしが頭を下げると、感極まったお父様にぎゅむぎゅむと抱きしめられた。そのあとはお母様に甘やかされ、弟妹《ていまい》たちからはナデナデしてもらい、使用人たちは怒《いか》りに震えていた。

（ふふ、やっぱり家は落ち着くなあ）

侯爵家での一幕《ひとまく》を思い出すと、ほっこりとした気持ちになる。

そうしている間に、がちゃりと扉が開く音がした。

「レティ、待たせたね」

「お父さま、お帰りなさい！　……と、へっ、陛下？」

部屋に戻ってきたお父様の後ろから国王陛下が現れて、わたしは驚いて飛び上がる。

「やあ、ヴァイオレットちゃん。久しぶりだねぇ、元気そうで何より〜」

慌《あわ》てて深く礼をしたあと顔を上げると、人好きのする笑みを浮かべた陛下が、ひらひらと手を振っていた。

「大変だったね。僕が責任を持って裁いておいたから安心してよ。二度とヴァイオレットちゃんの前には現れないと思う」

いったいどんな裁きを与えたんだろう。王族を害そうとした罪が重いことは承知しているが、ぐっと親指を立てる陛下の笑顔がやけに眩《まぶ》しい。そしてお父様は、そんな陛下を胡乱《うろん》な目で見つめていた。

「……何故ついてきたんですか」

「ええ～。可愛いムスメの様子を見に来て、何か問題があったかな？」

「貴方《あなた》の娘ではありませんよ。未来永劫《みらいえいごう》」

お父様と陛下は表情を変えずに、口先だけで言い合っている。

（きっと、仲良しだからなんだよね）

昔からの友人だというふたりは、こうしてよく口論のようなそうじゃないような会話をするのだ。

陛下はお父様とのやり取りをやめると、再びわたしのほうを向いた。

「それでね、ちょっとさあ、ヴァイオレットちゃんに協力してもらいたいことがあって」

「……私は反対です。あんなわけのわからない女と面会させたら、うちの天使が穢《けが》れる」

「いやでも、何かわかるかもしれないしさ。やけにヴァイオレットちゃんの名前を出すから」

渋るお父様を、陛下は軽い口調で説得している。

ふたりの話を総括すると、今は城の地下に捕らえられている令嬢――デイジー・レイノルズの聴取に一度参加してほしいという要望だった。

お父様は終始苦い顔をしていたが、裁定で彼女の支離滅裂《しりめつれつ》な様子を目《ま》の当たりにしたらしく、最終的には許可を出した。

そして、その聴取にはジークやテオ、アルも同行し、護衛もつけるという話だ。

「ごめんね、ヴァイオレットちゃん。あの令嬢がやたらと『ヴァイオレット・ロートネルは罪にならなかったのに！』とか『ここは私の世界なのに』とか、よくわからないことを言っていて。もちろん、身の安全は保証するから」

「わたしで良ければ、ご協力します」

わたしが頷くと、陛下はにっこり微笑む。

「ありがとう。君ならそう言ってくれると思っていたよ。その子の処遇だけ決めかねていてね。普通の修道院に行って更生するような雰囲気じゃないし、今回の件の発案者のようだから」

わたしとしても、どうしてこんなことをしたのか聞いてみたい。

陛下の役に立てるよう、わたしは気を引きしめた。

そしてわたしは、お父様と執務室で簡単な昼食をとったあと、そのままデイジー・レイノルズのもとへと向かうことになった。

食事の前に、お父様が午前中に行《おこな》われた裁定の内容を教えてくれた。

現マクドウェル侯爵は王族に対する暗殺未遂で爵位剥奪《はくだつ》の上、投獄——終身刑が科せられたという。他の取り巻きの伯爵家と、レイノルズ子爵家も同様だ。

みんな口を揃えて『嵌《は》められた』『陰謀《いんぼう》だ』『隣国の王子を害するつもりはなかった』と抗議したそうだ。

そして、『狙ったのはロートネル侯爵令嬢だから、これは冤罪《えんざい》だ！』と激高《げっこう》しながら声高《こわだか》に白状してしまったマクドウェル侯爵に、お父様がさらに苦役刑を追加したらしい。

本当に、その人たちの狙いはあくまでわたしの醜聞《しゅうぶん》で、他国の王子を害するつもりはなかったんだと思う。

だが、結果としてジークが薬物を飲まされたという事実は覆《くつがえ》らない。

各々《おのおの》の領地は返上され、今後新たに別の領主が選定されることになる。端的に言うと、没落だ。

そして、クリスティン嬢や取り巻きのご令嬢たちは、それぞれ別の修道院へ送られることになった。クリスティン嬢は関わっていないとしても、やはり父が犯した罪は重いという陛下の判断だ。

みんなが青ざめながらもその決定を受け入れていた中、ただひとり、デイジー・レイノルズ嬢だけがずっと抵抗していたという。

そんなわけでわたしは、今現在その令嬢が連れてこられているという城の一室へと向かっている。牢《ろう》に行くのはお父様が猛反対したため、折衷案《せっちゅうあん》として提案されたのだ。

「……大丈夫か？」

わたしにそう声をかけてくれたのは、一緒に向かっているテオだ。レイノルズ子爵令嬢はテオの名前も連呼していたとお父様は言っていた。

心配そうな彼に、わたしは笑みを向ける。

「ええ、大丈夫です。……テオフィル様は、レイノルズ子爵令嬢とお知り合いでしたか？」

「いや。ラザレス先生の時に会っただけだな。あの時も妙に馴れ馴れしかったが。レティ、無理はするなよ」

相変わらずふわふわで綺麗なミルクティー色の髪を揺らしながら、テオは困ったように首を横に振っている。

目的の部屋の前にたどり着いた時、念押しする彼にわたしは笑顔で応えた。

「――だから！　私はこの世界に選ばれし者なんです。アル様、信じてください。私の存在は絶対に必要なんです！」

部屋に入ると、懇願《こんがん》するように手を胸の前で組む、涙目のレイノルズ子爵令嬢――デイジーの姿が目に飛び込んできた。

彼女の視線の先にはアルがいる。彼は見たことのないような冷淡な顔で、そんな彼女を見下ろしていた。

彼の隣にはジークの姿もある。先に来たふたりがすでに彼女との話を始めていたのだろう。彼女の手足には枷《かせ》がはめられ、近くには騎士が配置されている。

「そもそも、貴女《あなた》じゃないだろう。その〝選ばれし者〟とかいうのは」

「な……！　アンタが隣国の王子って、どうせ嘘でしょう!?　そんなこと書いてなかったもの、本当はただの平民のくせにっ」

ジークの言葉に、彼女は我を忘れたように激高《げっこう》する。どういうわけか、ジークが隣国の王子という事実も受け止めていないようだ。

「おかしいな……ここまで話どおりに事を進めながら、それを知らないなんて。話を知っていれば、自分ではないと最初からわかるはずなんだが……」

彼女の暴言をものともせず、ジークは意味ありげにわたしのほうをちらりと見る。

それにつられて彼女とアルもこちらを見たが、なんのことだかわからないわたしは、首を傾げた。

『選ばれし者』

『話を知っていれば』

一瞬、ジークが乙女ゲームのことを言っているのかと思ったけれど、すぐに違うと思い直す。わたしが知るゲームの中には、悪役令嬢の母の学園生活なんて登場しなかった。

わたしが知っているのは、あくまでも悪役令嬢の母というちょい役の『わたし』。あとは特典映像でのやばい姿のみだ。

「っ、ヒロインのアナベルと同じ色の瞳を持つ私こそが、この時代の主役なのっ！　そうじゃないと、転生した意味がないじゃない……！　大体、私はヴァイオレットがやったことをやっただけよ！　なんでそいつは咎《とが》められなかったのに、私だけこんな目に遭《あ》うのよ……おかしいでしょぉ！」

ダークブラウンの髪を振り乱しながら、狂気に満ちた形相でデイジーは叫ぶ。可憐《かれん》なかんばせは、跡形もなく消え去っていた。

「瞳の色？」

（髪の色じゃなくて？）

疑問が思わず口から出てしまった。慌《あわ》てて口を押さえるも、デイジーには届いていたようだ。

「そうよ！　ヒロインは母譲りのスカイブルーの瞳を持つって書いてあったのよ！　あんたのその黄色の目じゃないわ……あんたの子どもは、あのバーベナでしょう。そうよ、そうだわ……あんたも子どもも、どうせ悪役で、追放されるんだから……！」

ぶつぶつと呟き続けるデイジーの瞳に捉《とら》えられ、足が竦《すく》んでしまう。以前は輝いていると思っていた彼女の空色の瞳は、光がなく澱《よど》んで見えた。

（ヒロインの母を探すヒントは、髪色ではなくて瞳の色だったの……？）

わたしはまさかの新しい情報に、呆然とすることしかできない。

「レティ、下がって」

彼女の取り乱し方が危険だと判断したのか、テオがわたしを庇《かば》うように前に出た。

テオと真《ま》っ直《す》ぐに向き合ったデイジーの表情は、先ほどの歪《ゆが》んだものから一変して、また甘いものになる。

「テオ様……！　私が貴方《あなた》をお救いします。大丈夫、私にはこの知識があります。ヴァ

イオレットなんかに邪魔されないよう振る舞ってみせますわ」

「なんの話をしている」

テオは厳しい顔で彼女をはねのけるが、彼女はさらに声を大きくした。

「だって！　私たちは本当は愛し合っているのに、そこの忌々《いまいま》しい女に引き裂かれる運命なのです。そんな運命、私が変えてみせますから！」

「……話にならない。愛し合っているとはなんの冗談だ？　先日、ラザレス先生を嵌《は》めようとした貴女《あなた》を停学処分にした時が初対面だろう」

「そんな、テオ様っ！　……ゲーム的に言うと、このルートじゃないってこと？　じゃあアル様？」

ぶつぶつと呟きながら、彼女は今度はアルのほうをのろのろと向いた。

わたしの頭の中では、これまでのデイジーが発した言葉が揺れている。

（デイジーは転生者で、あの乙女ゲームのことも、悪役令嬢の母のヴァイオレットがやったことも詳しく知っている、ってこと？）

乙女ゲームの中では語られないストーリーが、あの特典映像のように別の媒体《ばいたい》で存在して、わたしがそれを知らなかったとしたら。

どきどきと心臓が早鐘《はやがね》を打つ。

「……はあ。大体わかった。デイジー・レイノルズ、お前は後編を読んでいないな」

そのジークのさりげないひと言に、わたしは目を見開いてしまった。

（えええええっ、後編？　なんの？　というかわたし、前編すら知らないんですけど！）

絶叫は、なんとか声に出さずに済んだ。

ジークの言葉を聞いて、デイジーは「後編ってなんなのよ！」と激高《げっこう》する。冷静に話をするのは難しいだろうと、彼女への聴取はひとまず切り上げられた。アルとジークはまだ部屋に残り、詳しい話を聞くという。

「ごめんね、レティ。君をこんな場に連れてきたくはなかったんだけど。でもお陰で、新しい言質《げんち》を取ることができたよ」

一度わたしたちとともに退出したアルは、扉の前でそう言った。王族として、他国の王族への罪は全て詳《つまび》らかにしないといけないのだろう。どうやらこの件の責任者になっているみたいだし。

その顔には疲れの色が見える。「大丈夫？」と尋ねると、ふわりと微笑んでくれた。

「もうすぐ終わるから大丈夫。ジークが何かピンときたみたいだからね。じゃあ……テオ。レティのこと、頼んだよ」

「ああ。アルもあとは頼む」

ふたりが会話を交《か》わしている間、さっきのジークの発言がぐるぐると頭の中を巡る。

後編ということは前編があるはずで、『書いてない』というデイジーの言葉から考えると、その媒体《ばいたい》は読みものということだろうか。

（……もしかして、あの乙女ゲームはノベライズされてたのかな。わたしが存在を知らないだけで）

ゲームから漫画や小説が生まれることはある。だけど、残念ながらわたしはその作品を読んでいない。

仕事が終わったらちょっとした息抜きでゲームをして、そのあとは泥のように眠っていたから、そんな時間はなかったし、情報も入ってきていない。なんてことだ。

そしてジークは、その内容を知っているようだった。彼も、転生者ということなのだろうか。

わたし以外にデイジーという転生者も見つかったことだし、他に何人かいてもおかしくはない。

彼が何かを知っていたとなると、それはつまり、わたしが悪役まっしぐらな存在であることも掴んでいたということになる。

（だから、初めて会った時からあんなに警戒されてたのかも）

ただ……あの乙女ゲームって、男の子もやるのだろうか。偏見《へんけん》があるわけではないけど、ジークの性格とは合わないような気がする。

「じゃあ、まずは宰相の部屋に戻ろう。……どうかしたか？」

ジークの乙女ゲーマー疑惑にうんうんと唸《うな》っていたわたしに、テオが声をかける。

「い、いいえ、今行きます」

とりあえずその仮説は頭の片隅に追いやることにして、わたしは慌《あわ》てて彼の隣に並んだ。

お父様の執務室に戻ると、文官が聴取の様子をお父様に事細かに伝えているところだったらしい。

わたしに気がつくと、お父様は笑顔を作った。だけど、額《ひたい》に浮かぶ青筋や、全身から滲《にじ》み出《で》るどす黒いオーラは全く隠せていない。

「……レティ、やはり行かせるべきではなかったね？　お父様は陛下とお話があるから、今日は遅くなりそうだ。リシャール公爵子息、悪いが娘を家まで送ってくれないか」

「はい、光栄です」

「今日はやむを得ずだからね。そこに今、たまたま君がいたからだ。偶然の産物であって、全くもって他意はない。そのあたりを重々心に刻んでおくように。ではレティ、またあとで」

それだけ言い残すと、お父様は忙《せわ》しなく部屋を出ていった。

少しだけ引きつった表情のテオを不思議に思いながら、わたしたちは帰路についた。

「レティ、お帰りなさい。テオくんもいらっしゃい」

「ただいま戻りました……？」

家に戻ると、笑顔のお母様が玄関で出迎えてくれた。

「ヴァイオレットちゃん、ごきげんよう」

そしてその隣には、何故かフリージア様が立っている。そのせいで、わたしの挨拶《あいさつ》は疑問形になってしまった。

思わずテオを見上げると、彼もこちらを見て首を横に振っている。フリージア様がうちにいることを、テオも知らなかったようだ。

「ヴァイオレットちゃん、大丈夫だった？　疲れたでしょう。ほらほら、美味《おい》しいお菓子があるのよぉ～。最近流行のショコラというお菓子なの。ローズと食べたくって急に押しかけちゃったわ」

少女のような愛らしい笑みを浮かべたフリージア様に、口にショコラをつっこまれる。

一瞬むせそうになったけど、幸いにも口の中でとろりと溶けたので、醜態《しゅうたい》を晒《さら》すのは避けられた。濃厚な甘さが口いっぱいに広がる。

「母様！　公爵夫人ともあろう方が、何をしているんですか。令嬢の口に急に菓子をつっこむなんて……」

わたしが目を白黒させている間に、テオがずいっと前に出てフリージア様に怒っている。

フリージア様はそんなテオの様子を意に介さずに「うふふ〜だって〜」と微笑んだ。お母様もその隣で柔らかく笑っている。

（あれ、なんかこの光景、すごく懐かしい）

テオとわたしとお母様たち。こうして穏やかな雰囲気の中にいると落ち着く。以前まではこれが当たり前にあった風景だった。

わたしがゲームのことを思い出すまでの、優しい時間。

ごくんとショコラを呑み込むと、気持ちが緩むのを感じた。

最近色々とあったからか、思ったよりも疲れていたみたいだ。

「ヴァイオレットちゃんたちも、お茶会に来る？」

「あ、ええっと……」

　フリージア様が誘ってくれたが、ふたりの邪魔をすることが憚《はばか》られて戸惑《とまど》っていると、隣からテオがさっさと断りを入れる。

「レティは私と先約がありますので」

「あら、そう？　ふふ、じゃあ仕方ないわね」

「行こう」とテオがわたしの手を引く。そのままわたしたちは、庭園へ足を運んだ。

　歩きながら、わたしはデイジーのことを思い出していた。

　彼女は、自分こそが『ヒロインの母』だと思って行動していた。

　思い込みの激しさもさることながら、実際に彼女が用いた手法は褒《ほ》められたものではなく、結局身を滅ぼしてしまっている。

　しかもその手口は、彼女の言葉を借りると『ヴァイオレットがやったこと』であるらしい。

（きっと、ジークが言う『ノベライズ版前編（仮）』にでも、そんなことが書いてあるんだろうなあ）

　ゲームの中では『ヴァイオレット』が親の力で色々とやらかしたような描写はあったけれど、その内容については詳しく語られていない。

　ただヒロインだけに嫌がらせをしたのだと思っていたが、どうやら手広く悪事を働いていたみたいだ。

はあ、と思わず大きなため息が出る。

前世の記憶。そんなものの存在を知らない人にとっては、デイジーの言動が異質なものに見えただろう。知っていても、あの狂乱ぶりはなかなかに恐ろしかった。

(――でも、それって、わたしも似たようなものじゃない?)

立ち止まってしまったわたしを気遣うように、テオがわたしを見下ろす。

「大丈夫か。少し疲れたんじゃないか? 部屋に戻るか?」

彼のブルーの双眸《そうぼう》は優しく、あの特典映像で見た冷酷《れいこく》で無慈悲《むじひ》な男のものとは思えない。

今だって、テオはこうしてわたしを庭園に連れ出してくれて、黙っている間は考えに浸《ひた》らせてくれる。

乙女ゲームの記憶を取り戻してから、わたしのテオへの態度はひどかったはずだ。彼を避けることしか考えず、急に素《そ》っ気《け》なくして、距離を置いた。学園でも極力会わないようにしていたし、生徒会では仕事に徹《てっ》していた。

程度の差はあれど『物語』に囚《とら》われていたという点では、わたしも彼女と何も変わらない。

「あんなことがあったばかりだ。気づいていないだけで、身体は疲れていることもある。無理はするな」

ぽふり、と頭に柔らかな感触がある。彼の右手が、優しく乗せられていた。

――この幼馴染のことを、誰よりも信じていなかったのは、他でもないわたしだ。

そんな薄情なわたしに、テオは心配そうな表情を向けてくれている。

胸がぎゅうと締めつけられる思いがした。

「……テオ」

愛称で呼ぶと、彼の肩がびくりと揺れた。心の中ではずっと呼んでいたけれど、こうして口に出すのは、随分と久しぶりだ。

「レティ、今……」

「うん。あの……わたしも色々と間違ってたの。ごめんね、急に避けたりして」

まだ間に合うだろうか。居心地の良かった彼らの隣に、以前のわたしたちに戻れるだろうか。

都合の良いことを願いながら見上げると、テオはわたしの頭から手を下ろす。そして拳《こぶし》を作ると、それをわたしの額《ひたい》にこつりとぶつけた。

「……本当に。俺がどれだけ肝を冷やしたか知らないだろう」

「うっ、ごめん……」

「またそうやって前みたいに話してくれ。レティに敬語は似合わないからな」

「なっ！　普通の令嬢だったら、敬語くらい使うでしょ」

「普通だったらな」

楽しそうに笑うテオを見ていると、ますます毒気が抜かれていく。それと同時に、これまで気を張っていたことの全てが、わたしから消えていくような感覚があった。

(簡単なことなのに、気づけなかった)

わたしはヴァイオレットだけど、ゲームの『ヴァイオレット』はわたしじゃない。

だから、このテオだって、あのテオじゃない。

アルも、アンナも、ジークも。

もしかしたら例の別の媒体《ばいたい》に登場するのかもしれないけど、それもみんな、意思を持って動く別人だ。

そう思うと、解き放たれたように心が軽くなる。

ふと、わたしは聞いてみた。

「ちなみに、テオは金髪美少女に興味があったりする？」

「……また唐突によくわからないことを。人の髪色を意識したことはないが……ああでも、そうだな。レティの髪は、菫《すみれ》の花が咲いているみたいで綺麗だと思う」

一度ため息をついたテオは、わたしの髪をひと房手に取ると、それに口付けた。

その大人びた仕草に、火がついたように顔が熱くなるのがわかる。

「……っ、テオ、あっちの噴水《ふんすい》まで競走ね！」

湧《わ》き上《あ》がる気恥ずかしさから逃《のが》れるように、言うが早いか、わたしはドレスの裾《すそ》を掴むと駆け出した。

「は……？　おいレティ、ドレスの裾《すそ》から脚が見えて……待て、それはやめてくれ！」

背中から焦《あせ》ったようなテオの声が追いかけてくるが、聞こえないふりをする。何故だかとても走り出したくなったのだ。

今日は謁見《えっけん》のためにいつもよりはしっかりとした装《よそお》いをしているが、エマ先生に盛装でのダッシュという淑女教育はしっかりと受けていたから、問題はない。

火照《ほて》った頬に触《ふ》れる風が気持ちいい。

（良かった、まだ衰《おとろ》えてない……って、わあ！）

順調に走っていたわたしは、もう少しで噴水《ふんすい》に着くというところでつまずいた。柔らかな芝生《しばふ》に、靴のヒールが呑み込まれてしまったのだ。

転んでしまう。そう思うと、不思議と全てがスローモーションのように感じる。

ドレスの裾《すそ》から手を離したものの、わたしの身体は前のめりに倒れていく。

思わず、目をぎゅうっと固く閉じる。

だが、来るべき衝撃は、いつまで経っても訪れなかった。

「はあっ……レティ、危なかった。なんで急に走り出すんだ……」

目を開けると、地面とは距離があった。

そしてわたしのお腹には、テオの腕がしっかりと回されている。

「もう少しでゴールだったのに……どう？　速いでしょう。わたし、あれから鍛《きた》えたのよ」

後ろから抱きしめられるような体勢のまま、わたしは後ろを振り向いた。

すると、思ったよりもテオの顔が近くにあって、驚いてしまう。

「本当に……レティは俺の予想を遥かに超えてくるな。毒の件も、鍵の件も」

「だって、普通に貴族令嬢がやってることだと思ってたんだもの。お父さまもうちのみんなも、何も言ってくれなかったし」

至近距離でのテオの笑顔は、出会った頃よりも破壊力が抜群だ。目をちかちかさせながらも、わたしは唇を尖《とが》らせる。

すると、テオは呆《あき》れたように言った。

「……気づいてないかもしれないから言っておくが、そもそも鬼ごっこしてた時点で、普通じゃないからな」

「え……。あ、でも、そう言われると、確かにそう……だね？」

「ははは、今さらかよ」

声を上げて笑うテオに、幼い日の面影《おもかげ》が重なる。

それでも、わたしを抱きとめている腕の力強さや、随分と高くなった視線は、あの頃とは違う。

その事実に、胸の奥がなんだかざわざわする。だけど不思議と心地よい。

変に距離を置いてしまったけど、今こうしてまた笑い合えて、本当に嬉しい。心の底からそう思える。

あの時しまい込んだままの青い花の髪飾りを、今度つけてみようと思った。

十　男爵令嬢と隣国の王女

「お嬢様、朝ですよ～！　あら、珍しいですね。まだベッドにいらっしゃるなんて」

デイジーの件で城に行った翌々日、朝から元気に部屋に入ってきたのはサラだ。

わたしはその声でなんとか覚醒《かくせい》し、目をこする。

「……おはよう、早いのね……」

「ふふ、だって今日は、隣国の王女様とのお茶会があるんでしょう？　負けられない戦いなんです！」

「ええ～……」

まるでわたしが寝坊しているかのような言いぶりだけど、いつもならまだ寝ている時間だ。そんな時間にやる気が漲《みなぎ》っているサラのほうがおかしいと思う。

（だってほら、まだ外も明るくなってないじゃん……）

そう心の中で愚痴《ぐち》を言いながらゆっくりと身体を起こすと、ぼやけた目に飛び込んできたのは、サラの姿だけではなかった。

「お嬢様、今日は目いっぱいおめかししましょうね！」

「まずは軽く湯浴《ゆあ》みですわ！　うちのお姫様を見せつけてやりましょう！」

「ええ、隣国の王女がなんだっていうんでしょう！　うちのお嬢様が最高に決まっています！」

サラの後ろから、わらわらとメイドたちが現れる。

全員が得体の知れないやる気に満《み》ち溢《あふ》れて、非常に熱く盛り上がっていた。

（戦い……？　隣国の王女様とはお茶会をするだけよね……？）

お父様の話では、王女様は昨日の夕方城に到着し、暫《しばら》く滞在するという。

彼女が来ることは社交界中に知れ渡っているが、扱いはあくまでも非公式な訪問ということになっており、大々的な歓迎パレードなどはしないらしい。

そして今日は、早速《さっそく》彼女の話し相手として城に上がるのだ。

少し前まで不安だったけれど、王女様はジークの妹ということがわかったので、身構えていた気持ちは少し楽になった。

……のに、どうしてメイドたちがこんなに盛り上がっているのか、解せない。

そして寝起きにそのテンションは、ちょっとついていけない。

「――みんな、いいですか？　まずは湯浴《ゆあ》み。それから簡単に支度をして早めの朝食を済ませたら、本格的に準備をしましょう！」

サラが声を張り上げ、両手をパンパンと二度ほど打ち鳴らした。

それを合図に、メイドたちが突撃してくる。寝起きで頭がぼんやりしているわたしは、なす術《すべ》なくやりたい放題されてしまったのだった。


ようやく修業のような支度が終わり、いつもより豪勢な衣装と装飾に包まれたわたしは、出かける前にお父様の部屋に向かっていた。

淡《あわ》いイエローの上品なデザインのドレスはシンプルなプリンセスラインで、飾りの宝石は控えめ、代わりにレースやドレープをたっぷりとあしらった、お母様ご注文の品だ。

王妃様のお茶会のためにいくつかドレスを仕立てた時は、そんなにたくさんドレスを作らなくても……と思ったが、こういうイレギュラーな予定が入ってしまうことを思えば、必要なのかもしれない。

何しろ、これまであまりドレスを新調していなかったせいで、元からあったものはいつの間にかサイズアウトしてしまっていたのだ。

「アンナ！　おはよう、よく似合ってるわ」

わたしより先にお父様の部屋の前にいたアンナに声をかける。今日の彼女はお仕着せではなく、ドレスに身を包んでいて令嬢仕様だ。

「おはようございます、ヴァイオレット様。私がヴァイオレット様のドレスを着ているというだけでも恐れ多いのに、装飾品まで貸していただいて……」

今日はアンナもともに城に行くと、昨晩お父様から聞いている。

それも、侍女としてではなく、セラーズ男爵令嬢としてだ。

急に城に上がることになって困っていたアンナに、わたしのお下がりのドレスを貸すことにしたのだが、わたしのドレスでもアンナが着ると随分印象が変わる。

彼女の持つ明るい茶色の髪と空色の瞳に、青空を閉じ込めたような綺麗な水色のドレスがよく合っている。

……確かコレは、作ってみたもののわたしの髪色にしっくりこなかったドレスだ。紫色の難しさを痛感した日でもあった。

わたしはそんなことを思い出して苦笑しつつ、アンナを促《うなが》す。

「わたしはもう丈《たけ》が合わないから、アンナがもらってくれると嬉しいな。さ、行きましょう」

「どうして私もこんな格好なのでしょうか」

「うーん……わたしも詳しくは聞いてないんだよね。昨夜アンナと同じタイミングで聞いただけ」

「そうですか……なんだか落ち着きません」

いつもの無表情が崩れて、不安げに瞳を揺らすアンナは、なんだか小動物のようで可愛らしい。

とりあえず、今から詳細をお父様に教えてもらうことになるのだろう。そう思いながら、部屋の扉をノックした。


それから数時間後。

ロートネル侯爵家の馬車が王城に着くと、先に馬車から降りたお父様に手を差し伸べられた。エスコートに従って、わたしも馬車から降りる。

こっそり振り返ると、後ろではアンナが茶髪の壮年の男性にエスコートされていた。

ふたりはこうしたことに慣れていないのか、揃って少しぎこちない動きになっている。

馬車でも一緒だったその男性は、アンナの父親であるセラーズ男爵だ。先刻お父様の部屋に入った時に、初めて会った。

恐縮しきった様子でお父様と会話をしていたセラーズ男爵だったが、部屋に入ってきたアンナを見つけると、すぐにその表情は明るくなり、ふんわりと優しく微笑んでいた。

何故か父親と対面することになったアンナは『お父様？　どうしてここに……』と終始混乱していた。

それもそうだろう。侍女として雇《やと》われている家で、何故か飾り立てられ、部屋に入ると故郷の父親がいたら、混乱しないほうがおかしい。

「こら、レティ。歩いている時に後ろを振り返るものじゃないよ。足元に気をつけなさい。階段だ」

上からお父様の声が降ってきて、セラーズ親子を見ていたわたしは慌《あわ》てて前に向き直る。

階段を上り終えてからお父様を見上げると、優しい笑顔がわたしを見ていた。

周囲の憲兵《けんぺい》が「あの鬼宰相が……？」「なんだあの笑みは……っ」とざわついているのが耳に入ったが、わたしに聞こえるということは、当然お父様にも聞こえているはず。

お父様の表情は変わらずにこやかだが、あの憲兵《けんぺい》たちは間違いなくお仕置きされると思う。仕事中の私語は厳禁です。

「ごめんなさい、お父様。なんだか、アンナたちが気になってしまって」

わたしが改めて謝ると、思っていたより優しい返事があった。

「まあ無理もない。アンナはお前に尽くしてくれているからな。学園でもよくやっているか？」

「はい、アンナのお陰で快適に過ごせています」

「そうか……」

アンナの学園での様子を聞いたあと、何故かお父様は表情を曇《くも》らせる。

今日は隣国の王女とのお茶会の前に、陛下から例の暗殺未遂事件に関する話があるとだけ、お父様に告げられた。セラーズ親子が王城に呼ばれたことに、何か関係があるのだろうか。

一昨日《おととい》の夜に急に家に早馬が来て、そのまま連れ去られるように今朝方《けさがた》ロートネル侯爵家に到着したというセラーズ男爵も、詳しく知らないらしい。

道理でアンナパパの目の下に、くっきりとした隈《くま》があるわけだ。服装こそお父様の盛装用のものを着ていて立派だが、顔は完全に疲れ果てている。

「ロートネル侯爵家、セラーズ男爵家、いらっしゃいました！」

王城の入り口に控えていた使用人がそう告げると、城内にいた全ての人たちが頭を下げる。

城には以前から勉強のために出入りしていたけれど、その時には感じられなかった物々しい空気があたりを包んでいた。やけに敬《うやま》われているような視線だ。

さぞ彼女も不安だろうと思ってちらりとアンナを見ると、不安が突き抜けたのか、一周回っていつもの無表情になっていた。

「やあ、よく来たね～」

アンナの様子を見てどこかほっとしていると、聞き慣れた声が前から聞こえる。

にこにこ笑いながら豪華な階段を下りてきたのは、他でもない国王陛下だ。

「じゃあ行こうか。みんなついてきてね」

国王陛下は先頭になってぞろぞろと騎士や文官を引き連れ、大名行列のようにわたしたちは進んでいく。

頭は絶賛大混乱中だが、とりあえず陛下とお父様についていくしかない。

セラーズ男爵の顔色は非常に悪かった。急に城に行くことになった緊張、早速《さっそく》国王陛下に遭遇《そうぐう》した驚嘆と畏怖《いふ》、元々の寝不足。

いくつもの感情が入り乱れ、もはや彼はヘロヘロなのだろう。

暫《しばら》く行列が進んだあと、導かれた場所はなんと謁見《えっけん》の間《ま》だった。

「さあさ、みんな入って入って～」

「……わざわざ貴方《あなた》が直々《じきじき》に案内しなくてもいいでしょう。セラーズ男爵が萎縮《いしゅく》してしまっているじゃないですか」

「だってさ、せっかくだし。ヴァイオレットちゃんたちにかっこいいところ見せたい」

「……おや、まだそんな余裕があるとは。仕事量が少し足りていないようですね。すぐにでも見直しましょう」

「ブライアム！　それはやめてくれ！」

部屋に入るなり陛下とお父様はいつもの気安い言い合いを始め、それを初めて目《ま》の当たりにしたであろうセラーズ男爵は、目を丸くしていた。

陛下も普段はスマートで素敵なおじ様なのに、お父様と話している時は男友達同士でじゃれているようにしか見えない。

「セラーズ男爵、アンナ。あのふたりはいつもどおりだから、気になさらないでね？　さあ、入りましょう」

固まる親子の背を押すようにそう声をかけると、ふたりはほっとして一度息を吐いた。

謁見《えっけん》の間《ま》に入ると、他にも王都に住む貴族が集められていた。わたしたちは注目を浴びながら、城仕《しろづか》えの者に案内されるままに部屋の中央を陣取る。

玉座につき、先ほどまでとは打って変わって威厳のある表情を浮かべた国王陛下に一同で頭を下げた。

暫《しばら》く話があったあとに、陛下は文官に手渡された書類を恭《うやうや》しく広げる。

そして、静まり返った場で陛下の口から告げられたのは、セラーズ男爵家の陞爵《しょうしゃく》だった。

「セラーズ卿に、伯爵位を与える」

「――なんとおっしゃいましたか？」

セラーズ男爵は、驚きのあまり声を上げてしまう。それも無理はない。男爵はわたしの隣にいるため、その動揺がつぶさに伝わってきた。

陛下はアンナに視線を向けて、話し続ける。

「セラーズ家の令嬢が最新の調剤技術で製薬した解毒薬《げどくやく》により、隣国の王子の生命の危機を救い、隣国との国際問題の発生を未然に防いだ」

それを聞いた周囲の貴族たちは、息を呑む。

(それって、わたしがジークに飲ませた、あのアンナ特製の解毒薬《げどくやく》のことだよね)

確かに、あの薬の効き目はすごかった。アンナの薬学の知識はそこらの薬師《くすし》を抜いていると思う。

彼女は侯爵家におさまらない器《うつわ》どころか、国でもトップクラスの実力があったらしい。

「――その他、褒美《ほうび》も取らせよう。ああ、そういえば貴殿の領地では、度重なる冷害で領民たちが大変な思いをしているのであったな。新たな領地も与えよう。それに、貴殿が負担した借金も賄《まかな》えるような……」

滔々《とうとう》と語る陛下を、唐突にお父様が遮《さえぎ》る。

「恐れながら、陛下。金銭面での支援は、我がロートネル侯爵家が行《おこな》いたく思います」

「そうか、そうだな。ロートネル侯爵家も、ご令嬢を救われたのだからな」

周りに知らしめるようなふたりのやり取りを不思議に思っていると、陛下にばちんとウインクされてしまった。

(それって……ああ、そういうことかあ)

わたしははっとした。

セラーズ家は男爵でありながら、子爵を飛び越えて伯爵位を賜《たまわ》った。

低い地位であったセラーズ家が、立場を確かなものにすることへの反発を牽制《けんせい》するためなのだろう。

これは、セラーズ家はロートネル家の庇護下《ひごか》にあり、手出しする者は容赦《ようしゃ》しない、という周囲の貴族に対するお父様からのメッセージなのだ。怖い。

控えめに言って何十倍返しにもされそうだから、これを聞いているまともな貴族から、セラーズ家は一目置かれるはずだ。

わたしは今回のジークの件には関わっていないことになっている。それでもわたしのことを話に出したのは、ロートネル侯爵家はセラーズ家になんらかの恩義を感じているということを印象づけるためなのだろう。

実際に、あの解毒薬《げどくやく》がなければ、脱出にもっと手間取っていたかもしれない。錯乱《さくらん》したジークを黙らせるために、わたしも勢い余って彼に危害を加えたかもしれないし……

うん、諸々《もろもろ》未然に防げて良かった。

「して、セラーズ家の令嬢――アンナと言ったか」

「は、はい。セラーズ家の三女、アンナでございます」

陛下に声をかけられたアンナは、再度深々と礼をする。

その所作に、所詮男爵家の娘と侮《あなど》っていた周囲の貴族たちが目を見張るのを感じた。

（ふっ、うちのアンナを舐《な》めないでよね！　侍女見習いの時から一緒にマナーを学んだんだから、素養は十分よ）

何故か母親のような気分で得意げになっていると、陛下は一瞬わたしをちらりと見たあと、目を逸《そ》らした。あれは確実に笑っている。

それから、彼はアンナに向かって口を開く。

「もう年齢的にはデビュタントは過ぎているだろう。しかし、夜会で見かけた覚えがないな」

「も、申し訳ありません。我が家の財政が苦しく、この末の娘には何も用意してあげられず……社交界デビューはいたしておりません」

慌《あわ》てて言うセラーズ男爵――改め伯爵に、陛下は困った顔をした。

「ふうむ。それは由々しき事態だな。伯爵令嬢になるのだから、早急に済ませねばならない。セラーズ伯爵、心しておくように」

「は、はいっ」

陛下の言葉に、伯爵は恐縮した面持《おもも》ちで膝《ひざ》をつき、頭を下げる。

アンナのデビュタント、きっとすごく可愛いだろう。

わたしはまだ年齢的に参加できないけれど、その様子を思い浮かべると自然と笑みがこぼれた。

「夜会デビューか……」

「次の大きな夜会だと……第一王子の……」

アンナのデビュタントに思いを馳《は》せていると、周囲のざわめきが耳に入ってくる。

社交界デビューするには、十五歳の年に開催されるデビュタントのための夜会に出席することが一般的だが、そのタイミングが合わなかった場合は、なんらかの夜会に出席し、陛下に挨拶《あいさつ》をする必要がある。

国王陛下が出席する大きな夜会。

社交シーズンになればそれなりの規模のものが年に数回開催されるが、今年は少し違う。

――第一王子であるアルベール殿下の、十五歳の生誕祭があるのだ。

毎年開催されている生誕祭だけど、アルの成人の儀も兼ねている今年は、昼間にはパレード、夜には夜会を行《おこな》う二本立ての大イベントだ。

（そっか、今年の秋はこの催《もよお》しがあったんだった。だったら、テオもだ）

アルと同じ歳のテオも、今年の冬には成人だ。

となると、公爵家主催の夜会も大々的に開かれることだろう。

そんなことを考えながら、陛下の話に耳を傾ける。

「まあ、まずは……そうだね。来週城で開くお茶会にでも参加してみたらどうかな？　せっかく令嬢たちが集まるんだ。アンナ嬢もこれからのことがあるしね」

陛下の言葉に周囲のざわめきが大きくなる。

そのお茶会は王妃様主催で、国中の同じ年頃の令嬢だけが集められるものだ。

そこに国王直々《じきじき》に招待されるということは、他の貴族たちから彼女が一目置かれるには十分すぎた。

「あ、ありがたいお言葉でございますが、何分急なことで、準備ができておらず……」

「セラーズ伯爵、もちろん急なことなのは理解しているよ。そのあたりはこちらでなんとかしよう。……宰相」

「……はい、私のほうで手配しましょう。このあと、セラーズ伯爵とアンナ嬢にはお時間をいただきます」

恐縮しきりのセラーズ伯爵に対し、陛下とお父様はテキパキと話を進める。

ふたりが結託すると、こんな風になるのか。

いくつかセラーズ家についての今後の話があったが、周囲の貴族たちから異論が噴出することはなく、いたって平和に謁見《えっけん》は終了した。

他の貴族たちが退出し、お父様も例のお茶会に向けた準備のためにセラーズ親子と足早に去っていってしまった。

お父様の指示を受けた近衛騎士に、隣国の王女様がいる場所へ案内してもらおうと廊下を歩き始めたところで、わたしは呼び止められる。

「ヴァイオレットちゃん」

振り返ると、先ほどまで玉座にいたはずの陛下がそこにいた。わたしは慌《あわ》てて姿勢を正す。

「はい、なんでしょう。陛下」

「ごめんね、ジークハルト殿下を介抱してくれたのは本当は君なのに、そのことは言えないから、アンナ嬢だけの名誉を称《たた》えるような話になってしまって」

「え？　でも、ジーク……ジークハルト殿下が快方に向かったのは、アンナの薬のお陰です。それに、これまでわたしの知らないところで不穏《ふおん》な贈り物があったのを、全て見極めてくれていたのはわたしの侍女であった彼女ですので。誠実で、素晴らしい才能を持った彼女に相応《ふさわ》しい結果だと思います」

わたしに対して申し訳なさそうにしている陛下に、正直な気持ちを告げる。

学園生活が始まってから、わたしのもとには贈り物と称して様々な嫌がらせの品が贈られていたらしい。中には差出人をアルやテオと詐称《さしょう》するものもあったと聞いた。

それを全て処理してくれたのはアンナだ。

わたしの回答に陛下は目を丸くしたあと、いつものようににっこりと微笑んだ。

「君にも、内密に褒美《ほうび》をあげたいと思っているんだ。何か欲しいものはない？　領地でも宝石でも、好きなもの」

「欲しいもの、ですか……」

陛下の言葉に、暫《しばら》く頭を悩ませる。

領地をもらってもわたしじゃ統治できないから領民たちに責任は持てないし、宝石は家にあるものだけで十分だ。……ああでも、お願いしたいことがある。

「……物じゃなくても、良いでしょうか？」

「うん、なんでもいいよ！」

「では……大変、不躾《ぶしつけ》なお願いがあります。今の状況を思えば、不敬だと思われるかもしれませんが」

「そう前置きされると、怖いな」

覚悟を決めて、陛下のネオンブルーの瞳を見つめる。

このお願いが受け入れられるかはわからない。

わたしの勝手な願いであり、王家の意思とは違うものだろうから。

「わたしは……クリスティン・マクドウェル嬢の、減刑を希望します」

この気持ちは偽善《ぎぜん》だと言われるかもしれない。

だけどわたしは、どうしても彼女の無事を願ってやまないのだ。

陛下との会話を終えたわたしは、近衛騎士の案内によって城内の一室に到着した。

以前勉強のために来ていた部屋とは、入り口の扉の装飾からして異なる。

重厚で、それでいて細やかな彫刻《ちょうこく》や装飾が施《ほどこ》されたその扉から、そこが非常に上質な貴賓室《きひんしつ》であることが伝わってくる。

ジークの妹である隣国の王女様は、いったいどんな人なのだろう。

わたしはドキドキしながら待つ。

近衛騎士が中に控えていた侍女に何やら告げ、ようやくその扉が大きく開かれた。

中にいたのは、桃色のふわふわとした髪と色素の薄い茶色の瞳を持つ、花の妖精と思えるほどに可憐《かれん》な少女だった。間違いなくこの人が王女様だろう。

ジークとはあまり似ていない。ふたりとももちろん美形ではあるけれど、雰囲気は真逆だ。強《し》いて共通項を挙げるとすれば、瞳の色が茶色っぽいところだろうか。

「初めまして。私、リリーといいます」

先に声を上げたのは王女様だった。

「初めてお目にかかります。わたしはロートネル侯爵家の長女、ヴァイオレットでございます。このたびは王女殿下とのお茶会にご招待いただき、大変光栄で――」

「堅苦しい話はいいわ。早く席に着いて」

「は、はい」

最初の挨拶《あいさつ》を遮《さえぎ》られ、多少出鼻を挫《くじ》かれた気持ちになる。

傍にいた彼女の侍女が、「姫様！」と小声ながらも咎《とが》めているところを見ると、このやり方が隣国の礼儀作法、ということではないらしい。

「――さ、私はこのロートネル嬢とふたりで話がしたいから、侍女も騎士もみんな外に出てもらえるかしら？」

さらに衝撃的なことを言う王女様に、さすがに侍女は大きな声を出した。

「姫様、それはなりません！」

「どうして？」

「そ、それは……」

退出を命じられた侍女は、言葉を濁《にご》しながらもわたしのほうをちらりと見る。

初めて会ったわたしとふたりきりにすることが心配だということだろう。先日も第二王子が害されたのだから、その懸念《けねん》はもっともだ。

「いいから出ていきなさい。これは命令よ」

「……っ」

見た目とは裏腹に、王女様はぴしりと言い切ると、冷たい視線を侍女に向けた。有無を言わせない彼女の様子に、侍女は渋々といった様子で部屋を出ていく。

筆頭と思われるその侍女が席を外すと、入り口付近に控えていた他の侍女もぞろぞろと退室した。

「ロートネル侯爵令嬢……」

わたしの傍では近衛騎士が困ったような顔をしている。

「王女様のご意向だから、貴方《あなた》も外に出てもらえる？　大丈夫よ、きっと。何かあったらすぐに声をかけるわ」

わたしがそう囁《ささや》くと、申し訳なさそうに頭を下げて騎士も部屋を出た。

大丈夫だという根拠はないけれど、一応そういう教育も受けているし、大事《おおごと》にはならないだろう。

給仕の使用人さえもいないこの部屋で、わたしは初めて会った隣国の王女様と、本当にふたりきりになった。

部屋の中央で、わたしと王女様は向かい合って見つめ合う。

彼女が侍女たちや護衛までも下がらせた意図がわからないため、不用意に近づけない。

（王女様もだけど、あの侍女たちの様子は変だったなあ。普通は人払いするにしても、信頼の置ける人は残すはずなのに）

不満を露《あら》わにしていたあの侍女にも違和感があった。王女様とのやり取りも、信頼している主従といった雰囲気ではなかった。

わたしだったら、見知らぬ来客の前でアンナを退出させるなんてことはしない。

(もしかして、このお方もあの淑女教育を受けていて、アンナのように見た目と強さが比例しないタイプの人なのかも。強いからひとりでも大丈夫、ってことね)

わたしはアンナという身近な存在から学んでいる。その仮説に満足して頷いていると、目の前の王女様は不思議そうに首を傾げていた。

「ロートネル侯爵令嬢、聞いているのかしら？　さて、誰もいなくなったことだし、単刀直入《たんとうちょくにゅう》に言うわね。実は私、テオフィル・リシャール様をお慕《した》いしているの」

「まあ、そうなのですね……ん？」

なんの脈絡《みゃくらく》もなく、王女様は唐突にそう言い放った。

(王女様はテオのことが好き？　ラブのほう？)

突然のことで言葉が出てこないが、腰に手を当ててわたしをじっと見つめる彼女の眼差《まなざ》しは真剣だ。どうやらさっきの言葉は空耳ではないらしい。

こんな可愛らしいお姫様に好かれているなんて、テオは幸せ者だ。

瞳の色は空色じゃないけれど、この方がヒロインの母である可能性もあるのだろうか。

相手が隣国の姫だという発想はなかった。

そうなってくると、ジークが言っていた後編が是非とも気になってくる。

わたしが思考に耽《ふけ》っていると、王女様はきょとんとしていた。

「あれ？　何も言わないの？」

「どうしてですか？　王女殿下の気持ちは、王女殿下のものでしょう」

確かに驚きはしたけれど、だからといってわたしが口を出すところではないと思う。

その気持ちを伝えただけだったが、彼女は黙り込む。そしてわたしを上から下まで舐《な》めるように眺めたあと、ふうとひとつ大きなため息をついた。

「……兄様が手紙に書いていたとおりね。姿かたちは確かに『ヴァイオレット・ロートネル』だけど、私が知っている人とは全然別人だわ」

そう言いながら、彼女は茶葉やティーセットが置いてある給仕用のワゴンの前へ移動する。

彼女は慣れた手つきで手際よくお茶の準備をすると、わたしに席に着くように促《うなが》した。

「ヴァイオレット様。我が国自慢の緑茶でも飲んで、じっくりお話ししましょう。さあどうぞ」

テーブルの上に置かれたシンプルな白い茶器——ティーポットというよりは急須《きゅうす》に近い形状をしたそれからは、懐かしい爽《さわ》やかな香りが漂《ただよ》う。

そのエメラルドグリーンの美しい飲み物をひと口飲むと、ほんのりとした苦みと茶葉の甘味が感じられた。

（緑茶だ。すごい、本物だ！）

感動で目を瞬《またた》かせているわたしを見て、王女様はすっと目を細める。

「――やっぱり。ねえ、貴女《あなた》も……日本の記憶があるんでしょ？」

彼女のその言葉に、わたしは思わずカップをひっくり返しそうになった。

「――ふーん、じゃあ貴女《あなた》がここが乙女ゲームの世界だと気づいたのは、十歳の時なのね」

「はい。うちの侍女の結婚式の時に花冠《はなかんむり》の慣習を聞いてから、色々と芋《いも》づる式に繋《つな》がって……」

「そっかあ～。うちの国はそんな慣習ないからなぁ。こっちの国に生まれたかったな！ああでもせっかく王女なんだし、それはそれでもったいないか」

先ほどまでの張り詰めた空気とは全く違い、ふたりだけのお茶会は大いに盛り上がっている。

わたしが前世の記憶があることを認めると、彼女の顔はぱあっと明るくなった。

素直に頷くべきじゃなかったかと一瞬後悔したけれど、嬉しそうに笑っている彼女を見てほっと胸を撫で下ろして、今に至る。

「まさか、ヴァイオレット様が転生者とはねえ。私、隣国でそれらしい人に会ったことがなくて……貴女《あなた》が初めてなの。だからすごく嬉しいわ」

「王女殿下……」

「あ、それやめて。リリーよ、リリー。はい、言ってみて」

「リリー王女、ですか？」

そう言い直しても、彼女は不満げに首を横に振る。

「では……リリー様、と」

「リリーちゃんでもリリたんでも良いのに。あと敬語もやめてちょうだい。ああどうしよう。もしかしてそうかも、と思ったからこうして人払いしてみたけど、合ってて良かった！　前世の記憶があるだなんて、そんな秘密、なかなか人前で言えないもの」

リリーちゃんともリリたんとも、とてもじゃないけど呼べません、と心の中で答えておく。

どうやらリリー様が侍女たちを徹底的に部屋から追い出したのは、この話をするためだったらしい。

確かに誰にでも言えることではない。というか、わたしは今、リリー様に話したのが初めてだ。

わたしはふと気になったことを、彼女に尋ねる。

「あれ……でも、ジークハルト様は、前世の記憶があるわけではないのですか？　この前、後編がどうとか言っていたんですが」

「ああ、そうね。では、続きは兄様も交《まじ》えてお話ししましょう。ちょうど来たようだし」

リリー様は悪戯《いたずら》っぽく微笑むと、扉に視線を向けた。わたしもそれに倣《なら》う。

確かに、廊下がなんだかざわついているようだ。

そしてそのざわめきは一度ぴたりとやみ、代わりに扉をこんこんと控えめにノックする音がした。

「リリー王女殿下並びにロートネル侯爵令嬢。ジークハルト王子殿下がいらっしゃっております」

護衛騎士のものだろうか、扉の外から男性の声で来訪者の名が告げられる。

あまりにもタイミングが良すぎる彼の登場に驚いてリリー様を見ると、可愛らしいウインクが返ってきた。元々計画していたことなのだろう。

そういえば、以前ジークも一度妹と三人で話そうと言っていた。それがまさか、今日とは思わなかったけれど。

「どうぞ、兄様。お入りになってくださいな」

扉へ走り寄る彼女の様子を眺めながら、わたしも席を立って姿勢を正す。

「リリー、邪魔する。……よ、姫さん」

部屋に入ってきたジークは、リリー様に声をかけたあとにわたしを見て、右手を軽く挙げた。わたしはぺこりと頭を下げる。

赤髪の王子は、相変わらずわたしのことを『姫さん』と呼ぶつもりらしい。本物のお姫様であるリリー様がそこにいて、ジークのほうが王子だったという現状を考えると、どうもちぐはぐな感じがする。

「兄様、先ほどお話ししたんですが、やはりヴァイオレット様も私と同じでした」

「やっぱりな。道理でお前の忠告が的外れなはずだ」

「な……！　そう言うけど、ストーリーどおりだとヴァイオレット様は本当にやばい女なんだからね⁉　そのままだったら、兄様なんて今頃薬の後遺症で病院送りだし、男としてサイテーなことをやってるんだからっ！」

的外れと言われたことが気に障《さわ》ったのか、美しい顔を歪《ゆが》めて、リリー様はぷりぷりと怒り出した。

穏やかではない内容が耳に入ってきたが、そのストーリーの中でのジークはヴァイオレットに何かやばいことをやられて、とんでもないことになっているらしい。

「しかも兄様ったら、ここでも結局変な薬飲まされちゃって危ないところだったらしいじゃない！」

「仕方ないだろ。ヴァイオレットに対する警戒を解いたあとに、まさか同じようなことが起こるなんて思わなかったんだよ。いつも見る司書の女だったから油断した。まあでも、お前から話を聞いていたから、毒の耐性はつけていたつもりだったが……」

「司書は確かに予想外だったわね」

ジークの言葉に、リリー様は先ほどまでの勢いを少し落として同意を示す。

「……ジークハルト殿下」

ふたりの掛け合いが一段落ついたところで、わたしが呼びかけると彼は眉をひそめた。

「姫さん。オレのことはジークと呼ぶことになっていただろ？　約束は守ってもらわないと困るな」

「でもそれは、あくまでただのジークの場合であって、王子様となると話は別のような……」

「オレは肩書きにはこだわらないから気にするな」

肩を竦《すく》めつつテーブルに来たジークは、自ら椅子を引いて座る。

そのあとを追ってきたリリー様も、先ほどまで腰掛けていた椅子に、大人しくすとんと座った。

「肩書きに……というか、王太子の座が欲しいのは上の兄様だけなのにね。それなのに、私たちのことを目の敵《かたき》にして……。兄様聞いてください！　一緒に来た侍女や騎士たち、みんな上の兄様の息がかかった者たちに替えられていたんですよ！　全くもう、油断も隙もない」

「ふ、アイツならやりかねないな。……まあ、うちの国の内情はこの辺にして。さぁ姫さん、オレたちに聞きたいことがあるんだろう？」

わあわあとまくし立てるリリー様をさらりと躱《かわ》して、ジークはわたしに視線を向ける。

隣国の世継ぎ問題が垣間見《かいまみ》えた気もしたが、そこはわたしが立ち入るところではない。

わたしはゆっくりと頷くと、ふたりを真っ直《ますす》ぐに見据《みす》えた。

「あの、教えていただきたいことがあります。『後編』とはいったいなんのことで、ふたりは何を知っているのでしょう？」

聞いてからきっと数秒しか経っていないのに、やけに長く感じる。

リリー様とジークは顔を見合わせると、何かを示し合わせるように軽く頷いた。

「まずは……さっきの答え合わせからね。兄様は転生者ではないわ。昔から私の突拍子《とっぴょうし》もない話に付き合ってくれる唯一の理解者なの。そして、さっき乙女ゲームについて話したから大体察しがついていると思うけれど……実はゲームのあとに、時間を置いてノベライズ版が前後編で二冊出ているわ」

思わずごくりと唾《つば》を呑み込む。

そうではないかと思ってはいたが、やはりその事実を聞くと、なんとも言えない気持ちになる。

「兄様から簡単に話は聞いたけれど、おそらく今回の事件を引き起こしたデイジーも転生者ね。だけど後編を読んでいない。何故なら、後編はヒロインの母となる女の子の目線で話が進むから。名前も立場も、当然読めばわかるわ。ねえ、ヴァイオレット様。貴女《あなた》は……乙女ゲームの内容しか知らない、という理解でいいかしら？」

リリー様の問いかけにこくりと頷く。

ジークは彼女の隣で黙って腕組みをし、何やら思案していた。

「じゃあ、誰がヒロインの母親なのかは知らないのね？」

その問いかけにも、また頷く。

緊張して、思わず手に力が入った。着ているドレスを強く握りしめてしまう。

「貴女《あなた》もよく知っている子よ。学園でもずっと一緒に過ごしてる。まあ、小説の世界とこの世界とでは、貴女《あなた》たちの関係性は随分違うようだけれど」

張り詰めた空気の中で、「知りたい？」とリリー様が問う。

それは、わたしが十歳の時からずっと知りたかったことだ。

「――はい。教えてください」

躊躇《ちゅうちょ》せずに、彼女の瞳を真《ま》っ直《す》ぐに見据《みす》える。

わたしの近くにいて、空色の瞳を持つ少女。もう答えは出ているようなものだ。

自分の鼓動がやけに大きく聞こえる。それとともに襲ってくる焦燥感《しょうそうかん》が、不思議でならない。

「アンナ・セラーズ」

静かな部屋に、リリー様の愛らしい声がよく通った。

「ヴァイオレットの侍女で、没落した男爵家の末娘の彼女が、ノベライズ版『花冠《はなかんむり》』の悲劇のヒロインであり、乙女ゲームのヒロイン、アナベルの母親よ」

「……そう……ですか。アンナが……」

かろうじてそう口にできたが、頭の中ではぐるぐると思考が巡り続ける。

没落した男爵家ということは、小説の中でセラーズ家は大変な目に遭《あ》うのだろう。そしておそらく、それを引き起こしたのはヴァイオレットだ。愛し合うふたりを引き裂く悪女、それが『わたし』。

（なるほど。自分の侍女が、大好きな婚約者の本命の女の子だったんだ）

その小説の中では没落するらしいセラーズ家だが、現在は先の陞爵《しょうしゃく》で伯爵家の仲間入りを果たした。ロートネル侯爵家と王家の後ろ盾があれば、領地の憂《うれ》いもすぐに晴れるだろう。

アンナはもう侍女として働く必要はなく、今後は貴族令嬢として社交界デビューする予定もある。

それに、あの子は見た目は可憐《かれん》だけれど、毒物や薬のスペシャリストだし、諜報《ちょうほう》活動もしているし、護衛としてのスキルも高い。それでもまだまだ上を目指す女の子なのだ。

ゲームの登場人物紹介では、ヒロインの母親はヴァイオレットに虐《しいた》げられた儚《はかな》げな女性という印象だった。でも、今のアンナとは全く結びつかない。もはや別人だ。

（――そうだ。もう、全てが違いすぎる）

正直とても混乱しているけれど、思ったよりもすんなりとその事実を受け入れている自分がいる。

「――じゃあ、やっぱりこの世界は、そのお話の世界とは違うのですね」

暫《しばら》く黙ったあと、思ったままに口にすると、リリー様とジークは驚いた顔をした。

この前、テオと侯爵家の庭園で昔のように気安く話した時にも感じたことだ。だからそう言ったのだけど、ふたりのその表情を見て、不安になってしまう。

ジークは重々しく口を開く。

「……受け入れるんだな」

「え？　ええ。わたしもこの世界がゲームの世界だと気づいた時から色々と囚《とら》われていた部分もあったのですが、先日思い直しました。どんな世界でも、わたしはあの『ヴァイオレット』ではないし、それはジークもリリー様も同じでしょう？」

そう答えると、ずっと険《けわ》しい表情を浮かべていた彼が、ふっと頬を緩めた。

「……オレは、幼い頃からリリーに様々なことを聞かされていた。知らない世界の文化、食べ物、風習……そして、物語の世界のことについて。最初は半信半疑《はんしんはんぎ》だったが、次第にリリーが話したとおりに物事が進み始めると、恐怖すら感じた」

「兄様……」

リリー様がジークの手の上に、そっと自らの手を置く。

まさか自分の話が兄に恐怖を与えていたとは思わなかったのだろう。

「リリーに今年からが本番だと聞いて警戒していたが、物語と似て非なる出来事が続くことに、内心困惑していた」

それで、と続けたジークは、その錆色《さびいろ》の瞳を優しく細める。

「いつもその中心には、姫さんがいた。貴女《あなた》の行動は、きっと意図せぬところでこの世界を変えたんだろう。アルとテオ、それからアンナと今の関係を築いたのは、他でもない貴女《あなた》なんだからな。特にアンナは、姫さんにべったりじゃないか。……ああ本当に、オレは何を見ていたんだか」

「ごめんなさい、兄様。私が色々と刷《す》り込《こ》みすぎたせいよ。私も同罪だわ」

しきりに反省し合った兄妹は、この世界と物語の世界の相違について詳しく教えてくれた。

ふたりから聞いたあちらの世界の『ヴァイオレット』はとんでもない人で、テオやアンナはもちろんのこと、ラザレス先生やクリスティン嬢、ジーク、果てはデイジーと思われる令嬢までも巻き込んで、まとめて不幸にしてしまっていた。

そうして因縁《いんねん》の物語は、子どもたちの代まで続いていくのだ。

恋を拗《こじ》らせたにしてはあまりにもやりすぎな『ヴァイオレット』の話に、白目をむきそうだ。

ジークも、今と同じように身分を隠した平民の生徒として小説に登場するらしいが、前編では正体が明かされないままクリスティン嬢もろとも『ヴァイオレット』の策略で退場し、アンナ目線の後編で、実は彼が隣国の王子だったということがひっそりと語られるという。

「今さらだけど、貴女《あなた》が『ヴァイオレット』じゃなくて良かったわ。きっと私が全てを知っていても、兄様のことくらいしか救えなかったと思うから」

ぽつりとリリー様がこぼした言葉に、わたしは思わずしゃんと背筋を伸ばした。

それからひととおり種明かしを終えたあと、わたしたちは緑茶を飲んでのんびりと世間話をしていた。

なんと、この緑茶やうどんといった隣国で育《はぐく》まれた日本のような食は、全てリリー様が発案し、ジークとともに世に広めたのだという。他にも味噌《みそ》や醤油《しょうゆ》なども作り上げたというから驚きだ。

ふむふむと話を聞いていると、隣国の正妃の子である第一王子が、側妃の子である優秀なジークとリリー様兄妹を妬《ねた》み、王位継承権を巡って大変だという情報まで入手する羽目になってしまった。

ジークが身分を隠してこの国に留学したのも、無駄な権力争いから逃《のが》れるためだったとのこと。

（……いや、なんでそんな話をわたしは聞いているんだろう？　国家機密とかじゃない？）

この国は王位継承権の争いがなくて、本当に良かった。

「……今さらなんですけど、リリー様はその小説には登場するんですか？」

そういえば聞いていなかったと思ってリリー様に尋ねると、彼女は頬を桃色に染めて、興奮した様子でテーブルをばんばん叩く。

「ええ、出てるわ！　といっても、私は小説の中ではちょい役ね。だけど、密《ひそ》かに想いを寄せていたアルベール殿下と急転直下で婚約が整って、この国の王妃になるの。登場するページ数は少ないけど、名前も出てるし人物像の描写もあったし、なんと挿絵もあったからわかったの～！」

この国の王妃ということは、ゲームの悪役令嬢追放スチルで国王陛下の隣に座っていた、桃色の髪の王妃様がリリー様ということか。

（あれ……でも）

わたしは首を傾げながら問う。

「リリー様は、テオが好きなんですよね。ここもお話と違いますね」

「……は？」

　わたしの言葉に、何故か怪訝《けげん》そうな反応をしたのはジークだ。

「誰が、誰を好きだって？」

「え……リリー様が、テオを好きだと……そうおっしゃっていたのですが？」

　区切りながら言い終えると、ジークは大きなため息をついて、リリー様を横目で見た。

　彼女はわかりやすく顔を逸《そ》らしている。

「おい、リリー。なんでそんなことになってるんだ」

「えーと、うふふ。ヴァイオレット様が本当にあのゲスい女じゃないかどうか確かめたくて。彼女だったら逆鱗《げきりん》に触《ふ》れるだろうことを言ってみたの」

「はあ。お前はなんでそう直球なんだ。この国に来ることを決めたのだって、突然だろうが」

「だって、それは兄様が！　アルベール様のお妃様はヴァイオレット様で決定的、みたいな手紙をよこすから、居ても立ってもいられなかったんだもの！」

「リリー……お前な」

「小さい頃からお慕《した》いしているアル様に会いに来たのに、まさかこのタイミングで兄様が毒を盛られるイベントに遭遇《そうぐう》するとは思わなかったわ。お陰で警備が厳重でアル様にはなかなか会えないし、私の侍女たちもすり替えられてるから見張られてて抜け出せないし、もう、どうしてなのよー！」

「侍女の件はオレには関係ないだろ。全く、お前は……」

目の前で繰り広げられる兄妹喧嘩《げんか》を薄目で眺めつつ、わたしはもう一度ゆっくりと緑茶を口に含む。

どうやらリリー様は、アルに会いに来たらしい。そして、『テオが好き』という彼女の発言は、わたしの反応を見るためだったようだ。

（つまり、リリー様は、本当はテオじゃなくてアルが好きなんだ）

あの様子だと、シナリオがそうだからというわけではなく、彼女は彼女としてアルを慕《した》っているように思える。その事実を知り、わたしの胸中にはじんわりとあたたかい気持ちが広がった。

「──姫さん、大体の事情は察したか？」

まだ横できゃいきゃい言っているリリー様のことを呆《あき》れた顔で一瞥《いちべつ》したあと、ジークはわたしに向き直る。

「ええと、多分、はい」

普通に答えたつもりだったが、ジークはわたしを見て一瞬驚き、意地悪そうな顔をした。

「……ふ。完全にアイツの片想いかと思ったが、そうでもないのか」

「え……？」

「気づいていないならいい。姫さんはそのままで。そっちのほうが面白くなりそうだからな」

言われたことがよくわからずに、自分の顔にぺたりと触《ふ》れてみる。だけどやっぱり、よくわからない。

ジークは訳知り顔でにやにやしているし、リリー様は未だに不満を述べている。

緊張の中始まった隣国の王女様とのお茶会は、当初の予想に反してかなり内容の濃いものとなって幕を閉じた。

◆【もしもの世界】とある令嬢　デイジー◆

「貴女《あなた》が、デイジー・レイノルズ？」

名前を呼ばれた少女が読んでいた本から顔を上げると、菫色《すみれいろ》の髪の女が自分を見下ろしていた。

その姿を見ただけで、心臓がどくりと跳ねる。

普段、貴族社会の周囲の情報に疎《うと》いデイジーでも、この人のことはさすがに知っている。とても有名なご令嬢だ。

ロートネル侯爵家のひとり娘であり、現宰相である父親の庇護《ひご》と愛情を一身に受ける方。

――そして、とても苛烈《かれつ》な性格で、気に入らないことがあると激高《げっこう》し、なんでも望みを叶える人……

クラスが違うことも幸いし、できるだけ関わらないように、目立たないようにしていたはずだ。

デイジーはいつも休み時間には、学園の庭園にあるベンチで本を読んで過ごしている。今日もそうだ。彼女に目をつけられるような、変わったことは何もしていない。

「ちょっと貴女《あなた》！　ヴァイオレット様が話しかけているのに、無視するなんていい度胸ね」

「も、申し訳ありません。わ、わたしがデイジー・レイノルズでございます」

ヴァイオレットの後ろに控えている複数の令嬢のひとりに叱責《しっせき》され、デイジーは慌《あわ》てて立ち上がって深く礼をした。

頭を下げているから、デイジーは自分の足元しか見えない。

ただ、その足がぶるぶる震えているのを視覚でも感じてしまって、余計に不安が煽《あお》られる。

「いいから、顔を上げなさい」

「はい……っ」

泣きそうな気持ちをこらえながら、顔を上げる。

俯《うつむ》きそうになるが、そうしたらきっと彼女の機嫌を損《そこ》ねてしまうだろう。

無意識にそう察したデイジーは、真《ま》っ直《す》ぐにヴァイオレットを見つめた。

「ふぅ〜ん。確かに瞳の色は空色ねぇ」

品定めをするように、ヴァイオレットはデイジーを見る。その視線が恐ろしくて、先ほどからデイジーの心臓は痛いくらいに鼓動を速めていた。

「そうでしょう、ヴァイオレット様。この学園にいる令嬢で、空色の瞳を持つのはこのデイジー・レイノルズ嬢だけでございますわ！」

また別の令嬢が出てきて、得意げにヴァイオレットにそう告げる。

当のヴァイオレットは暫《しばら》く黙って首を傾げたあと、口の端をつり上げてニンマリと微笑んだ。

「人のものに手を出しちゃいけないって、親から教わらなかったかしら？　ああでも、身分が低いと、そうも言っていられないのかしらねぇ」

「なんのことですか？　人のものって……きゃあっ!!」

ヴァイオレットの言うことがわからずにいると、デイジーは不意に痛みを感じた。

いつの間にか後ろに回っていた令嬢が、ひとつの三つ編みにまとめていたデイジーの髪を乱暴に引っ張ったのだ。

「ヴァイオレット様っ！　水色のリボンですっ」

「あらあら、やっぱりそうなの？　テオ様ったら、こんな地味な女にリボンを贈るなんて」

「そ、そのリボンは、お父様から誕生日にいただいたものです」

髪を引っ張られ、不自然な体勢になりながらも、デイジーは必死で反論する。

彼女の婚約者であるリシャール公爵子息が誰かにリボンを贈っていたとしても、それはデイジーではないのだ。

親からもらった大切な宝物、それが今デイジーがつけているリボンだった。

ジャキン、という鋭《するど》い音とともに、髪を引っ張られる痛みが消える。それと同時に、不自然な長さの髪が首筋を撫でた。ぞわりと鳥肌が立つ。

「ふっ、いい気味ね。テオ様が町で買ったリボンなんて、貴女《あなた》には似合わないもの。そんなに短い髪形だったら、暫《しばら》くはリボンなんて必要ないでしょう」

くすくすと笑いながら、ヴァイオレットと取り巻きの令嬢たちが去っていく。

その場に取り残されたデイジーは、地面に落ちている自身のものだった髪と、刻まれて使いものにならなくなった水色のリボンを、呆然と見つめていた。

——その後、デイジー・レイノルズ子爵令嬢は、体調を崩したとの理由で学園を退学し、子爵領に戻った。

◆◆

「……っ」

夢見の悪さと震えるほどの寒さで、デイジーは目を覚ました。

その目に映るのは、お気に入りだった花柄《はながら》の壁紙が施《ほどこ》された自宅の天井《てんじょう》でも、学園の寮の天井《てんじょう》でもない。

ただの簡素な板張りの天井《てんじょう》だった。

隣国の王族の暗殺未遂。いくらデイジーが貴族だからといって、その罪が軽減されることはなかった。子爵である父は投獄された上に、レイノルズ子爵家は取り潰し。母は心労で倒れ、実家に戻っていった。

そしてデイジーは、この隙間風が絶えない質素な造りの建物に押し込まれている。

ここは、北の地の修道院。修道院とは名ばかりで、何か問題を起こした未成年の少女が送られて、労役《ろうえき》を科せられる場所だ。

「嘘よ……こんなの、私はアナベルの母になるのに、こんな扱いを受けるなんて」

そう高くない身分、可憐《かれん》なかんばせ、そして何より、透《す》き通《とお》るような水色の瞳。

小説に出てくる少女――乙女ゲームでのヒロインの母の特徴に当てはまるところばかりで、絶対にそうだと信じていた。

前世で読んだ小説の世界に転生したとわかった時には、飛び上がるほど嬉しかった。

ヒロインの母の名前がデイジーなのかはわからないが、悪役のヴァイオレットや恋人となるテオフィル、そして麗《うるわ》しい王子様のアルベールと、挿絵で見たとおりの存在が目の前にいる。そして自分には、その記憶がある。

それだけで、自分が世界の主役だと信じるには十分だった。

――デイジーが前世で日本人の大学生だった時、乙女ゲームの特典映像だったヴァイオレットのムービーが話題を呼び、その彼女を巡る物語がノベライズされた。

『後編を読んでいないいな』

そう言っていたジークの声が、デイジーの脳裏《のうり》に蘇《よみがえ》る。

（後編って、なんなのよ……！）

確かにデイジーが読んだ小説はヴァイオレット目線で物語が進み、ヒロインの母の素《す》性《じょう》や名前は全く出てこなかった。

テオフィルはやむなくヴァイオレットと婚約するが、その間に別の少女と親交を深めていく。

テオフィルの様子がおかしいことに勘づいたヴァイオレットは、テオフィルに近づく令嬢を徹底して排除していく。クリスティンだって、その中のひとりだ。

それに、ヴァイオレットは、テオフィルが購入した贈り物用のリボンと同じ色の瞳を持つという理由だけで、無関係のとある令嬢にもひどい仕打ちをしたと小説に書いてあった。

（え……同じ瞳の色……？）

そこまで考えて、デイジーは息を呑んだ。

ヒロインの母と同じ瞳の色を持つ、とある令嬢。

小説にはほとんど登場しなかった、名もなき少女。そんな人がひとり、いた。

「そんな……まさか……私は、主役で、モブのはずが……」

そう言いながら、頭の中に夢の自分が思い出される。

簡素な部屋にある、とても小さな窓。

そこには、修道院には不要だからと肩の位置で切られたダークブラウンの髪の少女が、空色の瞳を揺らしてただじっとこちらを見ていた。

十一　菫《すみれ》

「ヴァイオレット様、起きてください」

カーテンを開ける音とともに、聞き慣れた声がわたしを起こそうとする。

「ん～～」

「珍しいですね、お嬢様が寝坊するなんて」

「今日は夢を見なくって……すっきり眠れて……」

夢の中で見るテオやアルは、同じ容貌《ようぼう》なのにいつも冷たい顔で『ヴァイオレット』を見ていた。

アンナだって毎回泣きそうな顔をしていて、話した内容は忘れてしまうのに、その夢を見るととても嫌な気持ちになる。

そんな悪夢が学園に入学してから続いていたが、今朝《けさ》はそれを見なかった。

まだ起きたくなくて、ふかふかの枕を抱き寄せて顔を埋《うず》めると、心地よい花の香りがわたしを満たしていく。

「ふふ、それは良かったですね。テオフィル様からもらった新作のポプリを置いたからですかね」

「へえそうなの……って、あれ……？」

話しながら違和感に気づいて、がばりと顔を上げる。

わたしの目の前には空色の瞳の侍女——アンナがいて、にっこりと微笑んでいた。

「アンナ……どうしてここに？　それにその格好はどうしたの？」

先日正式に伯爵令嬢となったアンナは、もう侍女として働く必要がなくなった。セラーズ家が伯爵家としての体裁《ていさい》を整えるまでは、うちの敷地内にある別邸に住むことになっていたはずだ。とても残念だけど、今後学園に随行する侍女も別の者が任命されている。

セラーズ伯爵は、お父様が派遣した役人たちとともに一度領地に戻っていった。近いうちに、アンナの家族もこちらに来て、みんなで顔合わせをすることになっている。

（それなのに、どうしてアンナはここで働いているの？）

侯爵家のお仕着せを着ていきいきと侍女業に励《はげ》むアンナを見て、眠気が一気にふっ飛んでしまった。

「私が、旦那様にお願いしたんです。ヴァイオレット様のために、まだ侍女として働きたいと。身分は確かに伯爵令嬢ですが、私は自分のことよりお嬢様が大切です。屋敷の

中では働いて良いと、お許しをいただきました」

「え、えーと、気持ちはとっても嬉しいわ。でもアンナ、貴女《あなた》も今日のお茶会には招待されてるよね？」

「でも……私は」

わたしはベッドから下りてアンナの傍へ行き、彼女の両の手を掴む。

「社交は大事よ？　これから貴女《あなた》たち家族が幸せに暮らすためにも、貴女《あなた》のためにも」

諭《さと》すように、真《ま》っ直《す》ぐに告げると、彼女の空色の瞳がゆらりと揺れた。

「そう……ですよね。私が不甲斐《ふがい》ないと、ヴァイオレット様や、ひいてはロートネル侯爵家が悪く言われかねません。それは本意ではありません。では、私も早速《さっそく》武装してきます。お茶会中の護衛はお任せくださいませ！」

「ちょっと、アンナ⁉」

言うが早いか、彼女は素早《すばや》く礼をすると、あっという間にこの部屋から去ってしまった。

武装やら護衛やら、気になる単語がわたしの頭の中に残る。

（いや、お茶会に行くのに、なんで戦闘モードなの。ドレスで盛装することは、武装とは言わないのよ？）

物語の儚《はかな》いヒロイン像がすでに粉々に砕《くだ》け散《ち》ってしまっていることに、今さらながら苦笑してしまう。

そのあと、アンナと入れ違いで、サラがメイドを数人引き連れてわたしの部屋にやってきた。

今日は王城の庭園で、王妃様主催のお茶会が執《と》り行《おこな》われる日だ。

わたしも準備をしなければ。それに今日は、どうしても使いたいものがある。

引き出しの奥から取り出した、それを握りしめる。

とても清々《すがすが》しい気持ちの朝だ。気合い十分なメイドたちに負けないくらい、わたしも気合いを入れて準備に取りかかった。


「ロートネル侯爵令嬢、セラーズ伯爵令嬢、ご案内いたします」

城に到着するなり、使用人に案内されてアンナとふたりで席へ向かう。

周囲を見回すとかなりの人数の令嬢が招待されていた。これまでに経験がないくらい大規模なお茶会だ。

前方には、華《はな》やかな装《よそお》いをしている王妃ソニア様の姿もしっかりと見える。

「……私、やはり場違いではないですか？　お仕着せじゃないと落ち着きません」

「そんなことないよ。そのドレスもとっても似合ってるわ」

「いえ、ヴァイオレット様が一番お綺麗です。それに、さすがサラさんたち……いい仕事してます」

わたしたちは案内人とともに移動しながら、小声で話す。

アンナが不安そうなので励《はげ》ましたつもりが、最終的に何故かわたしが褒《ほ》められてしまった。

アンナは意外と通常運転のようだ。無表情なのでわかりにくいが、先日の謁見《えっけん》の時と比べたら堂々としている。

「今日はご令嬢方ばかりなんですね」

アンナの言葉にわたしは頷く。

「ええ、そのようね。みんな同じような年頃だもの。あ、あとで、リリー様もいらっしゃると思うわ」

「……隣国の王女様ですね」

リリー様の名前を出すと、アンナは何故か表情を曇《くも》らせる。ふたりの間に何かあったのだろうか。

「まさか、あの無礼な生徒が隣国の王子だとは思いませんでした。いつか手を滑《すべ》らせてフォークを投げつけてやろうと、練習していたのですが」

「アンナ……」

わたしの心配は、彼女の言葉で杞憂《きゆう》に終わる。どうやらアンナはジークのことを思い出していたらしい。

（やっぱり狙ってたのね……いつも鋭《するど》い眼光でジークを睨《にら》んでたもん）

もはや、それは手を滑《すべ》らせたとは言わない。外交問題に発展する前に、彼の身分が明らかになって良かった。うん。ほんとに、良かった。

感慨《かんがい》に耽《ふけ》っていると、ちらちらと視線を感じる。庭園をぐるりと見ると、目が合った令嬢たちはあからさまに顔を逸《そ》らす。

大方、新たに伯爵令嬢となったアンナが気になるけど、わたしがいるから近づけないという感じだろう。

そんなことを考えながら歩を進めていると、案内人は迷いなくわたしたちを王妃のソニア様の前に連れていった。

わたしたちを見つけ、王妃様は明るい声を上げる。

「まあ、ヴァイオレット嬢、よく来てくれたわね」

「王妃様。こちらこそ、このような席にお招きいただき、大変光栄でございます」

「いいのよ。そして、貴女《あなた》が――？」

王妃様の視線を受けたアンナは、緊張の面持《おもも》ちで口を開く。

「お初にお目にかかります。先日父が伯爵位を賜《たまわ》りました。セラーズ家の三女、アンナでございます」

そして、ふたり揃ってカーテシーをする。

顔を上げると、王妃様は、アルと同じ煌《きら》びやかな金髪をふわりと揺らしながら、満面の笑みを浮かべていた。

「ふふふふ、おふたりとも、楽しんでいってね。うちのアルベールもあとで来るから。さあ、ヴァイオレット嬢はこちらに座ってちょうだい。アンナ嬢は……その隣にどうぞ」

そうして指さされたのは、王妃様の隣の席。飲み会で課長の隣の席になるくらい気まずいが、当然断れるものではない。

わたしはこれまで培《つちか》ってきた社交スキルを最大限に発動しようと覚悟を決めて、アンナとともに大人しく席に着いた。

徐々にわたしたち以外の令嬢も席に着き始め、十人掛けのテーブルがどんどん埋《う》まっていく。

先ほどちらりと見えたが、リリー様もすでに到着しており、わたしたちの隣のテーブルに着席していた。

「――皆様。今日はお集まりいただき、ありがとう」

頃合いを見計らって、席を立った王妃様が挨拶《あいさつ》を始める。

「みんな同じ年頃の令嬢たちばかりだから、今日は親交を深めてくださいね。あとでわたくしの息子のアルベールも、もちろん顔を出しますわ」

王妃様のその言葉を受けて、一瞬、令嬢たちの目がぎらりと妖《あや》しく光った気がするが、気のせいではないと思う。

それから、たくさんの使用人たちが代わる代わる紅茶やお菓子を給仕した。令嬢たちは歓談しながらも、出されたお菓子やお互いのドレスのチェックは怠《おこた》らない。

わたしも当たり障《さわ》りないように歓談に加わりながらも、脳裏《のうり》には幼い頃初めて参加したリシャール家でのお茶会の様子が浮かんでいた。

あの時、わたしに初めてできた同年代のお友達、テオとアル。そんなふたりを遠ざけたのは、巻き込みたくなかったからで――それと同じくらい、嫌われたくなかった。

少しだけしんみりした気持ちになりながら、王妃様のお話に相槌《あいづち》を打つ。

それから暫《しばら》くして、和《なご》やかな雰囲気だったお茶会の様子が一変した。

徐々に令嬢たちのざわめきが大きくなっていく。

「アルベール殿下だわ！」

「今日も麗《うるわ》しいわ。素敵……」

ほう、と令嬢たちが感嘆の声を漏らす。わたしも彼女たちの視線の先を見遣《みや》ると、アルが紺色《こんいろ》の騎士服を身にまとった護衛をふたり伴《ともな》って、颯爽《さっそう》と歩いているところだった。

出会った時は美少女と見紛《みまが》うようだったアルも、随分と立派になったな、なんて思う。謎の目線で感慨《かんがい》深くなってしまう。

王子様は顔に一点の曇《くも》りもない笑みを湛《たた》え、優雅にこちらに向かってくる。

そんなアルの様子を眺めていると、ふと違和感があった。

(……ん？)

視線の端に映った騎士のひとりを凝視《ぎょうし》する。

その人は見慣れた赤茶色の髪を揺らし、澄《す》ました顔でそこにいた。

「あの騎士……」

かなり小声ではあるが、隣からそう聞こえた。声のほうを見ると、アンナがフォークを握りしめている。

「……やっぱり、あれってジークよね？」

「間違いありません。フォークを投げてしまいそうですから」

真剣な顔で頷くアンナに、判断基準はそこなのねと心の中でつっこみを入れる。

一応彼は眼鏡をかけているが、それで誤魔化《ごまか》せるのだろうか。この場には彼のご学友の令嬢もいるはずなのに。

「アルベール様、こちらに来るわ……！」

「どっ、どうしましょう⁉　わたくし緊張でお茶を飲みすぎてしまいましたわ」

……うん。周りの令嬢たちは皆、アルの登場にテンションが上がっていて、その後ろに控える騎士には目もくれない。

ジークがどうしてこの場に来たのかはわからないが、彼は本物の護衛騎士であるユーリアンとともに庭園の端に移動して、それらしく待機している。

そしてアルは笑顔で各テーブルを回り、色めき立つご令嬢たちと歓談を始めたようだ。

わたしはそれをちらりと見たのち、再びお茶を楽しむことにした。

暫《しばら》くすると、お茶会の途中ではあるが、ユーリアンが近づいてきた。

「ロートネル侯爵令嬢及びセラーズ伯爵令嬢。宰相様がお呼びでございます」

「まあ、お父さまが？」

それなら行かなければと、わたしは状況を窺《うかが》う。

アルはまだこのテーブルに来ていない。王妃様は別の令嬢方と話している。

黙っていなくなるのはさすがに無礼だと、わたしは少し悩む。すると、ユーリアンがそれに気づいて提案してくれた。

「王妃陛下とアルベール殿下には、私から伝えておきます。ついてきていただけますか？」

「わかりました。アンナ様、行きましょう」

「はい、ヴァイオレット様」

周囲の令嬢たちには途中退席することを謝罪して、ふたりで席を立つ。

アルの登場で大いに盛り上がっている会場からわたしたちがいなくなっても、些末《さまつ》なことだろう。

ユーリアンに先導されて庭園の端に移動すると、彼は例の変装したジークと合流した。

呆《あき》れた顔でジークを見ると、彼からは清々《すがすが》しいほどの笑みを返される。全くもって解せない。

横にいるアンナから殺気が漏れ出しているのは、気のせいではないだろう。

交代の騎士が来たことを確認すると、ユーリアンはまた歩き出す。

アンナとジークとは目的地が違うらしく、途中で別れることになった。

突然違う行き先を告げられたアンナは戸惑《とまど》っていた。

お父様の呼び出しだと聞いていたのに、どうしてアンナと違うところに行くのだろう。

そう思いながらも、わたしはユーリアンの背中を追う。

けれどやはりユーリアンの向かう先は、どう考えてもお父様の執務室ではない。別の部屋かとも考えたが、最終的には城の外に出てしまった。

――そして、わたしは何故か馬車に乗せられている。

暫《しばら》く経ったが馬車が動く気配はなく、窓を開けることはユーリアンに禁じられている。

アルの騎士である彼を完全に信用してここまでついてきたが、まずかっただろうか。

わたしが躊躇《ためら》っているのを察してか、彼はようやく口を開いた。

「……申し訳ありません。宰相様がお呼びになっている、というのは、ヴァイオレット嬢をお茶会から連れ出すための口実です」

周囲に人影はないが、それでもあたりを警戒しているのか、その声は小さい。

彼は能面のような表情を少し崩し、ふ、と微笑んで告げた。

「アルベール様の、ご命令です」と。

「お待たせ、レティ」

数十分ほど待ち、ようやく馬車の扉が開いた。

わたしは柔らかな声とともに現れた人物を見て、安堵《あんど》する。

ユーリアンのことを疑っていたわけではないけれど……本当はちょっと、いや後半はかなり心配だったけど。

「アル……お茶会は？」

そこにいたのはもちろんアルだ。急いで来たのか、髪が少し乱れている。

その部分を撫でつけると、無言のアルと目が合った。

「……レティ」

「あ、ごめん。髪がはねてたから」

咎《とが》めるようなアルの声色に、慌《あわ》てて手を引っ込める。

アルは馬車に乗り込もうとして身を屈《かが》めていたから、頭がちょうど近くにあって思わず手を伸ばしてしまった。不敬だったかもしれない。

「……はあ、相変わらずだね。昔はよくそうやって、僕とテオの髪が乱れてたら直してくれてたよね」

馬車の向かいの席に腰掛けながら、アルは呆《あき》れたように言う。

「え？　あ、うん。そうね、ふたりともよく髪がはねてたね。どれだけ寝相が悪いのかなって思ってた」

お姉さんぶってふたりの寝癖を直してあげていたけど、よく考えたら中身はお姉さんでも外見は年下の女の子だ。ふたりとしては不思議だっただろう。

その頃は今ほど身長差はないし、同じ目線だったから、ずっと手を伸ばしやすかった。

「……まあ、僕はわざとだったんだけどね。一度テオが直してもらってるのを見て、いいなと思ったから真似《まね》したんだ」

「ええっ、そうだったの？」

突然のカミングアウトに、わたしは目を見開いた。

「そうだよ。あ、でもさっきのはわざとじゃないからね。急いでお茶会を抜けてきたせい」

「抜けてきたって……大丈夫なの？」

「公務があるから、って言ったから大丈夫じゃないかな？　あんなお茶会より、レティとの約束のほうが大事だよ。見せたいものがあるんだ」

有無を言わせぬ顔で、アルはにっこりと笑う。

まだ幼さは残るが、王者の風格を感じさせる笑顔に気圧《けお》されてしまう。

……確かに、お茶会の日にアルとの時間を作ると約束したのだった。

あの時は冗談めかして言っていたけど、本当にお茶会を中座するとは思わなかった。

わたしとアルを乗せて、馬車はゆっくりと動き出す。どこに向かうのか聞いても、アルは笑顔ではぐらかすだけだ。

見せたいものがあると言っていたけど、見当もつかない。

「レティは……随分とジークと仲良くなったみたいだね」

「そうかなあ。でも、以前嫌われてると思っていた頃よりは大分《だいぶ》マシになったと思う。だからきっと生徒会が再開しても、もう気まずくないよ」

仲良しと言えるのかは疑問が残るが。

がたごとと揺れる馬車の中で、アルとたわいない話をする。

ジークという名前で思い出した。さっきのジークの変装はなんだったのだろう。

「ねえ、アル。どうしてジークは騎士になりすましてたの？　アンナを連れていっちゃうし……」

わたしが聞くと、アルは大したことないとばかりに軽く返す。

「王妃主催のお茶会を見てみたいと言っててね。彼が隣国の王子であるということはまだ公《おおやけ》には伏《ふ》せているから、やむなく僕の護衛に紛《まぎ》れさせたんだ。よく気づいたね」

「結構わかりやすいと思うけど……アンナがフォークを投げつけそうになって大変だったよ。あ、そういえば……」

そこでふと考える。アンナがジークを警戒しているのは、わたしに対する態度があからさまにひどかったからだ。

だけど、ジークがそんな態度をとっていたのは、わたしが乙女ゲームの『ヴァイオレット』だと思い、危険を回避するため。

（アンナにその誤解を解いていなかった……）

残してきたふたりが気になる。願わくば、ジークにフォークが刺さっていませんように。

わたしがそう祈っていると、アルは何やら含みのある表情で言う。

「ジークは、アンナ嬢と話がしたいらしい」

「そう……穏便《おんびん》に話ができていたらいいけど」

遠い目をしたわたしを、アルが不思議そうに覗き込む。

ちょうどその時、馬車の動きが止まった。

「到着いたしました」

ノックのあとに扉が開く。外にはユーリアンがいた。

「さあ、レティ。僕の手をどうぞ」

先に降りたアルが、洗練《せんれん》された所作でわたしに手を差し出す。

わたしは恭《うやうや》しくその手をとり、馬車を降りた。

アルにエスコートされながら少し歩くと、見晴らしの良い丘に出た。馬車の傾きから、どこかを登っていると感じていたが、こんな小高いところに来ていたとは思わなかった。

ハイヒールが草原の柔らかな地面に沈んで、少し歩きにくい。

そう思った矢先に、ぐらりとバランスを崩して、前に倒れそうになってしまった。

「レティ、こっちだよ……っと、大丈夫？　ごめんね、お茶会の服装のままだから歩きにくいよね」

慌《あわ》てたアルに手を強く引かれて、向かい合うように抱きとめられる。

わたしは彼を安心させるために微笑んだ。

「ありがとう、もう大丈夫」

「すぐ着くから、そこまではしっかり掴んでて。……ほら、こっちだよ」

お言葉に甘えて、アルの左腕をがっしりと掴んで進む。少し恥ずかしさはあるが、転んで醜態《しゅうたい》を晒《さら》すよりはいい。

アルに案内された丘の頂上は、中央部分はレンガ敷きになっており、休むためのベンチもあった。

そして落下防止のためと思われる柵《さく》の向こう側には、雄大な王都の風景が絵画のように広がっている。

「……わあ！」

これまで王都に住んでいたが、こうして上から見るという経験は初めてだ。前世で見たヨーロッパの街並みを写したポストカードのように、石やレンガでできた建物が規則正しく並んでいて、とても美しい。

「アル、すごいね！　うちはどっちだろう～。お城があそこだから……あっちのほうかな」

「そんなにはしゃぐと危ないよ。ただでさえ危なっかしいのに」

アルが苦笑しながら言うので、わたしはむっとしてしまう。

「……そんなこと、ないと思うけど」

確かにはしゃいでいたことは認める。

こんな近場に、こんなに素敵な眺望を楽しめるスポットがあるなんて知らなかったのだから、ちょっとくらい興奮してもいいじゃないか。

わたしが危なっかしかったことが、これまでにあっただろうか。

自分で気づいてないだけで、実はあったのかもしれないけど、ないと信じたい。信じるのは自由だ。

口を尖《とが》らせていると、アルはわたしの右手をすくい上げ、彼の左手を優しく添えた。

「――レティ。僕はいずれ、この眼前に広がる王都、それからこの国を束《たば》ねる王となる」

アルの翡翠色《ひすいいろ》の瞳には、わたしの姿が映っている。そして瞳に映るわたしは、こくりと頷いた。

あのゲームの世界での王もアルだ。わたしはこの世界のアルしか知らないけれど、物語は関係なく、彼がそうなることは確実だと自然に思えた。

「アルなら、きっと素晴らしい王様になると思う。あっ、決してアルのお父様が良い王じゃないって意味じゃないよ。もちろん国王陛下も素晴らしい方よね、うん。でもアルも、えーと……」

「ふふ、無理に父上のフォローをしなくても大丈夫だよ」

「ごめん……」

わたしが項垂《うなだ》れると、アルは首を横に振った。

「ううん、ありがとう。きっと君の願いを叶えるよ。今よりもずっと良い国にしたいと思っている」

そう言い切るアルは、決意の表情を浮かべていた。そして、その決意は必ず達成するのだろう。漠然《ばくぜん》とそう感じられる、力強い眼差《まなざ》しだ。

わたしは彼に笑顔を向ける。すると一瞬だけ、わたしたちの間に静寂《せいじゃく》が落ちた。

「そして……レティ」

わたしの右手に添えられたアルの手に、きゅっと力がこもる。

「……いや、ヴァイオレット・ロートネル侯爵令嬢。僕は、その時、君に隣にいてほしいと思っている」

身を屈《かが》めたアルの唇が、指先にそっと触《ふ》れる。

それから彼の翡翠色《ひすいいろ》の瞳は、また射貫《いぬ》くようにわたしを見つめていた。

その流れるような所作を目の当《ま》たりにして、羞恥《しゅうち》で頬がかっと熱くなるのが自分でもわかった。

「僕の——アルベール・ロランの妃になってくれませんか？　君だけが、ずっと僕たちの特別だ」

その言葉にはっと息を呑む。

アルの、アルベール殿下の熱を帯びた瞳は、その言葉が嘘偽《うそいつわ》りのないものだと雄弁《ゆうべん》に語っていた。

わたしたちは真《ま》っ直《す》ぐに見つめ合う。

きっと、まだ数秒しか経っていないのに、長い時間を過ごしたように感じた。

「わたし、わたしは……」

しどろもどろになりながらも、懸命《けんめい》に言葉を紡ぐ。

心臓が痛いくらいに高鳴っていて、うるさい。なんだか泣いてしまいそうだ。

（わたしの、気持ちは……）

そんなわたしの頬を撫でるように、丘には優しい風が吹く。

自由な左手に力を込めて、わたしはもう一度口を開いた。

「まあ、レティ。どうしたの？　お茶会はもう終わったの？」

「姉様、お早かったのですね」

馬車が侯爵邸のエントランスに着くと、お母様と弟のグレンが出迎えてくれた。妹のサイネリアの姿が見えないが、きっといつもどおりお昼寝をしているのだろう。

ふたりの姿を見て、心が落ち着く。

その安心感からか、ずっと我慢していたものが、瞳から次々と溢《あふ》れ出《だ》した。

「まあ、レティ！」

「姉様！」

視界が滲《にじ》み、お母様とグレンの顔がよく見えない。だけどその声色から、心配させてしまっていることは間違いなくわかった。

「おか、さま。わた、しっ……っふ」

何か話したいのに、溢《あふ》れる涙と喉《のど》がぎゅうっと締めつけられる感覚で、うまく話せない。

そのもどかしさで、さらに涙が止まらなくなる。

すると、ふわり、と柔らかなものに包まれた。

「レティ、大丈夫よ。大丈夫。ほら泣きやんでちょうだい、私の可愛い天使」

（お母様に抱きしめられている……あったかい）

「サラ、お茶を用意してくれるかしら。旦那様からいただいた薔薇《ばら》の香りのものにしましょう。それから、カトレア。できるだけ柔らかい布とお湯をお願い。レティの部屋に持ってきて」

わたしの頭上で、お母様がテキパキと侍女やメイドに指示をする。その声さえも心地よい。

「姉様、お茶会で誰かに意地悪をされたのですか！　僕が抗議しますから安心してください！」

「あらあら、頼もしい騎士様ね」

グレンの言葉に、お母様が優しく相槌《あいづち》を打った。

そしてお母様の手は、規則正しくわたしの髪を撫でている。

暫《しばら》くその温《ぬく》もりに身を委《ゆだ》ねていたわたしは、涙が少し落ち着いてからお母様に手を引かれて、自室に戻った。

お母様付きの侍女のカトレアが、ぐすぐすと鼻を鳴らすわたしのドレスをあっという間に脱がせて、肌触りのいいゆったりとしたワンピースを着せる。とても手際が良い。

ベッドに横になると、彼女が用意したあたたかい布が目元を覆《おお》うように載《の》せられた。泣いたあとの目をじんわりと休めてくれる。

「少しは落ち着いたかしら」

「……はい、お母さま」

横になっていると、動揺していた気持ちは凪《な》いできた。すると、急激に羞恥《しゅうち》が襲ってくる。

いい歳して号泣して、お母様に抱きつくなんて。ちらりと見えた周囲の使用人たちも、おろおろしているように見えた。

玄関で大泣きしてしまったわたしのことを、侯爵家のほとんどの使用人が知っているのではないだろうか。

遠くからサラの声と、がらがらとワゴンを引く音が聞こえる。お茶を持ってきてくれたらしい。

お母様はサラに礼を言うと、みんなに退室を命じる。やがて部屋には、お母様とふたりきりになった。

「さあ、こちらにいらっしゃい。美味《おい》しいお茶が入ったの。特別に蜂蜜《はちみつ》も入れたのよ」

わたしはゆっくり身体を起こす。目の焦点《しょうてん》が合うまで少しかかったけれど、のそのそとベッドから下りてお母様の向かいの席に腰掛けた。

お母様が手ずからカップに注《そそ》いでくれた紅茶からは、ふわりと甘やかな薔薇《ばら》の香りが上品に漂《ただよ》う。

「ふふ、ゆっくり飲んでね。それからでいいから、私に話を聞かせてくれるかしら」

ひと口飲むと、その甘さと優しさが身体中に沁《し》み渡《わた》るようだった。

「……はい、お母さま。あの、実は――」

おなかがぽかぽかとあたたまったわたしは、先ほどのことをゆっくりとお母様に話し始めた。

お父様が呼んでいると言われて、お茶会を中座したこと。

アルと丘の上に行ったこと。

そして――妃になってほしいと言われたこと。

わたしにとっては寝耳に水の出来事で、お母様はもっと驚くだろうと思った。

だけど、お母様は「まあ」と驚いた風だが様子は全く変わらず、落ち着き払って紅茶を飲んでいる。

「あ、の、お母さま……？　驚かれないのですか？」

そう聞くと、お母様は困ったように眉尻を下げた。

「……ごめんなさい、旦那様に口止めされていたの。今日、アルベール殿下が貴女《あなた》に想いを告げるつもりだということは、知っていたわ。殿下が事前に旦那様とお話しされたみたいよ」

「そう、だったのですか……」

お父様とアルが事前に話していたことに驚いたが、納得もする。

宰相に呼ばれているという理由が嘘だということは、わたしがお父様に会えばあっという間に露見《ろけん》してしまう。

だから、先にお父様と調整したということなのだろう。

(お父様はアルの味方ということ？　だったら、わたしはやっぱりあの時……)

「ヴァイオレットちゃん」

考え込んで俯《うつむ》いてしまったわたしを、お母様の優しい声が包み込む。

「私も、もちろん旦那様も、貴女《あなた》の幸せを願っているの。生まれた時からずっとよ。望まない婚姻は絶対に認めないわ。そうでしょう？」

白魚《しらうお》のようなお母様の手がそっと伸ばされ、わたしの手に重なる。

「……だから、貴女《あなた》が決めたことには反対しないわ。侯爵家のことを心配しなくてもいいの。そこは旦那様がきっちりやるから大丈夫。ふふ、ブライアム様はとっても家族想いで、素敵なんだから」

少女のように微笑む母は、全てをわかっているようだった。

わたしが泣いていた理由も。

――アルからの申し出を、断ってしまったことも。

幼少期をともに過ごし、今でも親交があるアルのことは、もちろん好きだ。

でもその好きは、人として好いているということ。

『妃に』という言葉が最初にわたしにもたらした感情は、戸惑《とまど》いだった。

もし、彼に対して恋心を抱《いだ》いていたのならば、きっと王妃になることを夢見たであろう。でも、わたしはその姿が想像できなかった。

だから蚊の鳴くような声で、ごめんなさい、とだけ呟いた。

アルは用意してくれていた別の馬車までわたしを案内したあと、『またね』といつもと変わらぬ笑顔で送ってくれた。

そんな彼を見て、居《い》た堪《たま》れなくなった。断ったのはわたしなのに、もう前の関係には戻れないのかもしれないという喪失感が、胸いっぱいに広がった。

ぽつりぽつりとわたしが話すと、お母様は柔らかく微笑んだ。

「レティは、殿下のことを大切に思っているのね」

お母様の言葉に、こくりと頷く。すると、また頭を撫でてくれた。

「その気持ちも、とても大事よ。私も幼い頃から、貴女《あなた》たちをずっと見てきたもの。いつも仲良く庭園で遊んでいる姿は、とても微笑ましかったわ」

「お母さま……」

恋だの愛だの、前世からその方面に対して疎《うと》かったことは認める。

だけど、アルから気持ちを告げられた時、わたしは自分の気持ちにも気づいてしまった。

「ねえ、ヴァイオレットちゃん。またこういうお話をしましょうね。それとその髪飾り、とっても似合ってるわ」

ふわりと優雅に微笑むお母様は、名前のとおり本当に薔薇《ばら》の花のようだ。

わたしは、サラにお願いしてつけてもらった青い花の髪飾りに気づかれていたことに驚き、頬が熱くなるのを感じたのだった。

❈

王妃様のお茶会の翌日から暫《しばら》く、わたしは原因不明の発熱で寝込んでいた。

夜遅くに熱が出て、昼間は少し調子が良くなり、そうかと思うとまた夜に熱が上がる。

このパターンを四日ほど繰り返している。

心配したお父様がお医者様に原因を問い詰めていたけれど、お医者様も首を傾げるばかりで、逆に申し訳ない気持ちになった。

ここ数日、脳みその普段使わない場所をフル回転させているせいで、熱が出たのでは……と本人はあたりがついている。

お陰で、あの騒動で休校となっていた学園が再開されてからも、わたしはまだ登校できないでいた。

「お嬢様、お加減はいかがですか？」

看病をしてくれているサラが、わたしを心配そうに覗き込む。

「そうね、良くなってきたと思う」

「ですが……」

「……わたし、また魘《うな》されていた？」

言《い》い澱《よど》むサラに問いかけると、彼女は困った顔でこくりと頷いた。

夢見が悪いことは、わたしも自覚している。

ぱったりと見なくなったあの悪夢を、また見るようになったのだ。内容も鮮明《せんめい》に覚えていて、ここ数日は特にひどい。起きた時に夢か現《うつつ》かわからなくなるほどだ。

どうしてまた、『ヴァイオレット』の夢を見るのだろう。暫《しばら》く見なかったから、もう終わったのかと思っていたのに。

夢の中で、『ヴァイオレット』はいつもある人の背中を追っている。

紫の髪を振り乱し、どんなに足を速く動かしても、ふわふわの茶髪を揺らす彼のもとにたどり着けない。

そして、彼の隣には明るく微笑むアンナがいる。

仲睦《なかむつ》まじいふたりの姿をまざまざと見せつけられたあと、何故か足元が底なし沼になり、ずぶずぶとその場に沈んでいく――そんな場面で、いつも目が覚める。

起きたあとも、ふたりの様子が頭によぎり、夢の中の『ヴァイオレット』と同じように胸の奥のほうがツキンと痛むのだ。

「熱は、下がっているようですね」

サラはわたしの額《ひたい》に手を当てて、ほっとした表情を見せる。わたしはそれならばと、ひとつ提案してみることにした。

「ねえ、サラ、今日は外に出ても良いかなあ。ずっとベッドの上だと身体が鈍《にぶ》っちゃって」

「ですが……」

「ここにいたら、また魘《うな》されそうなの。庭園をゆっくり散策するだけだから、いいでしょう？」

わたしが懇願《こんがん》すると、サラは渋々といった様子ながら頷いてくれる。

そして最後に、思いもよらない言葉を告げた。

「では……今ちょうどテオフィル様がお見舞いにいらっしゃってますので、エスコートをお願いしておきます」

わたしは思わず、ぽかんと口を開けてしまった。


「ね、ねえ、サラ。わたし変じゃない？」

「お嬢様はいつもどおりお美しいです。顔色はまだ本調子とは言えませんが」

「そう？　寝癖はついてない？」

「ついていましたが直しました」

（やっぱりついてたのね。この癖毛だもの）

そこは正直なサラに苦笑しつつ、自分の姿を見下ろす。

大丈夫、いつもどおり。テオと話すなんていつものこと。

そう思うのに、緊張してしまうのはどうしてなのだろう。

「テオフィル様、ヴァイオレット様をお連れしました」

心の準備ができないまま、応接間の扉が開かれる。

サラの背中越しに、テオと目が合う。彼は憂《うれ》いを帯びたような、どこか哀愁《あいしゅう》を湛《たた》えた笑みを見せた。

使用人たちに見送られながら、わたしたちはエントランスを出る。眼前に広がる庭園は、初夏の青々とした芝生《しばふ》で覆《おお》われ、目にも鮮《あざ》やかだ。

そんな庭園の小径《こみち》を、差し出されたテオの手をとって歩き始めたものの、お互いに言葉は少ない。

沈黙の中、テオが短く切り出す。

「……まだ少し、顔色が悪いな」

「う、うん……」

「ちゃんと食事はとれているのか？」

「日中は熱が出ないから、しっかり食べてるつもりだよ」

「そうか」

テオに頷くと、またすぐに沈黙が訪れてしまった。

わたしのペースに合わせてゆっくりと歩く、彼の横顔を盗み見る。

その顔は平然としているように見える。緊張しているのはわたしだけみたいだ。

幼い頃から何度も一緒に過ごした庭園がいつもと違って見えるのは、わたしの意識が変わったからだろうか。

わたしたちは庭園の奥へ向かう。小さな噴水《ふんすい》とベンチがあるスペースに着くと、テオはその足を止めた。

噴水《ふんすい》の傍には、以前テオに分けてもらった色とりどりの紫陽花《あじさい》が咲いている。わたしが大好きな場所だ。

――そしてあの日、全てを思い出した場所。

「少し、座ろう」

テオの提案にこくりと頷くと、彼はいつかの再現のように、ベンチの上に胸ポケットから取り出したハンカチーフを置いた。

そのために繋《つな》がれていた手が離された時、どこか寂しさを感じてしまう。

（どうしてだろう。前までは普通にできたのに……）

自覚してからは、感情が全て一から作り直されてしまったように、コントロールができないでいる。

わたしが腰掛けると、テオも隣に座って、何かを取り出す。

「レティ、これをアルから預かった」

「？　ありがとう」

テオから手渡されたのは、王家の紋章《もんしょう》が入った封蝋《ふうろう》がしてある手紙だった。

わたしが首を傾げていると、テオはさらに言う。

「俺との話が済んだら読むように、と」

「テオとの話？」

随分と不思議な条件だ。いったい何が書いてあるのだろう。

アルとは何度か手紙のやり取りをしたことはあったが、その時はこんなに仰々《ぎょうぎょう》しい封書ではなく、一般的なものだったのに。

その手紙と暫《しばら》くにらめっこをしていると、テオが「レティ」とわたしの名を呼んだ。

「病み上がりにこんな話をするのも躊躇《ためら》われるんだが……その、アルからプロポーズされたというのは、本当か？」

わたしは唐突に切り出された話に驚いてしまう。

「う、うん。……アルから、聞いたの？」

「ああ。ここに来る前に」

返事をするので精一杯なわたしに、テオは切なげに微笑み、幾分か低い声で答えた。

何故テオがそんな顔をするのか、全くわからない。

（わたしがアルからの求婚を断ったことが、ショックだということ……？）

そうだとすると、テオは説得に来たということなのだろうか。

他の誰に言われるより、テオに説得されたら、考えざるを得なくなるのは確かだ。

胸の奥がツキリと痛むのを感じていると、彼はゆっくり口を開く。

「アルは、俺から見てもすごい奴だ。レティの気持ちはよくわかる。……俺とは会わなかった時期も、ずっと城に行って会ってたんだろう？」

「テオ……？」

切なげに細められた美しいブルーの瞳が、わたしを捉《とら》える。

テオの左手がわたしの腰に回った。そのまま力を入れられて、ぐぐっと引き寄せられる。

これまでにないくらい彼と密着していて、免疫《めんえき》のないわたしの顔は真っ赤になっていると思う。

「……そんな顔も、するんだな。アルにはよく見せるのか？」

「へ？　なんでアル……っ！」

思わず息を呑む。

テオの右手がわたしの左頬を優しく掴み、動きを封じられる。

お陰でわたしは恥ずかしいのに顔を隠すこともできず、至近距離で彼を見つめることになってしまった。

「俺だって……ずっと、レティが好きだった」

急に視界が暗くなり、ふわりと彼の淡《あわ》い茶の髪が額《ひたい》に当たる。

そして、そのまま唇が近づき――

「ぐっ！」

――触《ふ》れそうになった時、わたしはエマ先生直伝《じきでん》の頭突きを、眼前に迫るテオにお見舞いした。

勢いよく額《ひたい》同士をぶつけることになってしまい、おでこがじんじん痛む。

わたしから手を離したテオは、未だ状況が理解できないといった顔で、片手で額《ひたい》を押さえたまま目を白黒させている。

頭の上に「?」がたくさん並んでいるのが見えるようだ。

突然のことに、頭で考えるより先に身体が動いてしまった。

エマ先生がおっしゃっていた、『不埒《ふらち》な輩《やから》に迫られたら、頭突きで隙を作って、その間に逃げなさい』という教えは、あながち間違いではなかったらしい。貴族令嬢というのは、存外大変なものだ。

普通の淑女教育とは違うようだが、実践的で何かと役に立っていると思う。

（テオったら隙だらけだし、せっかくの綺麗な顔が台無しね）

そう思ったら、先ほどまでの緊張が一気にほぐれて、心がふっと軽くなる。頭突きのお陰で、わたしの混乱ややもやもやも一気に吹っ飛び、逆に冷静になった。

「レティ……？」

ベンチから立ち上がったわたしは、座ったまま呆然とするテオの前で仁王立《におうだ》ちし、腰に手を当てる。

そんなわたしを、彼は不思議そうな顔で見上げた。どこか不安げで、垂れた耳と萎《しお》れた尻尾が見えるようだ。

思いの外赤くなっているテオの額《ひたい》を見て反省したあと、一度深呼吸をする。

そして、思い切って彼に問いかけた。

「テオは、わたしがアルのプロポーズを断ったから、考え直すように説得しに来たんじゃないの？」

「は、断った？　いや、俺はてっきり……」

「それに、『好きだった』って、なんで過去形なの？」

「レティがアルの気持ちを受け入れるなら、俺は諦《あきら》めないといけないと思って……」

しゅんと項垂《うなだ》れる彼を見て、わたしは大きく息を吸い込んだ。

「ねえ、テオ」

公爵家のひとり息子で、わたしの幼馴染で。

ちょっと無愛想なところがあって、不器用で。

実は花が大好きで、いつも優しい贈り物をくれる。

(わたしはそんな彼のことが、好き、なんだ)

この想いをはっきりと自覚したのは、アルから気持ちを告げられた時だった。

ふたりとも同じように大切な人だと思っていたけれど、その時、違うことに気がついてしまった。

そしてその気持ちは、全てを思い出したあの日が来る前から、抱《いだ》いていたものだということにも。

恋と呼ぶにはまだ淡《あわ》く、とても小さなものだったけれど。

(だからあの時、この気持ちに蓋《ふた》をしたのね)

今のわたしは客観的に思う。

将来、彼が他に愛する人を見つけて去っていく姿を見たくなくて。

前世のわたしは大人だからとお姉さんぶって、だったら最初から応援しようと決めた。

——でも、今は違うことを考えている。

わたしは彼の頬を両手で挟むと、目が合うように上向かせる。

彼の美しい青い瞳に映るのは、わたしが知っている姿よりも幾分か幼い、菫色《すみれいろ》の髪のヴァイオレット。

――今なら、あの『ヴァイオレット』の気持ちも少しわかる。

（ずっとずっと、好きだったんだよね、この人のことが。やり方を間違えたけど、ずっと振り向いてほしかったんだよね。だけど、うまくいかなかったんだよね）

わたしは彼女の執念じみた想いを、夢を通して見た。わたしと彼女は全くの別人だけど、それでもやはり、彼女もわたしの一部であるような感覚がある。

（自分じゃない誰かが、テオの隣にいるのは嫌だよね）

そして、何もできずに後悔するのは、もっと嫌。

呆気《あっけ》ない幕切れだった前世。

せっかくこうして別の人生を与えられたのだから、全力で謳歌《おうか》したい。

わたしには前世の記憶があって、物語の中では悪役だけれど。

前世は前世。物語は物語。

わたしは他の何者でもなく、今を生きているのだ。

わたしの中にある彼女たちの気持ちを思って、一度目を閉じる。

それからもう一度、庭園の清涼な空気を吸い込んだ。

「わたし、貴方《あなた》が好き。いつか、青いお花の花冠《はなかんむり》が欲しいな」

ひと息にそう言い切ってから、笑顔を作る。

彼の宝石のような目が大きく見開かれた。かと思えば、その目尻はすぐにゆるゆるとほどける。

その綻《ほころ》んだ笑顔を見て、わたしも安心してまた頬が緩んだ。

「レティ……！」

「ほわっ！」

急に立ち上がったテオに、わたしはぎゅうぎゅう抱きしめられる。驚いて変な声が出てしまうのは、もはや仕様だ。

「なんで先にプロポーズするんだ」

「う、えーと、勢いで。淑女は先手必勝でしょう」

「またその淑女理論か。ははっ、レティには敵《かな》わないな。いつか絶対に仕返しする」

「……お手柔らかにお願いシマス」

不穏な空気を感じて、わたしは彼の胸元に顔を埋《うず》める。心地よい花の香りが、わたしたちを包んだ。

暫《しばら》くそうしていたが、不意にかさりという音がする。

アルからの手紙が、芝《しば》の上に落ちたのだ。

（テオの話が終わってから、っていう手紙……）

いったい何が書いてあるんだろう。そう思ったのはわたしだけではなかったようで、テオも手紙をじっと見つめている。

うん、開けてみよう。テオの制する声が聞こえた気がしたけれど、そのまま封を開けてみる。

紙を広げると、アルの綺麗な手書きの文字が綴《つづ》られていた。

わたしはそれを読み終え、手紙を両手で抱きしめるように胸元に引き寄せた。

「アル……！」

またじわりと涙が出る気配がする。けれど、これは嬉し涙だから問題はないと思う。

わたしは、テオとアルに出会えて、本当に良かった。

アルとは、まだ少し気まずいかもしれないけれど、きっとまた、前みたいに戻れる。

そう確信できる。

隣でそわそわしているテオに、この手紙の内容を少しだけ教えてあげよう。

「……今度、アルと一緒にテオの温室を見に行きたいな」

「は、まさか……」

「綺麗な菫《すみれ》が年中咲いているんだよね？　ふふふっ」

「アルの奴……！」

手紙をしまいながらそう言うと、テオは顔を真っ赤にして顔を背《そむ》けてしまった。

後ろから見える彼の耳の先まで赤くなっていて、ついついにんまりしてしまう。

わたしの髪と同じ色の、菫《すみれ》の花。

彼がその花を大事にしてくれているのは、きっと偶然なんかじゃない。

そう思えてしまうのは、わたしの頭の中も、すっかりお花畑だからなのだろうか。

わたしの、わたしたちの物語は、まだまだこれから続いていく。そしてこの先どうなるかは、誰にもわからない。

それが、とても嬉しい。

「レティ……その、嫌じゃないか……？」

そう呟きながら、テオは恐る恐るといった表情でこちらを振り向いた。

「ぜーんぜん。偶然でもなんでもなくて、わたしのため、って思っていいんだよね？」

わざと冗談ぽく言いながらテオに近づき、その綺麗な青い瞳を覗き込む。まだ頬が赤い。

そう言うわたしも、さっきから嬉しいことばかりで高揚しているのが自分でもわかる。

「──そうだ、レティ。俺の愛は重いぞ」

一瞬ぼうっとしたテオだったが、そう言ってわたしを抱きしめる。

「……もう、頭突きはしないでくれ」

「へ……」

「ここに触《ふ》れたい。いいか？」

左手でわたしの腰を支えたテオは、右手でわたしの頬に触《ふ》れたあと、わたしの唇に親指を乗せた。その意味がわかったわたしの顔は、また燃えるように熱くなる。

それでも、意を決して小さく頷くと、わたしの唇とテオのそれは、ゆっくりと柔らかに触《ふ》れた。


それから、テオと手を繋《つな》いで屋敷までの短い道のりを時間をかけて歩いた。

「レティ。婚約の件は、正式にロートネル侯爵に話をしてもいいか？」

「うん。ふふ、お父さまはどんな顔をするだろう」

「俺は……あんまり想像したくないな」

渋い顔をするお父様の姿は想像に難《かた》くない。困った表情のテオには悪いけれど、お父様のことも大好きなわたしにとっては、微笑ましくて仕方ない。

そのあと、屋敷に戻ったわたしたちは、全てを察したような顔をした使用人たちに、あたたかく出迎えられたのだった。

『親愛なるレティへ

体調は大丈夫？　この前は突然驚かせてごめんね。
いい加減、僕も見てられないから、テオを焚《た》きつけておいたよ。
これからも、僕と良き友人でいてくれると嬉しいな。
また三人で、あの日のようなお茶会をしよう。
テオが大事にしている温室では、いつでも菫《すみれ》の花が楽しめるらしいよ。
今度みんなで行ってみようね。

追伸　テオにもよろしくね。

アルベールより』

最終章　悪役令嬢のおかあさま

「おかあさま！」

幼い少女が、花を手に庭園を駆ける。

その後ろを、青ざめた顔の侍女たちが慌《あわ》てて追いかけていた。

その様子を眺めながら、少女に母と呼ばれた女性は、持っていたティーカップをテーブルの上に置く。

「みて、おかあさま！　きれいなおはなをみつけたの。おかあさまと、おなじいろのおはなよ」

少女は座っている女性の膝《ひざ》にぶつかるように走ってきて、小さな頬を上気させながら手に持つ花を得意げに見せる。

数輪の菫《すみれ》の花が、小さな掌《てのひら》にしっかりと握られていた。

おそらく温室から駆けてきたであろう赤い髪の娘を見下ろして、菫色《すみれいろ》の髪の女性は柔らかく微笑む。

「……あら、バーベナ。それは旦那様が大切にしている温室のお花じゃない」

「うん！　いっぱいさいてたよ。とってもステキだったから、おかあさまにもみせたくて」

「ふふ。ありがとう。でもね、そこは旦那様が――貴女《あなた》のお父様が大切にしている場所だから、入ってはいけないと言われていたんじゃないかしら？」

ね？　と女性が諭《さと》すように言うと、少女はむくれて泣きそうになる。

「でも、だって……」

「大丈夫よ。あとでおかあさまも一緒に怒られてあげる。さあ、そのお花を飾りに行きましょうね」

少女と手を繋《つな》ぎ、ふたりは屋敷へ向かって歩き出す。その様子を見ていた侍女たちは、慌《あわ》てて夫人のもとへ駆け寄った。

「ヴァイオレット様、足元に気をつけてください」

真っ先に駆け寄った侍女は、その女性――ヴァイオレットの手をとる。

だが、彼女は大したことないと言わんばかりの表情だ。

「大丈夫よ、これくらい」

「いえ、旦那様からきつく言われております。それと、ブライアム様からも」

「みんな過保護なのよ。いい？　妊婦には適度な運動も必要なの。それに……」

「はい。お嬢様がやけに婦人の身体の仕組みにお詳しいことは、お嬢様が幼少の頃から知っております。しかしながら、ダメなものはダメです」

「サラったら……！」

下手《へた》をすると身重の身体のまま駆け出しそうな主《あるじ》に、侍女は厳しい口調で告げる。

ヴァイオレットは肩を軽く竦《すく》めると、再びゆっくりと歩き始めた。

「おかあさま！　はやくはやくー」

「ええ。待ってね。すぐに行くわ」

公爵家は、今日も平和だ。

それはきっと、明日も、その次の日も。

明日は、友人の国王夫妻と王子がお忍《しの》びでやってくる日だ。

そして隣国の元王子と電撃結婚したかつての凄腕侍女も、ふたりで顔を出してくれるらしい。

相変わらずの友人たちに翻弄《ほんろう》されながらも、リシャール公爵夫妻はいつまでも仲睦《なかむつ》まじく、賑《にぎ》やかで穏やかな日々を送る。

そしてあの悪夢は、もう誰も見ることはないのだった。

❀

「バーベナ、おれとけっこんしろ！」

「いやですわ、わたくしはお父様のような殿方とけっこんしますもの」

「む……テオフィルめ！」

そして、ヴァイオレットの娘のバーベナ——乙女ゲームでは悪役令嬢である彼女が、彼女を断罪し追放するはずの王子様に求婚され続けることになるのは、また別のお話。

書き下ろし番外編

サラとヴァイオレット

「お待ちくださいお嬢様！」

その日、私――サラはとても慌《あわ》てていた。

私が仕《つか》えているのは、この国の宰相であるブライアム・ロートネル侯爵の愛娘、三歳のヴァイオレット様。

彼女が生まれた際に、歳の近いメイドを採用するという報《しら》せに申し込み、十二歳の時に使用人として雇《やと》われた。今年で三年目になる。

部屋で勉強をされていた時『庭に出てお花が見たい』とお嬢様がおっしゃったので、私と数人のメイドは急遽その準備をしていた。

昨日の夜から降り続いた雨が今朝方《けさがた》ようやくやみ、太陽が出て過ごしやすい陽気ではあるが、庭園の芝生《しばふ》はまだ湿っている。

私は庭園の状況を、庭師と話すため外に出たところだった。

その矢先、後ろから同僚の声が聞こえて、そちらのほうを振り返ると、嬉々とした表情のお嬢様が駆け抜けていった。

待ちきれなかったお嬢様が、ひとりで庭園に飛び出してしまったようだ。

「お嬢様！　今日は足元が危ないですので、止まってくださいませ‼」

私は偶然にも彼女の一番近くにいた。

三歳と幼く、足腰はまだ心許《こころもと》ない。それに加えて、滑《すべ》りやすい状態だ。

もしお嬢様が転んでしまったらと思うと、恐ろしくてたまらない。

「きゃははは！　たのしい！」

当のお嬢様は、私たちの静止を全く意に介さず、楽しげに走り続けている。

「お嬢様、どうか――」

「あははは……きゃあ‼」

「お嬢様っ⁉」

私の目の前で、ヴァイオレットお嬢様は足を滑《すべ》らせた。

静止画を眺めているようにゆっくりとその体は後ろに倒れ、そのまま空を仰《あお》ぐ体勢で地面に強く体を打ちつけてしまった。

「お嬢様！　ヴァイオレット様‼」

「早く！　早くお医者様を呼んで！」

「お嬢様！　お嬢様‼」

皆が彼女のもとにたどり着いたが、倒れているお嬢様はピクリとも動かない。四肢を投げ出し、瞼《まぶた》も閉じてしまっている。

（そんな……私が、もっと強くお止めしていたら……！）

このまま目を覚まさなかったら……

「ヴァイオレット様……！」

私は神に祈るような気持ちで、彼女の小さな手を握りしめる。

お嬢様を部屋に運び、不安に包まれる室内で、医者の到着をただただ待ち続ける。

目立った外傷はなく、後頭部に少したんこぶができている程度だったが、意識だけが戻らない。

「あれは旦那様の早馬だ！」

一秒が数刻にも感じる緊迫した状況で、目を凝《こ》らして窓の外を見ていた同僚がそう叫んだ。

今日も城勤めに出かけていらっしゃった旦那様が、お嬢様のためにお戻りになったらしい。

病弱な奥様には、家令の判断でこのことはお伝えしていない。

ただでさえ体調が不安定なところに、お嬢様の容体を伝えるとどうなるかわからない、ということだった。

「お嬢様、お嬢様……！　まもなく旦那様が参られますよ。どうか、どうか目を覚ましてくださいませ……！」

我儘《わがまま》に手を焼くことはあったけれど、こうして見ればひとりの幼子だ。

私は一層力を込めて、彼女の小さな手を握りしめた。ボロボロと流れる涙で視界が滲《にじ》み、前がよく見えない。

私が、私があの時追いついていれば、転んだ時に私が下敷きになれば良かったのに。

後悔があとからあとから押し寄せてくる。

そのとき、指先にピクリと反応があった。

「ん……？」

お嬢様の瞼《まぶた》がゆっくりと開き、私のほうを見た。

「良かった……お目覚めにならなかったらどうしようかと……っ」

涙腺が決壊した私は、子どものようにエグエグと泣いた。良かった。本当に。

私を暫《しばら》くじっと見ていたお嬢様は、ふんわりと微笑みながら、口を開く。

「なかないで、サラ。わたしがわるかったのだから。とびだしたのはわたしよ。おとうさまにもわたしがせつめいするわ。あなたをくびにするようなことがあれば、わたしがおこるから」

「！」

お嬢様の返答にびっくりして、涙が引っ込む。

流暢《りゅうちょう》な話し方もさることながら、私を気遣うような言葉に、柔らかな表情。

お嬢様の中から何かが抜け落ちて、いや、もはや何かが降臨《こうりん》したとしか思えない。

「……レティ、大丈夫なのか？」

いつの間にか到着した旦那様が、息を切らしながらお嬢様のもとへと近づく。

その声はとても震えている。

「おとうさま、ごしんぱいおかけしてもうしわけありません。レティはだいじょうぶです」

お嬢様はそうはっきりと口にされ、旦那様を筆頭にその場にいた使用人たちは皆、目を丸くした。

「――お嬢様、失礼いたします。サラです」

お嬢様が昏倒されてから、一週間ほど経った日。

私はお嬢様の朝のお支度のため、部屋を訪ねていた。

世話係の一人にすぎなかった私は、あのあとお嬢様直々《じきじき》のご指名をいただき、専属の侍女となった。

控えめなノックのあと、礼をしながら部屋に入る。

すると、まだベッドでお休みになっているとばかり思っていたお嬢様が、机に向かって難しい顔をしていた。

「お嬢様、おはようございます。お早いですね。何を読まれているのですか？」

本を読んでいたお嬢様は、声かけでようやく私に気づいたようで、弾《はじ》かれたように顔を上げた。

「あっサラ、おはよう。ちょっとしらべものをしていて……」

「まあ、素晴らしいですね」

机にあるのは、分厚い本だ。まだ三歳だというのに、お嬢様は文字が読めるという。

以前から少しずつ勉強を始めてはいたものの、集中力が続かないのか、すぐに諦《あきら》めていらっしゃった。

読めるからこそ、退屈だったのかもしれない。

私がそう考察していると、はっとした顔をしたお嬢様は、慌《あわ》てた様子で手を振った。

「あっあっ、えーっとね、きれいなおはながのっているから、気になって」

「薬草の事典をご覧になっていらっしゃったのですね。こちらはセラーズ博士がまとめられたという珠玉の一冊です」

「サラ、くわしいんだね」

「僭越《せんえつ》ながら、本が大好きで……教育上相応《ふさわ》しいものかどうかなど内容を確認させていただく際に、この部屋にある蔵書は目を通させていただいております」

「へえええ！　だったら、うちにある本のことはサラに聞いたらいいんだ」

お嬢様は私を見て、その宝石のような瞳をキラキラと輝かせる。

元々実家は学者の家系であり、本が好きなのは事実だ。

だが、本はとても貴重で、一介の使用人が何冊も所持できるものではない。

以前、邸宅の書庫を整理する時に、参加したことが役に立ったようだ。褒《ほ》められて面《おも》映《は》ゆい気持ちになる。

——本当に、お嬢様は天使だ。

昏倒という大事件を経て、お嬢様は清らかさと愛らしさが突き抜けた存在になられたように思う。

そんなお嬢様のことを、旦那様は『天使だ』ととろけた表情でおっしゃっている。完全に同意です、旦那様。

そしてあの大事件の日は、『天使が降臨《こうりん》した聖なる日』としてしっかりと侯爵家の記録に残されているのだ。

「えっと……サラ、すこし聞いてもいい？　本のことではないんだけど」

天使が、いえ、お嬢様が私を上目遣いで見つめて、私はそれだけで頬が緩みそうになる。

「はい、なんでしょうか」

意気揚々とそう答えると、思ってもみない質問があった。

「お母さまは、どう過ごしているのかなぁ。サラは知っている？」

「は、え、ええと……聞いたお話によりますと、お食事はほとんどとられず、一日の大部分を寝室で過ごしていらっしゃるようです」

お嬢様の突然の問いに、私はしどろもどろになる。

侯爵夫人のローズ様は、もともと身体のお強い方ではなかった。けれど、彼女の体調が格段に悪くなったのは、妊娠・出産をされてからだ。

よく体調を崩されるようになり、小さかったヴァイオレット様は、部屋に入ることさえ許可されない日々が続いている。

今思えば、お嬢様が我儘《わがまま》に振る舞われていたのは、その寂しさがあったからかもしれない。侯爵令嬢とは言え、たった三歳なのだ。

親の愛が恋しくて、けれど満足に得られない鬱憤《うっぷん》を晴らしていたのかもしれない。

「そうなんだ。それで、お母さまのびょうじょうについてお医者さまはなんと言ってるの？　サラが知っていることを、教えて」

お嬢様は真剣だった。

泣き出したり、憤慨《ふんがい》したりするかと思われたのに、冷静な眼差《まなざ》しでこちらを見ている。

「ローズ様はこのところ体力がかなり落ちていらっしゃるので、これ以上お薬を処方しても、根本的な改善はないだろうと」

「つまり、このままだと命にかかわるということね」

「……はい。恐れながら、奥様付きの侍女からはそのように聞いております」

私の返事を聞いたお嬢様は、顎《あご》の下に手を当てたまま、何やら考えている。

……もしかしたら、奥様の容体について、私の口から伝えるべきではなかったのかもしれない。

幼子に対して、あまりに明《あ》け透《す》けな話をしてしまったのではないかと、今さらながらに私は顔を青ざめさせる。

——だが、お嬢様の真っ直《まっす》ぐな双眸《そうぼう》を前にして、誤魔化《ごまか》すことはできなかった。

そうしてはいけないと何故か感じたのだ。

「サラ。あのね、おねがいがあるの！」

お嬢様は取り乱すことなく、とても落ち着いていた。

「わたし、お母さまに会いたい」

「ヴァイオレット様……あの、旦那様からお嬢様を奥様のお部屋に入れないよう言いつかっており……」

「でもわたし、お母さまに全然会っていないのだもの。どうしてもお会いしたいの。ちょっとでいいの。少しお顔を見たいだけ。ねえサラ、ダメかなあ……？」

「うっ」

うるうると私を見上げるその愛らしいお姿に、誰が異を唱えることができるというのだろう。旦那様、これは不可抗力です。

「ねえ、サラ、おねがい」

「わっ、わかりました……！　カトレアと調整して参ります。はい、もちろん今すぐに！」

呆気《あっけ》なく陥落した私は、心の中で言い訳をしながら奥様付きの侍女であるカトレアのもとへ急いだ。

何度も頭を下げて懇願《こんがん》すると、困り顔をしながらも最後には折れてくれて、お嬢様は奥様の部屋に入ることが許された。

「……今ちょうど、目を覚まされたところです」

カトレアにそう言われ、私とお嬢様は部屋に足を踏み入れた。

「――っ！」

私は思わず息を呑む。

久しぶりに見た奥様は痩《や》せ細《ほそ》っていて、以前の美しいお姿にすっかり影が落ちていた。

力なくベッドに横たわる奥様。それは私にとっても衝撃だった。

お嬢様の心中はいかほどだろう。

驚いて泣き出してしまうのではないだろうかと、私のほうが狼狽《うろた》えてしまう。

「お母さま。お久しぶりです。ヴァイオレットです」

私の心配をよそに、お嬢様は気丈だった。

練習し始めたカーテシーをして、奥様にご挨拶《あいさつ》をする。

「まあ……レティ……」

「わたしはまいにち元気です。お母さまもお元気になったら、いっしょにお庭でおさんぽしましょうね。わたし、お母さまのためにキレイなお花をうえますね！」

「……っ、ええ」

ニコニコと無邪気に笑うお嬢様を見て、奥様は泣き出してしまった。

「お母さま、だいじょうぶです。たのしみですね」

はらりはらりと落ちる涙を、お嬢様の小さな手が懸命に拭《ぬぐ》う。

その健気なお姿に、私もカトレアもつられて泣いてしまって、自室に戻ったお嬢様に
「サラは泣き虫ね」と言われてしまった。


翌日の朝。

「サラ、あの……」

朝の支度終えたヴァイオレット様は、どこか言いづらそうにもじもじと私のほうを見上げた。

奥様のお見舞いのあとに話してくださった『お母さまを笑顔にしたい』作戦についてだろう。

「はい、お嬢様。準備はできております」

私がそう答えると、お嬢様はぱあっと明るい表情になった。

「そうなの⁉　すごいね、サラ！」

「では、早速《さっそく》厨房に参りましょうか。キースという料理人をご存じでしょうか？　彼も色々と研究しているようですよ」

「よぉし、わたしも頑張ろう」

小さな握り拳《こぶし》を作るお嬢様が愛くるしい。

キースというのは、厨房にいる料理人のひとりだ。

これまで話したことはあまりなかったが、歳が近いこともあり、とても相談しやすい。

今回の件もふたつ返事で快諾してくれた。

楽しげに鼻歌を唄うお嬢様の隣を歩きながら、今日の作戦がうまくいくようにと祈る。

お嬢様が昨日話してくださった『お母さまを笑顔にしたい』作戦の内容はこうだ。

まずは奥様のために、お嬢様が料理を作る。

そしてそれをお嬢様と奥様が一緒に食べることで、いつもよりたくさん食べてくださるのではないか、というもの。

もうひとつは、庭園に季節の花を植えて、一緒に散歩をするための目標を作っていくというものだ。

どちらもすぐに効果が出るというわけにはいかないだろう。けれどお嬢様と奥様が触《ふ》れ合《あ》うことに重大な意味があることは、昨日の就寝前、ローズ様がとても嬉しそうにしていたとカトレアから聞いて身に沁《し》みている。

「わたしね、お母さまにはぜったいに元気になってもらうの。……そうしたら、お父さまももっと元気になるとおもう」

お嬢様はそうぽつりと呟く。

奥様が病に臥《ふ》せられてから三年。侯爵家は、どこか暗かった。

何より、奥様を心から溺愛《できあい》している旦那様がピリピリとしていて、それが屋敷全体を覆《おお》っているように思えた。

「はい。私も微力ながらお手伝いさせていただきます」

「とってもたよりにしてる！　サラ、いつもありがとう」

それから、お嬢様と私とキース。そしてカトレア、庭師のジョフさん、他にもたくさんの侯爵家の使用人たちに協力してもらいながら、作戦は動き出した。

ゆっくりと時間をかけた作戦が進むにつれ、ローズ様は快方に向かっていった。

寝たきりだったのが、ベッドの上で起き上がることができるようになった。車椅子に乗って散策できるようになり、歩行の練習をして、お嬢様とお庭でお茶会をして、そこに旦那様も参加をして――

お嬢様が六歳になる頃には、ロートネル侯爵家は笑顔が絶えない幸福な時間に満ちていた。

❀

それから十数年の年月が経ち、ついにこの日がやってきた。

「うっ、うっ……！」

「ちょっとサラ、泣きすぎだよ」

「美しいです、お嬢様……！　とっても素敵です、天使です、眼福です、一生の宝です〜！」

「もう。ふふ、お母さんになっても泣き虫なんだから」

そう言って私に微笑むのは、女神のごとき輝きを放つ我がお嬢様だ。

テオフィル様とは婚約期間もずっと仲睦《なかむつ》まじくお過ごしになっていた。そんなおふたりが、本日ご結婚される。

アルベール殿下を含む三人で、幼い頃から庭園で過ごす様子を見てきた。

皆様でお茶会をしてゆったりと歓談をされたり……いや、鬼ごっこをしたりしていたような気もするが、とにかく楽しそうに過ごされているお嬢様たちを使用人一同、とても微笑ましく見ていた。

そのお嬢様が、純白のドレスに身を包んでいる。

光沢のある美しい生地に、細やかなレース。国内一の職人が威信をかけて製作した豪《ごう》奢《しゃ》な逸品が、お嬢様の美しさをさらに引き立てている。

「小さかったお嬢様が、こんなに立派に……」

泣きながら、思わずそう口をついていた。

お嬢様は目を丸くしたあと、嬉しそうに笑う。

「ふふっ。やっとサラにそう言ってもらえたね」

「え……？」

「わたしが十歳の時、サラが自分の結婚式でわたしにそう言ったでしょ。ようやく、正しい時が来たね！」

幼子のようにくすくすと無邪気に笑うお嬢様の表情を見ながら、私は当時のことを思い出す。

あれは私の結婚式の時だ。

お嬢様の作戦がきっかけで親しくなった料理人のキースと私は、めでたく結婚することになった。

私たちはお互いに平民だったため、パーティーなどは考えておらず、教会で宣誓《せんせい》をするだけで十分だと思っていた。

それをお嬢様が、ガーデンウエディングとやらを企画してくださって、分不相応にも思える美しいドレスを着させていただいた。

お嬢様のお心遣いに感極まった私は、さっきと同じことを言ったのだった。

そうしたら。

『いやそれ、わたしが結婚する時に言う台詞《せりふ》じゃない？』

お嬢様は確かにそうおっしゃったのだ。そうだ。そうだった。

「ううう、私、私は……！　お嬢様にお仕《つか》えできて、とても幸せ者でございます……」

「もう、サラは大げさなんだから～」

「これからも、誠心誠意お仕《つか》えいたします」

「ごめんね、わたしの我儘《わがまま》で。サラには公爵家についてきてもらうことになるけど――」

「僥倖《ぎょうこう》でございますッッ!!」

「そ、そう？　そう言ってもらえるとわたしも嬉しいな」

公爵家に嫁ぐお嬢様に、お付きの侍女として同行をお願いされたのは数か月前のこと。

……それを断る人間がこの世にいるのだろうか。いや、いない。いるわけがない。神に誓って。

勢い余って食い気味に叫ぶ私に、お嬢様は戸惑《とまど》いながらもふわりと微笑む。

その笑顔に、幸せが滲《にじ》み出《で》ていて、ますます愛らしく美しい。

「――レティ、準備が整ったと聞いたが」

コンコンと扉がノックされ、本日のもうひとりの主役であるテオフィル様が入室された。

ふわふわの淡《あわ》い茶色の髪――お嬢様に言わせれば、ミルクティー色のその髪は後ろに撫でつけられ、こちらも素敵な純白の盛装に身を包んでいる。

そんなテオフィル様が胸元に抱《いだ》くのは黄色の花。お嬢様の瞳のお色だ。

「あっ、テオ！　えへへ、どうかな～」

「……とても素敵だ。レティ」

「ありがとう。テオもとっても素敵ね。かっこいい！」

「～～っ、ありがとう。レティにそう言ってもらえると、俺も、嬉しい……」

テオフィル様は、お嬢様のあまりに眩《まばゆ》いお姿に一瞬固まったのち、かっこいいと言われて即座に顔を赤らめた。

この瞬間を絵画にして永久に保存したい。

恥じらいながら微笑むお嬢様も最高に可愛かったし、それに照れてしまうテオフィル様の表情も至極だ。

「テオフィル様もヴァイオレット様も、とても素敵でございます。もうすぐお時間ですね」

こほん、とわざとらしく咳払いをした私は、平静を装《よそお》いながらそう告げた。

仲睦《なかむつ》まじいおふたりの様子は永遠に見ていられる。しかし、名残惜しいがスケジュールが詰まっている。

リシャール公爵子息とロートネル侯爵令嬢の婚姻ともなれば、それはもう大規模な婚礼行事なのだ。

これからおふたりは、大聖堂に向かわれる。

そこには、彼らの幸せを祝う参列者が今か今かと待っているはずだ。

お嬢様のこのお姿を最初に見ることができたのは、侍女冥利《みょうり》に尽きる。

「……では、行こうか、レティ」

「はい」

テオフィル様が差し出した手を、お嬢様がとる。

視線を合わせた二人は、またにっこりと幸せそうに微笑み合った。

「じゃあサラ、行ってくるね」

私のほうを振り向いたお嬢様は、ふりふりと小さく手を振った。あの頃と変わらぬ、愛らしい笑顔で。

「行ってらっしゃいませ。このたびは、誠におめでとうございます……！」

私はそう言って深く深く頭を下げる。

おふたりが、お嬢様が、この先もずっと幸せでありますように。

私の今の幸せは全て、お嬢様がもたらしてくれた。

お嬢様がいなければ、きっと全く違った人生を歩んでいただろう。

いつか見た悪夢のように、侯爵家の厨房で万年皿洗いという未来があったかもしれない。

（ヴァイオレット様。本当におめでとうございます。そして、ありがとうございます……）

侯爵家を、周囲の人々を明るく照らし続けた天使の門出に、私はまた涙が溢《あふ》れて止まらなくなった。

新感覚ファンタジー
RB レジーナ文庫

モブキャラ少女、王国中の胃袋ゲット!!

レジーナブックス Regina

モブなのに
巻き込まれています
～王子の胃袋を
掴んだらしい～
1

ミズメ　イラスト：茲近もく

定価：704円（10%税込）

友人の言葉で、前世の記憶を取り戻したミラ。けれど彼女はゲームの展開に全く関与しない、ただのモブキャラらしい。それなら私はモブらしく、地味にご飯でも作ろう。そう考えたミラは前世のレシピを使い、友人に「うどん」を振る舞った。しかし、そのことがミラの人生を変える引き金になって……？

詳しくは公式サイトにてご確認ください

https://www.regina-books.com/

携帯サイトはこちらから！

本書は、2020年10月当社より単行本として刊行されたものに書き下ろしを加えて文庫化したものです。


この作品に対する皆様のご意見・ご感想をお待ちしております。

おハガキ・お手紙は以下の宛先にお送りください。

【宛先】

〒150-6008 東京都渋谷区恵比寿4-20-3 恵比寿ｶﾞｰﾃﾞﾝﾌﾟﾚｲｽﾀﾜｰ 8F
（株）アルファポリス　書籍感想係

メールフォームでのご意見・ご感想は右のＱＲコードから、
あるいは以下のワードで検索をかけてください。

アルファポリス　書籍の感想　検索

ご感想はこちらから

RB

レジーナ文庫

悪役《あくやく》令嬢《れいじょう》のおかあさま

ミズメ

2022年6月20日初版発行

文庫編集－斧木悠子・森順子
編集長－倉持真理
発行者－梶本雄介
発行所－株式会社アルファポリス
〒150-6008 東京都渋谷区恵比寿4-20-3 恵比寿ｶﾞｰﾃﾞﾝﾌﾟﾚｲｽﾀﾜｰ8階
TEL 03-6277-1601（営業）　03-6277-1602（編集）
URL https://www.alphapolis.co.jp/
発売元－株式会社星雲社（共同出版社・流通責任出版社）
〒112-0005 東京都文京区水道1-3-30
TEL 03-3868-3275
装丁・本文イラスト－krage
装丁デザイン－AFTERGLOW
（レーベルフォーマットデザイン－ansyyqdesign）
印刷－中央精版印刷株式会社

価格はカバーに表示されてあります。

落丁乱丁の場合はアルファポリスまでご連絡ください。

送料は小社負担でお取り替えします。


ISBN978-4-434-30436-1 C0193